Das Buch

Im Jahre 2025 steht der vor der Küste Südamerikas liegende sozialistische Inselstaat Corteguay nach langer Zeit vor den ersten demokratischen Wahlen. Der Präsidentschaftskandidat Ramon Cortez kommt mit seiner Frau, seinem Sohn Julio und seiner fünfjährigen Tochter aus dem politischen Exil in die USA zurück. Doch schon am Flughafen wird die Familie entführt.

In Washington D.C. nehmen indessen Freunde von Julio Cortez, die *Net Force Explorer* Matt Hunter und Mark Gridley, an einem internationalen Wettbewerb teil, der in Flugsimulatoren der virtuellen Realität ausgetragen wird. Als Matt während einer virtuellen Luftschlacht in Bedrängnis gerät, kommt ihm plötzlich Julio in einem Kampfflugzeug zu Hilfe und bittet ihn, seine in politische Gefangenschaft geratene Familie zu retten. Da den Teenagern weder vom Außenministerium noch von der UNO Glauben geschenkt wird, müssen sie eine geheime Rettungsaktion für die Familie Cortez und damit für die Demokratie in Corteguay starten …

Die Autoren

Tom Clancy, geboren 1947 in Baltimore, begann noch während seiner Tätigkeit als Versicherungskaufmann zu schreiben und legte schon mit seinem Roman *Jagd auf Roter Oktober* einen Bestseller vor. Tom Clancy lebt in Maryland. Von Tom Clancy ist im Heyne Verlag erschienen: *Gnadenlos* (01/9863), *Ehrenschuld* (01/10337), *Befehl von oben* (01/10591).

Steve Pieczenik ist von Beruf Psychiater. Er arbeitete während der Amtszeiten von Henry Kissinger, Cyrus Vance und James Baker als Vermittler bei Geiselnahmen und als Krisenmanager.

Von Tom Clancy und Steve Pieczenik liegen im Heyne Verlag vor: *Tom Clancy's Op-Center 1,* (01/9718), *Tom Clancy's Op-Center 2: Spiegelbild* (01/10003), *Tom Clancy's Op-Center 3: Chaostage* (01/10543), *Tom Clancy's Op-Center 4: Sprengsatz* (01/10764), *Tom Clancy's Power-Plays-Politika* (01/10435), *Tom Clancy's Net Force 1: Intermafia* (01/10819).

TOM CLANCY und STEVE PIECZENIK

TOM CLANCY'S
NET FORCE 2
FLUCHTPUNKT

Roman

Aus dem Englischen
von Thomas Simon

Deutsche Erstausgabe

WILHELM HEYNE VERLAG
MÜNCHEN

HEYNE ALLGEMEINE REIHE
Nr. 01/10876

Titel der Originalausgabe
TOM CLANCY'S NET FORCE 2:
THE ULTIMATE ESCAPE

Umwelthinweis:
Das Buch wurde auf
chlor- und säurefreiem Papier gedruckt.

3. Auflage

Redaktion: Verlagsbüro Dr. Andreas Gößling
und Oliver Neumann GbR, München

Printed in Germany 1999
Umschlagillustration: Zoltan Boros/Gabor Sziksai/Agentur Kohlstedt
Umschlaggestaltung: Atelier Ingrid Schütz, München
Satz: Pinkuin Satz und Datentechnik, Berlin
Druck und Bindung: Elsnerdruck, Berlin

ISBN 3-453-15195-X

http://www.heyne.de

Südamerika
Juni 2025
Termina Internacional, Corteguay

Prolog

Julio Cortez holte tief Luft, als sich das Flugzeug der Landebahn näherte. Der Sturm, durch den sie die letzte halbe Stunde geflogen waren, peitschte die Windböen und sintflutartigen Regenfälle mit unverminderter Stärke gegen die Maschine. Durch das Fenster neben sich konnte Julio kaum etwas ausmachen – geschweige denn, sich davon überzeugen, daß der Landevorgang planmäßig verlief. Mit einem harten Ruck setzten die Räder des Flugzeuges auf dem regennassen Rollfeld auf. Julio konnte das Aufheulen des Triebwerks und das Dröhnen der Landeklappen hören, als diese ihre Maximalstellung erreichten. Er spürte, wie das Flugzeug zitternd die Geschwindigkeit drosselte. Mit einem langen Stoßseufzer blies er die Luft, die er angehalten hatte, aus seiner Lunge. Bis hierhin hatten sie alles heil überstanden.

Das holprige und reparaturbedürftige Rollfeld ließ die Fahrt zum Flughafenterminal zu einer unangenehm rütteligen Angelegenheit werden. Unter normalen Umständen wäre Julio froh gewesen, nach einem solchen Flug wieder sicher auf dem Boden gelandet zu sein. Doch waren dies alles andere als normale Umstände.

Prüfend musterte er die Gesichter der Mitreisenden. Wie zuvor wichen alle seinem Blick aus und waren plötzlich eifrig mit ihrem Lesestoff, ihrem Handgepäck oder ihrem Sitznachbarn beschäftigt. Niemand erwiderte seinen Blick, niemand nickte ihm freundlich zu.

Mit dem Flugbegleitpersonal von CorteAir verhielt es

sich nicht anders. Während des unruhigen Fluges waren sie höflich, effizient und gründlich gewesen – aber Julio und seiner Familie gegenüber hatten sie sich nicht ausgesprochen warmherzig oder freundlich gezeigt. Jedenfalls nicht so wie den anderen Fluggästen gegenüber.

Sie wissen nicht, ob es gefährlich ist, mit uns zu reden, dachte er und fragte sich, wann sich das endlich änderte – und ob es sich jemals änderte.

Während sein Vater und seine Mutter mit seiner kleinen Schwester Juanita beschäftigt waren, starrte Julio angestrengt zum Fenster hinaus und versuchte, einen ersten Blick auf sein Heimatland zu erhaschen, an das er nur ein paar vage Kindheitserinnerungen hatte. Doch in der Dunkelheit konnte er nur den Regen ausmachen, der über das Plexiglas herunterströmte, und in der Ferne den roten Schein der Blinklichter am Ende der Landebahn.

Das Flugzeug verlangsamte seine Fahrt, als die Triebwerke weiter gedrosselt wurden. Mit einem Ruck und einem Schütteln schwenkte die Maschine nach links. Schließlich erhob sich das Terminal schemenhaft vor ihnen aus der Dunkelheit, zum Teil noch in einen Schleier aus Regen gehüllt.

Die Maschine beendete ihr Wendemanöver und rollte auf das spärlich beleuchtete Hauptterminal zu.

Der *Termina Internacional* von Corteguay war weder groß, noch erfüllte er die technischen Voraussetzungen, um moderne Flugzeuge abfertigen zu können. Deshalb waren Julio und seine Familie mit einem alten, tief fliegenden Passagierjet in den kleinen, südamerikanischen Inselstaat gekommen. Es war eine Boeing 777, die zweifellos seit mehr als zwanzig Jahren pausenlos im Einsatz war.

Nun gut, dachte Julio, eigentlich wollte ich die Reise vom Dulles Airport in Washington nach Corteguay sowieso nicht unternehmen. Je länger das Ganze dauert, um so besser.

Diese Erkenntnis löste ein Gefühl der Traurigkeit in ihm aus.

Von der Entfernung her ist es gar nicht so weit, grübelte er, trotzdem liegen Welten dazwischen. Ebensogut hätte ich auf einem anderen Planeten landen können.

Einem überaus gefährlichen Planeten.

Bei jeder anderen Gelegenheit hätte Julio den Flug in einem solch primitiven und technisch anspruchslosen Luftfahrzeug als Abenteuer betrachtet. Es war so ähnlich, wie in den Flugsimulatoren zu fliegen – seine Lieblingsbeschäftigung.

Aber an diesem Abend empfand Julio die Rückkehr in sein Geburtsland als genug Abenteuer.

Schließlich gab er es auf, durch das Fenster zu starren, und wandte sich wieder seiner Familie zu. Seine Mutter und sein Vater versuchten immer noch, die zappelnde Juanita zu beruhigen. Während er zuschaute, bemühte er sich zu begreifen, was seine Eltern dazu bewegt haben könnte, in ein Land zurückzukehren, in dem alles gefürchtet und verhaßt war, woran sie glaubten.

Sein Vater, bemerkte Julio stolz, setzte sein mutigstes Gesicht auf. Er lächelte seiner Familie zu, während der Pilot sie über die Sprechanlage in der Sozialistisch-Demokratischen Republik von Corteguay willkommen hieß.

Warum sollte er auch nicht lächeln? fragte sich Julio. Heute abend beendet er sein Leben als Exilpolitiker – und nimmt seinen Platz als Präsidentschaftskandidat bei Corteguays ersten freien Wahlen seit fast sechzig Jahren ein. Heute abend ist mein Vater heimgekehrt …

Es ist auch *meine* Heimat … Daran mußte sich Julio immer wieder erinnern. Lieber wäre er jetzt in Washington, D.C., wo er die meiste Zeit seines Lebens verbracht hatte und wo all seine Freunde lebten.

Er schob diese Gedanken beiseite und konzentrierte sich auf das Hier und Jetzt, ganz so, wie es ihn sein Vater immer gelehrt hatte. Genauso verdrängte er jeden Gedanken an Glück und Sicherheit.

Auch das hatte sein Vater ihm beigebracht – nicht durch Worte, sondern durch sein Vorbild.

Während das Flugzeug langsamer wurde, wandte sich Julio zu seiner Mutter um. Sie hatte alle Hände voll zu tun, sich um Juanita zu kümmern. Die Fünfjährige kämpfte mit ihrem Sicherheitsgurt und versuchte gleichzeitig, den Tablettisch herunterzulassen.

Trotz seiner Besorgnis mußte Julio fast lachen.

Erstaunlich, daß ein so kleines Kind soviel Wirbel verursachen konnte. Ich war bestimmt nicht so ungezogen, als ich klein war, dachte Julio, doch er konnte sich nur lückenhaft und verschwommen erinnern. Juanita wird alle ganz schön in Trab halten, wenn sie erst einmal ein Teenager ist wie ich.

Seine Mutter rief die Fünfjährige sanft zur Ordnung. Während sie beruhigend auf Juanita einsprach, war sie nach außen hin die Ruhe selbst. Doch in ihren Augen konnte Julio einen dunklen Schatten lauern sehen. Er erkannte sofort, was es war.

Angst.

Seine Mutter hatte Angst. Um ihre Familie.

Julio spürte es auch. Ebenso sein Vater, obwohl er seine Angst besser verbergen konnte als alle anderen.

Wenn Dad das kann, kann ich es auch, sagte sich Julio.

Der tapfere Gesichtsausdruck seines Vaters erinnerte ihn daran, daß jener Mann, der sein Vater einmal gewesen war und den er so gut gekannt hatte – der Wirtschaftswissenschaftler und Nobelpreisträger, Menschenrechtsaktivist und Universitätsprofessor –, für immer verschwunden war. An seine Stelle war ein Politiker und aufstrebender Regierungsbeamter getreten, der, wenn es das Volk von Corteguay wünschte, entschlossen war, die Last einer ganzen Nation auf seinen Schultern zu tragen.

Um dieses Ziel zu erreichen, mußte Ramon Cortez seine wahren Gefühle vor allen verbergen, mit Ausnahme der Menschen, die er liebte und denen er vertraute. Und vielleicht sogar auch vor ihnen.

Schlagartig wurde Julio bewußt, daß sie sich innerhalb eines einzigen Tages alle auf magische Weise verändert hatten. Nur wenige Stunden zuvor waren sie eine typische amerikanische Familie gewesen, die ein typisch amerikanisches Leben führte. Jetzt, im Verlauf eines kurzen Fluges, waren sie zu politischen Agitatoren und Feinden des gegenwärtigen Regimes von Corteguay geworden. In einem Land, das für seine Geheimpolizei, seine Militärdiktatoren und politische Unterdrückung bekannt war, war politischer Aktivismus ein äußerst gefährliches Betätigungsfeld.

Julio wurde jäh aus seinen trüben Gedanken gerissen, als das Flugzeug ruckartig zum Stehen kam. Ein elektronischer Dauerton tönte durch den Passagierraum und ließ die Fluggäste wissen, daß sie die Sicherheitsgurte lösen und sich von den Sitzen erheben durften.

Doch Julio sah niemanden aufstehen, als er seinen Blick durch das Flugzeug schweifen ließ. Die Augen der anderen Fluggäste ruhten auf ihnen. Alle warteten, was passieren würde und wer Ramon Cortez und seine Familie in Empfang nehmen würde, sobald sich die Türen des Flugzeugs öffneten.

Nach einigen spannungsgeladenen Momenten war es endlich soweit.

Glücklicherweise stürmten keine Soldaten oder Polizisten mit gezückten Betäubungspistolen und Taser im Anschlag herein. Statt dessen erblickte Julio ein unbekanntes, aber nicht unfreundliches Gesicht, auf dem ein Ausdruck erwartungsvoller Nervosität lag, vermutlich wegen der bevorstehenden Begrüßung.

Man hatte ihnen eine Sicherheitseskorte versprochen. Diese Eskorte entpuppte sich nun als schüchterner kleiner Mann in einem schlecht sitzenden Anzug, der mit nervös zitternden Händen seinen Hut umklammert hielt. Er lächelte, als er Julios Vater erblickte.

Während sich Ramon Cortez erhob, um den Mann am Eingang zu begrüßen, wechselte Julio einen Blick mit seiner Mutter. Ihr Gesicht war zwar blaß, wirkte aber gefaßt. Was auch passieren würde, sie war offensichtlich entschlossen, es durchzustehen.

Das Flugbegleitpersonal machte Julios Vater Platz, damit er dem Fremden entgegengehen konnte. Statt sich die Hände zu schütteln, umarmten sich die beiden Männer, dann flüsterte der kleine Mann Ramon Cortez leise ein paar Worte ins Ohr.

Die Gesichtszüge seines Vaters entspannten sich. Dieses Gefühl der Erleichterung schien das ganze Flugzeug zu erfassen, denn wie auf Kommando erhoben sich die Fluggäste und begannen einer nach dem anderen, die Maschine zu verlassen.

Julio sah, wie sein Vater den Unbekannten, gegen den Strom der zum Ausgang drängenden Menschen ankämpfend, zu ihrem Platz brachte.

»Das ist Manuel Arias«, stellte Ramon Cortez den Mann vor. »Er ist gekommen, um uns abzuholen ... Mein Bruder Mateo wartet in der Flughafenhalle.«

Tio Mateo! dachte Julio erfreut. Das war eine unerwartete Überraschung. Mateo war in Corteguay geblieben, wo er sehr unter dem gegenwärtigen Regime gelitten hatte. Es war mutig von ihm, zum Flughafen zu kommen, um seinen aus dem Exil zurückkehrenden Bruder abzuholen.

Julio erinnerte sich an seinen Onkel nur noch aus Kindertagen, die schon ewig lange her schienen. Damals war Mateo Colonel in der Armee Corteguays gewesen und hatte gegen Drogenschmuggler, Rauschgiftterroristen, kommunistische Rebellen und Schwarzmarkthändler gekämpft.

Plötzlich spürte Julio, wie auch ihn ein warmes Gefühl der Erleichterung durchströmte. Wenigstens einer, dem wir vertrauen können und der uns beschützt, dachte er. Bei Onkel Mateo sind wir sicher in guten Händen.

Nachdem Julio hastig seine Siebensachen zusammengesucht hatte, half er seiner Mutter mit Juanita. Sein Vater unterhielt sich unterdessen leise mit Manuel Arias. Erst nachdem fast alle Passagiere das Flugzeug verlassen hatten, begab sich auch die Familie Cortez zum Ausgang.

Als sie aus der Maschine traten, lächelte eine hübsche Stewardeß Julio und seiner Schwester aufmunternd zu. Doch in ihren dunklen Augen las er Mitleid und Besorgnis.

Schlagartig kehrte seine Angst zurück.

Auf dem Weg durch den Ausstiegstunnel, der von der Maschine zum Terminal führte, wandte sich Ramon Cortez an seine Frau.

»Mateo wartet in der Haupthalle auf uns«, sagte er. »Er hat einige Freunde zu unserer Begleitung mitgebracht, und – auf meinen Wunsch – einige Vertreter der internationalen Presse …«

Julios Vater ließ seine Stimme bedeutungsvoll verklingen, und der Junge sah, wie seine Mutter nickte und sich ein Lächeln auf ihrem Gesicht ausbreitete.

Auch Julio lächelte. Er verstand die Bedeutung des bevorstehenden, sorgfältig inszenierten Medienereignisses: Wenn die internationale Öffentlichkeit erst einmal von der Rückkehr seines Vaters nach Corteguay wußte, konnte ihnen das sozialistische Regime nichts mehr anhaben – zumindest nicht, ohne daß die ganze Welt davon erführe.

Jetzt denke ich schon wie ein Politiker, stellte Julio entgeistert fest. Dabei wollte ich doch immer Kampfflieger werden!

Der Weg durch den Tunnel schien endlos. Als sie sich schließlich dem Gate näherten, nahm der Exilpolitiker seine Frau und seine Tochter an der Hand. Mit einem Lächeln drehte er sich zu seinem Sohn um.

»Wir sind zu Hause, mein Junge«, sagte er. »Die Presse erwartet uns. Ganz Corteguay wird zuhören.«

Julio erwiderte das Lächeln seines Vaters. »Ich werde dich nicht enttäuschen, Papa«, antwortete er. »Egal, wie dumm ihre Fragen klingen.«

Ramon Cortez schmunzelte. »Das habe ich auch nicht gedacht, Julio«, entgegnete er. »Du hast mich noch nie enttäuscht ...« Er verstummte und wandte seinen Blick von seinem Sohn ab. »Ich möchte, daß *du* Grund hast, auf *mich* stolz zu sein«, flüsterte er so leise, daß nur sein Sohn es hören konnte.

Als sie die Haupthalle betraten, hatte Julio das Gefühl, Hunderte von Blitzlichtern würden vor seinem Gesicht explodieren. Dutzende von Reportern stürmten auf sie zu, um in einem halben Dutzend Sprachen Fragen zu brüllen, und Juanita drückte sich erschrocken an ihre Mutter.

In dem allgemeinen Gedränge sah Julio, wie sein Vater einen Schritt vortrat und jemandem die Hand schüttelte. Dann umarmte er die andere Person, was von vereinzelten Pressevertretern mit Beifall quittiert wurde.

Julio drängte sich an Manuel Arias vorbei, um einen Blick auf den anderen Mann werfen zu können.

Es war Onkel Mateo. Unter Tausenden hätte Julio ihn wiedererkannt. Der Bruder seines Vaters war groß und wirkte stolz, so, wie Julio ihn in Erinnerung hatte – abgesehen vielleicht von ein paar grauen Haaren und einer gewissen, vorsichtigen Zurückhaltung, die zweifellos auf das gefährliche Leben in einem totalitären Polizeistaat zurückzuführen war.

Unter dem ständigen Surren der Kameras begrüßten sich der Präsidentschaftskandidat und sein Bruder zum erstenmal nach über zehn Jahren. Dann drehten sie sich zu den Journalisten um und stellten sich gemeinsam ihren Fragen. Julio, seine Mutter und seine Schwester traten hinter sie.

Während die Pressevertreter den beiden Männern Salven von Fragen entgegenschleuderten, ließ Julio seinen Blick über die versammelten Journalisten wandern. Dabei stach ihm ins Auge, daß zwar viele von ihnen Kameras bei sich trugen, manche sogar Videokameras, aber keiner war mit einer holographischen Kamera ausgerüstet, nicht einmal die Pressevertreter aus den Vereinigten Staaten, Japan und Europa.

Er erinnerte sich an das, was er bei einer Informationsveranstaltung des Auswärtigen Amtes über sein Heimatland erfahren hatte. Diese Veranstaltung hatte man nur wenige Wochen vor ihrer Abreise nach Corteguay speziell für ihn und seine Familie organisiert.

Geheimdienstinformationen zufolge waren die wenigen Medienstationen des Landes nicht für holographische Netzübertragungen ausgelegt. Außerdem waren weder holographische Netzkameras noch eine Ausrüstung für die virtuelle Realität innerhalb der Grenzen des Inselstaates erlaubt. Technik dieser Art war verboten, sogar für Ausländer. Sie existierte, wenn überhaupt, nur außerhalb der Sichtweite von Regierungsvertretern und im Schutze äußerst strikter Geheimhaltung.

Was das Fernsehen anging, so kannte man auf Corteguay nur die Flachbildschirme des zwanzigsten Jahrhunderts. In ländlichen Gebieten gab es noch nicht einmal die. Wenn es um Nachrichten und Informationen ging, waren die Menschen dort auf Radiostationen angewiesen, die von der Regierung kontrolliert wurden.

Tatsächlich verfügte Corteguays Infrastruktur weder über High-Tech-Computer noch über digitale Prozessoren oder wenigstens Bildtelefone. Diese Art von Technik galt als subversiv. Der freie Informationsfluß war in dem ›sozialistisch-demokratischen Paradies‹ nicht gestattet – damit die Bewohner nicht erfuhren, wie hinterwäldlerisch und arm sie im Grunde waren. Auf die Einfuhr eines hochtechnologischen Gerätes, das sofort konfisziert wurde, stand Gefängnisstrafe oder sogar der Tod. Genug Menschen hatten ihren Versuch, Corteguay ins einundzwanzigste Jahrhundert zu führen, bereits mit dem Leben bezahlen müssen. Deswegen existierte im ganzen Land so gut wie kein Schwarzmarkt für Computer und Hochtechnologie. Ein solches Verbot war in der Regel nie hundertprozentig durchzusetzen – doch auf Corteguay hatte man es offensichtlich geschafft.

Julio ließ seinen Blick durch das Flughafengebäude schweifen, doch alles, was er entdecken konnte, waren Fernsehmonitore mit Flachbildschirmen. Es gab weder einen Anschluß an die virtuelle Realität noch holographische Arkaden. Und die öffentlichen Fernsprecher verfügten nicht einmal über Bildübertragung. Sie schienen sogar nur für Ortsgespräche vorgesehen zu sein, jedenfalls legten dies die darauf angebrachten Symbole nahe. Es war eine deutliche Ermahnung, daß es hier auf Corteguay keine Verbindungen zum Netz gab.

Zumindest nicht für den Normalbürger. Schon seit längerem waren Gerüchte im Umlauf, nach denen die Regierungsspitze einen Netzzugang hatte. Darüber hinaus sollte sie sogar über eigene Ärzte verfügen, die die für vollständige virtuelle Realität erforderlichen Neuroimplantate einpflanzten.

Doch Freiheiten dieser Art blieben der Elite vorbehalten und wurden für zu wichtig – und zu gefährlich – gehalten, um sie an die Massen zu verschwenden. Solange Julio sich in diesem Land aufhalten würde, konnte er keine virtuellen Spiele und Simulationen mehr mit seinen Freunden ausprobieren und nicht einmal an virtuellem Unterricht teilnehmen. Obwohl er sich schon vor längerer Zeit damit abgefunden hatte, das diesjährige Seminar ›Hundert Jahre militärische Luftfahrt‹ und den dazugehörigen Wettbewerb zu verpassen, spürte er Stiche der Enttäuschung, wenn er nur daran dachte.

Für dieses jährliche Ereignis hatte er lange und hart im Smithsonian-Museum für Flugsimulation geübt. Deshalb war es eine wahre Schande, daß er nicht teilnehmen konnte. Dabei, das wußte er, hätte er dieses Jahr gute Chancen gehabt, das As der Asse, das Top-As, zu werden. Seit drei Jahren versuchte er nun schon, den begehrten Titel zu erringen. Der Gewinner vom letzten Jahr, Pawel Iwanowitsch, befand sich mittlerweile in der Ausbildung zum Piloten und sollte der russischen Staffel beitreten, die zur Bewachung Moskaus abkommandiert war. Julio war zweiter gewesen, gleich hinter Pawel. Bei dem Wettbewerb hatte er die Jacke, die er jetzt trug, gewonnen.

Viele ehemalige Top-Asse waren inzwischen Kampfflieger geworden.

Ein Traum wird wahr … Julio seufzte sehnsüchtig. Ein Traum, der hier auf Corteguay unerreichbar bleiben würde.

Plötzlich wurde ihm bewußt, daß Onkel Mateo die improvisierte Pressekonferenz beendet hatte. Die Familie folgte Mateo zu einem abgelegenen Aufzug, der sie zu einem Ausgang im Erdgeschoß brachte. Während sie sich durch diesen überfüllten Bereich des Terminals schoben, versuchte Julio, nahe genug an seinen Onkel heranzukommen, so daß er mit ihm sprechen konnte.

Aber Mateo war damit beschäftigt, einer Gruppe von Männern Anweisungen zu geben, die mit dem Gepäck der Familie aus dem Nichts aufgetaucht waren.

Irgendwie war es Onkel Mateo offenbar gelungen, sie an der strengen Zollkontrolle Corteguays vorbeizulotsen.

Endlich kam Julio an seinen Onkel heran. Er tippte ihm auf die Schulter. Der hochgewachsene, leicht grauhaarige Mann drehte sich zu seinem Neffen um.

»Tio Mateo«, sagte Julio. »Ich freue mich sehr, dich wiederzusehen.«

Zu Julios Überraschung schien sein Onkel seinem Blick ausweichen zu wollen.

»Ich freue mich auch, dich zu sehen, Julio«, murmelte Tio Mateo hastig und wandte sich sofort wieder seinen Leuten zu.

Unbeirrbar startete Julio einen weiteren Versuch, seinen Onkel in ein Gespräch zu verwickeln. Doch als sich eine Hand auf seinen Arm legte, drehte er sich erstaunt um. Der kleine Mann, der Manuel Arias hieß, fing seinen Blick auf.

»Dein Onkel ist sehr mit den Sicherheitsmaßnahmen beschäftigt«, sagte Arias ruhig und mit einem freundlichen Lächeln. »Warte, bis wir den Flughafen verlassen haben.«

Julio nickte und folgte seiner Familie durch die automatischen Türen. Sie traten in die feuchte, schwere Luft hinaus, waren aber durch ein Vordach erst einmal vor dem Regen geschützt. Wie überall in Südamerika war dies auch in Corteguay erst der Anfang des Winters, oder was dort als Winter galt. Julio war froh über seine Jacke. Sein Vater zwinkerte ihm zu, während sie weitergingen.

»Nicht gerade wie zu Hau... Nicht wie in Washington«, sagte er in der Sprache seiner Exilheimat. Julio war klar, daß sein Vater sich unterbrochen hatte, um Washington nicht als Heimat zu bezeichnen. In diesem Moment begriff er, daß die Rückkehr nach Corteguay für seinen Vater ein ebenso großes Opfer darstellte wie für ihn und seine Mutter.

Plötzlich erkannte er, daß sein Vater die Vereinigten Staaten ebensowenig hatte verlassen wollen. Dennoch war er zurückgekehrt – nicht weil er unbedingt Präsident werden wollte, sondern weil er es für seine Pflicht hielt. Er wollte seine Heimat durch das einundzwanzigste Jahrhundert geleiten.

Mit dieser Erkenntnis entwickelte Julio ein neues Verständnis für seinen Vater. Er wurde von einem so tiefen Gefühl von Stolz auf ihn erfüllt, wie er es nie zuvor empfunden hatte.

»Hier entlang«, sagte Onkel Mateo und zeigte auf eine Reihe nicht gekennzeichneter, fensterloser Kleintransporter, die in einem geschützten Bereich am Eingang des Flughafengebäudes auf sie warteten. Julio beobachtete seinen Onkel, der vorlief und die rückwärtige Doppeltür des größten Fahrzeugs öffnete.

»Steigt ein, schnell«, bat Mateo. »Es ist zu eurer eigenen Sicherheit.«

Ramon strich seiner Frau, die Juanita auf den Arm nahm, zärtlich über das Gesicht. Julio machte Anstalten, auf das Fahrzeug zuzugehen, doch plötzlich hielt Manuel Arias ihn wieder am Arm fest.

»Vielleicht sollten die Kinder mit mir fahren«, schlug der kleine Mann vor.

Bei diesen Worten blieb Mateo abrupt stehen. Dann drehte er sich um und blickte Arias in die Augen.

»Halten wir uns an den Plan«, sagte Mateo mit einem Anflug von Ärger.

Doch Arias umklammerte immer noch Julios Arm. »Der Junge kann mit mir fahren«, bot er an. »Ich könnte etwas Gesellschaft gebrauchen ...«

Inzwischen hatte Julios Vater seiner Mutter und seiner Schwester bereits in den Lieferwagen geholfen und stieg jetzt selbst ein. Mateo blickte Manuel Arias eine ganze Weile durchdringend an, und zwischen den beiden Männern lief eine Art geheime Verständigung ab. Julio spürte, wie der Druck um seinen Arm nachließ.

Mateo kam zu ihm herüber. Mit einem Lächeln nahm er ihn bei der Schulter und drängte ihn in Richtung des Lieferwagens. »Ich halte es für das beste, wenn du mit deiner Familie fährst«, sagte er. »Es ist zu deiner Sicherheit und zu deinem Schutz.«

Plötzlich wurde Julio von einer Welle des Mißtrauens erfaßt. Er schnellte herum und sah Manuel Arias an, doch der kleine Mann erwiderte seinen Blick nicht.

Dann bemerkte Julio, daß die anderen Männer, die sie am Flughafen abgeholt hatten, eine militärische Aufstellung bezogen hatten. Sie warteten darauf, daß Julio in das Fahrzeug einstieg. Dabei starrten sie ihn mit einem sonderbaren Ausdruck an.

»Warte, ich …« Doch bevor Julio den Satz beenden konnte, stieß ihn sein Onkel so heftig in den Lieferwagen, daß er stolperte.

»Vorsichtig, Julio«, mahnte seine Mutter erschrocken.

Julio sah auf und bemerkte, daß sein Vater, der an ihm vorbeischaute, blaß wurde. Als er sich umdrehte, sah er Mateo in der Tür stehen, im Blick einen Ausdruck grausamen Triumphes.

Hinter seinem Onkel stand Manuel Arias, der seinen Hut umklammert hielt.

Dann wurde die Tür des Lieferwagens zugeschlagen, und das Schloß schnappte ein. Der fensterlose Innenraum war in völlige Dunkelheit getaucht. Julio hörte, wie sich sein Vater gegen die Tür warf und mit den Fäusten gegen das Metall trommelte. Der Lieferwagen machte einen Satz nach vorn, als der Fahrer mit quietschenden Reifen anfuhr. Julios Mutter rang erschrocken und voller Angst nach Luft. Seine kleine Schwester schrie voller Panik.

Arme Juanita, sie hat immer noch Angst im Dunkeln, dachte Julio.

Durch die Dunkelheit drang das Flüstern seines Vaters an sein Ohr. »Es tut mir leid, so leid ...«, sagte er.

Ein zischendes Geräusch folgte, dann war der Lieferwagen von einem merkwürdigen Gestank erfüllt. Julio schnüffelte kurz – und verlor das Bewußtsein ...

Erstes Kapitel

Als die erste Morgenröte am Horizont erschien, holperten fünf Sopwith-Camel-Doppeldecker mit dröhnendem Motor in einer Linie über den zerfurchten Acker. Im Luftstrom ihrer Holzpropeller wirbelten Schmutz und Heu auf. Ein feiner Nebel aus heißem Kastoröl – zum Schmieren der Motoren – begleitete den Schmutz, der auf Matt Hunters Fliegerbrille klatschte und furchtbar stank. Dennoch konnte Matt sehen, wie sich die Segeltuchbespannung seines Flugzeuges im Luftstrom wellte.

Als die Maschinen sich der Baumreihe am Ende der unbefestigten Startbahn näherten, hoben vier der fünf Camels vom Boden ab und stiegen langsam in den Morgenhimmel hinauf. Sachte lenkte Matt sein Flugzeug in einem Bogen um den Acker, während er darauf wartete, daß auch die letzte Maschine endlich abhob.

»Juuuucheee«, rief Mark Gridley in seiner Sopwith, die ein paarmal über den Acker hüpfte, bevor sie endlich genug Geschwindigkeit hatte, um sich in die Lüfte zu quälen und dort zu bleiben.

Obwohl der Doppeldecker seines Freundes endlich rumpelnd an Höhe gewann, entging Matt nicht, daß Mark fast die Baumkronen der höchsten Bäume mitnahm. Gerade noch gutgegangen – Matt sah, wie Mark aufatmete und einen Zahn zulegte, um den Rest der Staffel einzuholen. Matt flog hinter ihm her, bis er sicher war, daß das Flugzeug seines Freundes eine stabile Flughöhe erreicht hatte. Dann überholte er ihn, um seinen Platz in der Formation einzunehmen.

»Wird aber auch Zeit, Zwerg!« stichelte der sechzehnjährige Matt mit ungestüm im Wind flatternden

Haaren, als sein bester Freund endlich den Platz an seinem rechten Flügel einnahm.

Bei dem Gedanken an Marks stümperhaften Start konnte sich Matt ein zufriedenes Lächeln nicht verkneifen. Zur Abwechslung hatte er den Intelligenzbolzen endlich mal bei einer Sache geschlagen. Obwohl erst dreizehn, schien der Zwerg ein wahres Genie bei allem zu sein, was mit Elektronik zusammenhing.

Doch offensichtlich erstreckte sich diese Genialität nicht auf den Umgang mit hundert Jahre alter Luftfahrttechnik.

Das sollte nicht heißen, daß es ein Kinderspiel war, Doppeldecker in der virtuellen Realität – VR – zu fliegen, sagte sich Matt. Er selbst war bei seinem ersten Flug abgestürzt und ausgebrannt – und dabei war seine Mutter Fliegerin bei der Navy, wie peinlich.

Sie hatte ihn aber nie in eine bestimmte Richtung zu lenken versucht – ihre Karriere hatte ihr nur wenig Zeit gelassen für das typische Familienleben mit einer ›Das Essen ist fertig!‹ rufenden Mutter, wie er es aus den Hologrammen kannte. Doch Matt konnte sich des Eindrucks nicht erwehren, daß sie darauf baute, daß sich ihre Fähigkeiten als Fliegerin vererbt hatten. *Er* jedenfalls tat es.

Matt flog für sein Leben gern jeden Flugsimulator, zu dem er in der virtuellen Realität Zugang erhielt. Im wirklichen Leben und in seiner Freizeit nahm er Hanggleiterunterricht. Er wollte einmal ein richtiger Pilot werden, sobald das Gesetz und die Finanzen der Familie es zuließen.

Er warf einen Blick zu Mark Gridleys Sopwith Camel hinüber, um zu sehen, wie es lief. Dabei stellte er fest, daß sein Freund die gleichen Fehler machte wie er, als er zum erstenmal in dieser Maschine gesessen hatte.

»Zieh die Nase hoch, Zwerg«, mahnte Matt. Zum zweitenmal nannte er Mark bei dessen Spitznamen, den sein Freund am meisten haßte. »Und paß auf, die Maschine zieht nach rechts, sonst fliegst du mit dem Flügel voraus!«

»Verstanden, *Snoopy*«, entgegnete Mark seinem oberschlauen Staffelführer kurz angebunden. Kein Wunder, daß Mark sich ärgerte – er war es nicht gewohnt, Zweitbester zu sein. Doch auch wenn er sich ärgerte – dumm war er nicht.

Er trimmte sein Flugzeug, wie Matt es vorgeschlagen hatte.

»He, Leute«, sagte David Gray und winkte ihnen aus seinem Cockpit heraus zu. »Ich finde, dieses ›Roter-Baron‹-Programm macht viel mehr Spaß, wo wir jetzt miteinander reden können, wenn wir es benutzen.«

Matt war der gleichen Ansicht.

Zu fliegen, ohne sich miteinander verständigen zu können – wie sie es bis zum heutigen Simulationsdurchgang getan hatten –, hatte Matt immer ein Gefühl der Isolation und des Alleinseins vermittelt. Und er war sicher, daß es den anderen Net Force Explorern – wie die Nachwuchstruppe hieß, die im Auftrag von Net Force das Netz erkundete – ebenso erging.

Es machte nicht nur mehr Spaß, sondern es war auch keine Quälerei mehr, jetzt, wo sie richtig miteinander kommunizieren konnten.

»Oh, *klar*, Dave ... Das macht ja soviel Spaß«, sagte Andy Moore mehr als eine Spur sarkastisch.

»Was ist los, Andy?« fragte David. »Hast du Angst, Baron von Dieter könnte dich mal wieder abschießen?«

Mark, Matt und Megan O'Malley brachen in schallendes Gelächter aus. Sogar David Gray konnte sich ein Grinsen auf Kosten seines Flügelmannes nicht verkneifen.

»Ihr könnt lachen, wie ihr wollt«, sagte Andy mit verletztem Stolz. »Aber ich habe mit dem verdammten blauen Baron noch eine Rechnung zu begleichen, und zwar heute. Niemand schießt mich dreimal hintereinander ab und bleibt am Leben, um damit prahlen zu können!«

Alle lachten immer noch, während Andy abwechselnd die Flügel seines Flugzeuges neigte und die Faust drohend über dem Kopf erhob.

»Denkt daran«, sagte Andy mit mehr Überzeugung, als er eigentlich empfand. »Baron von Dieter gehört *mir*!«

Der unbesiegbare ›Baron von Dieter‹ war in Wirklichkeit ein fünfzehnjähriger deutscher Schüler namens Dieter Rosengarten. Dieter flog einen himmelblauen Fokker-Dr.-1-Dreidecker mit einem auf den Bug gemalten kampflustigen Gesicht. Er war der Anführer der *Jasta* – der Staffel der ›Jungen Berliner‹.

Matt und seine Freunde hatten gerade mit der ersten Runde des international geförderten Ferienkurses mit dem Titel ›Hundert Jahre militärische Luftfahrt‹ begonnen. Matt hatte fünf der anderen Mitglieder der Net Force Explorer dazu überredet, mit ihm daran teilzunehmen. Der Kurs war sowohl als Studium der Luftfahrt- und Weltgeschichte als auch als Wettbewerb ausgelegt. Teams nicht nur aus den gesamten Vereinigten Staaten, sondern der ganzen Welt wetteiferten um die Siegestrophäe. In Matts Mannschaft fehlte ein Teilnehmer, da Julio zurücktreten mußte, nachdem sie sich bereits angemeldet hatten. Und ein Ersatzmann war nicht erlaubt.

In dieser ersten Runde waren die Net Force Explorer mit einigen anderen Gruppen in einem Pool zusammengefaßt worden. Die einzelnen Gruppen traten in den verschiedensten Szenarien, die auf tatsächlichen kriegerischen Auseinandersetzungen in der Geschichte der Luftfahrt beruhten, gegeneinander an. Da die Konflikte auf wahren Begebenheiten basierten, verzerrten Aspekte wie verfügbare Ausrüstung und die relative Stärke des Gegners die zu erwartenden Ergebnisse. Im Interesse der Fairneß wurden die erzielten Punkte für jede Auseinandersetzung daher mit einem Schwierigkeitsfaktor multipliziert. Die Teams eines bestimmten Pools trafen mehrere Male im Kampf aufeinander. Von ihrer dabei erreichten Punktzahl hing es ab, welches Team aus diesem Pool die nächste Runde erreichte.

Nach Matts Ansicht gab es eigentlich keine Verlierer bei diesem Wettkampf. Die Teilnehmer lernten nicht nur viel, sondern bekamen auch Gelegenheit, in den besten Simulatoren der Welt zu fliegen. Außerdem hatten sie viel Spaß. Dennoch hätte Matt nichts dagegen, mit seinem Team in die nächste Runde zu kommen. Dort würden sie mit Simulatoren für Luftfahrzeuge arbeiten, die sich noch im Versuchsstadium befanden und vom Militär noch nicht produziert wurden. Außerdem würden sie in Konflikten kämpfen, die noch nicht eingetreten waren – und zu denen es hoffentlich nie kommen würde.

Neben den Preisen, die an die Teams gingen, erhielt der beste Einzelpilot des Wettbewerbs den Titel ›Top-As‹. Dieser Preis, der an den begabtesten Piloten des jeweiligen Jahres verliehen wurde, war heiß begehrt. Viele ehemalige Gewinner der Top-As-Trophäe starteten eine erfolgreiche Karriere und entwarfen oder flogen High-Tech-Kampfflugzeuge für ihr Heimatland.

In dieser ersten Woche, in der die erste Runde des Wettbewerbs stattfand, hatten sich das Net-Force-Team und die deutsche *Jasta* in Luftkämpfen des Ersten Weltkriegs gegenübergestanden. Meistens hatte das Net-Force-Team verloren.

Dieter und seine Leute verfügten über weitaus bessere, schnellere und wendigere Flugzeuge. Außerdem schienen sie ihre Aufgabe zu genießen. Sogar Matt, der ein wenig mehr Erfahrung hatte als seine Freunde, war am ersten Tag von Dieters Fokker abgeschossen worden.

Obwohl der mysteriöse Baron von Dieter praktisch jeden aufs Korn nahm, schien er es besonders auf Andy abgesehen zu haben. Den Klassenclown des Net-Force-Teams hatte er in den letzten drei Tagen immer wieder vom Himmel geholt.

Natürlich schäumte Andy vor Wut.

Ein Problem bestand für Matt und seine Freunde darin, daß sie sich in den Flugzeugen mit der Technik des frühen zwanzigsten Jahrhunderts zufriedengeben mußten. Obwohl sie viele Flugstunden in der virtuellen Realität verbuchen konnten, hatten sie die meiste Zeit eher in Simulatoren für hochmoderne Flugzeuge oder zumindest Maschinen verbracht, die am Ende des zwanzigsten Jahrhunderts gebaut worden waren. Sie waren es einfach nicht gewohnt, mit der Technik aus dem Präcomputerzeitalter umzugehen, was sich in ihrer Wettbewerbsleistung widerspiegelte.

Sogar Matt war in diese Falle getappt und hatte fast ausschließlich in modernen Simulatoren geübt, weil sie ihm im Hinblick auf seinen Wunsch, Pilot zu werden, für das wirkliche Leben am meisten brachten. Er hatte angenommen, daß Fliegen gleich Fliegen sei und sich die in dem einen Flugzeug erlernten Fähigkeiten automatisch auf ein anderes übertragen ließen – was in der modernen Luftfahrt in der Regel auch der Fall war. Jetzt wurde ihm aber in aller Deutlichkeit klar, daß er falsch lag. Im nächsten Jahr mußte er sein Trainingsprogramm unbedingt ändern.

Obwohl das Institut über Ausgleichsprogramme verfügte – eine Funktion, die gewährleistete, daß das Flugzeug oben blieb, es sei denn, jemand machte einen *wirklich* dummen Fehler oder wurde in einem simulierten Luftkampf abgeschossen –, war das Fliegen der Doppeldecker aus Segeltuch und Holz immer noch ein Nervenkitzel.

»Den Doppeldecker zu fliegen ist, als wäre man an

einen Motor gebunden, und die Flügel kleben einem auf dem Rücken«, hatte sich Mark an diesem Morgen bei Matt beklagt, während sie sich auf den simulierten Fliegereinsatz vorbereiteten. »Ich habe das Gefühl, das einzige, was ich tun kann, ist, mich festzuhalten. Die Maschine wirklich kontrollieren kann ich nicht.«

Matt Hunter mußte seinem Freund zustimmen.

Einige Monate zuvor war Matt mit seinem Vater zum Hanggleiten in Kalifornien gewesen. Obwohl es bei diesem Sport ein wirklich ernsthaftes Verletzungsrisiko – wenn nicht Schlimmeres – gab, fand Matt, virtuelle Doppeldecker zu fliegen war wesentlich ehrfurchterregender als *reale* Hanggleiter. Die Doppeldecker waren launisch, unzuverlässig und hatten ihre Macken. Doch in der letzten Woche hatte er festgestellt, daß er jede Minute genoß, die er in diesen Dingern verbrachte. Sie waren eine wirkliche Herausforderung. Er hätte nie erfahren, was ihm entging, wenn er nicht an diesem Ferienkurs teilgenommen hätte. Und er war froh, daß er auch seine Freunde zur Teilnahme hatte bewegen können.

Daß das Net-Force-Team ständig gegen Dieters Berliner verlor, hatte aber noch einen ganz anderen Grund – einen, der den Kern der Sache viel eher traf als die mangelnde Vertrautheit mit den ersten Flugzeugen; damit hatten die anderen Teilnehmer genauso zu kämpfen. Doch kurz bevor der Kurs begann, hatten die Net Force Explorer ihren besten VR-Piloten verloren.

Das As in ihrer Truppe war Julio Cortez gewesen, der einzige von ihnen, der bereits an diesem Wettbewerb teilgenommen hatte und im letzten Jahr sogar fast den Top-As-Titel geholt hätte. Obwohl Julio sich darauf gefreut hatte, um den diesjährigen Titel zu kämpfen, mußte er aus dem Wettkampf ausscheiden, da seine Eltern umzogen. Sein Vater war ein bekannter lateinamerikanischer Intellektueller und Menschenrechtsaktivist und hatte sich entschlossen, Washington zu verlassen, um mit seiner Familie in sein Heimatland Corteguay zurückzukehren. Das Land stand kurz vor den ersten demokratischen Wahlen seit sechzig Jahren, und Ramon Cortez wollte sich als Präsidentschaftskandidat aufstellen lassen.

Matt wußte, daß Julios Vater froh war, endlich wieder in die Heimat zurückkehren zu können. Doch genauso sicher war er, daß Julio nicht nach Corteguay ziehen wollte, diesen verarmten, sozialistischen Inselstaat vor der Küste Südamerikas – ein Land ohne Versammlungs- und Redefreiheit. Zudem gab es auf Corteguay weder Zugang zum weltweiten Netz noch waren topmoderne Hard- und Software zu haben.

In fast jedem anderen Land auf der Erde wäre es möglich gewesen, daß Julio heute bei dem Wettbewerb mitgemacht hätte. Nur nicht auf Corteguay. Julio zu verlieren, das war für die Net Force Explorer ausgesprochenes Pech. Denn er hatte ein Talent dafür, einen Nachteil geschickt in einen Vorteil zu verwandeln. Zum Beispiel, wenn es um die Neigung der Sopwith Camel ging, nach rechts zu ziehen: Als Julio das Flugzeug lenkte, verwandelte er diese Marotte in einen Trumpf, indem er die Maschine in der Luft drehte und wendete, als würde er tanzen.

Letztes Jahr, als Matt und Mark Julio im Smithsonian-Museum für Flugsimulation kennengelernt hatten, gab es kein Flugzeug, das der im politischen Exil lebende Teenager nicht bezwingen konnte. Und während der letzten Monate hatte er sein Können sogar noch weiter perfektioniert.

Soviel stand fest: Wäre Julio mit seiner orangefarbenen Sopwith Camel mit Tigerstreifen jetzt dabei, dann würde Dieter seinen Vorsprung von sechs zu null nicht lange halten können.

Matt wünschte, Julio wäre hier – zum einen, weil der

Freund ihnen in den Simulatoren den Hals retten würde, zum anderen, weil Matt ihn schlicht und einfach vermißte.

»Haltet gut Ausschau«, mahnte David Gray, dessen tiefe Stimme Matt aus seinen Gedanken riß. »Wir nähern uns immer mehr der Front und kommen langsam an den Punkt, an dem Dieters *Jasta* uns letztes Mal angegriffen hat ...«

In die Sonne blinzelnd, suchte Matt mit den Augen sorgfältig den Himmel über sich ab, konnte aber nichts entdecken. Dann prüfte er, ob sich möglicherweise gegnerische Flugzeuge in der unteren Wolkendecke verborgen hielten und die Wolkenformation als Tarnung benutzten.

Er richtete den Blick nach unten auf die zerstörte Landschaft, die unter den Flügeln seines Doppeldeckers dahinzog. Die braune, öde Erde sah aus wie eine Wüste, durchzogen von Hunderten parallel verlaufender Gräben und Tausenden Metern Stacheldraht. Ab und zu erschütterten virtuelle Explosionen den Erdboden unter ihnen, wo Soldaten verbissen um jeden Zentimeter Boden kämpften.

Während die Sopwith Camels in einer Linie über die Gräben dröhnten, stieg Matt ein fürchterlicher Gestank in die Nase.

»Puh!« stöhnte Megan. »Was ist das für ein Mief?«

Matt erkannte den Geruch, sagte aber nichts. Er erinnerte sich daran, ein paar Jahre zuvor etwas Ähnliches gerochen zu haben.

Nachdem er damals mit seinem Vater von dem US-Flugzeugträger *Ronald Reagan* zurückgekommen war, wo sie seine Mutter besucht hatten, unternahmen sie einen Abstecher nach Ägypten. Auf dem Weg zu den Pyramiden kamen sie in einem offenen Bus an einer am Ufer des Nils neuerrichteten Fleischverpackungsfabrik vorbei. Der Gestank, der von dem unter ihnen liegenden, virtuellen Schlachtfeld heraufzog, ähnelte dem beißenden Geruch aus dem Schlachthof.

»Manchmal sind diese Programme etwas *zu* realistisch«, murmelte Matt.

»Allerdings!« pflichtete Megan ihm bei. Normalerweise mochte Megan es nicht, sich vor den anderen auch nur im mindesten zimperlich zu zeigen. Sie war ein Wildfang, durch und durch, und stolz darauf, mit den ›Jungs mitzuhalten‹. Doch der ekelerregende Gestank, der von den Gräben heraufzog, würde selbst einen US-Marine zum Würgen bringen.

Schweigend flogen sie über das virtuelle Schlachtfeld. Soviel stand für Matt fest: Wenn sie sonst nichts aus diesem virtuellen Geschichtsunterricht mitgenommen hätten, würden sie auf jeden Fall den sinnlosen Horror des Krieges in Erinnerung behalten, wie er um die letzte Jahrhundertwende stattgefunden hatte.

Kaum hatte die Staffel die Front und den Gestank hinter sich gebracht, wurden ihre Flugzeuge von Flakgeschützen unter Feuer genommen.

»Los, steigen wir etwas höher«, sagte Matt. Er hatte die Worte kaum ausgesprochen, als überall um sie herum Rauchwolken und Feuerbälle explodierten. Der Rest der Staffel folgte ihm in die Wolken.

Das war einfach! dachte Matt. Gestern habe ich mit der Hand gewunken, bis mein Arm fast abfiel, aber niemand hat mein Zeichen bemerkt. Als Folge dieser Kommunikationsstörung hatte die *Jasta* der Berliner ihnen geschlossen eins drauf gegeben.

Die Kommunikation innerhalb der Gruppe war in diesem VR-Unterrichtsprogramm eines der wenigen Zugeständnisse an die moderne Technik – allerdings erst am letzten Tag dieser Kursstufe, da das Fliegen jetzt eher als Wettbewerb denn als Geschichtsunterricht angesehen wurde.

Die ganze Woche waren sie wie *richtige* Piloten des

Ersten Weltkriegs geflogen: ohne die Möglichkeit, sich untereinander verbal zu verständigen.

Für Matt war es schwer zu verstehen, wie Piloten gegen einen Feind kämpfen konnten, ohne miteinander in Funkkontakt zu stehen. Natürlich hatten die Piloten des Ersten Weltkriegs weder ausreichendes Training noch Schleudersitze, zuverlässige Flugzeuge oder Fallschirme. Letztere waren zur damaligen Zeit zwar schon verfügbar, aber die ersten Kampffliegerstaffelführer hatten sich geweigert, sie in die Standardausrüstung aufzunehmen.

Damals herrschte die Theorie vor, daß die Piloten sich im Kampf stärker einsetzen würden, wenn ihr Leben davon abhinge. Doch damit sorgte das Militär auf beiden Seiten nur für eine enorm hohe Zahl von Opfern unter ihren Kampffliegern. Viele Todesfälle hätten vermieden werden können. Alle am Luftkampf des Großen Krieges beteiligten Länder verloren mehr als die Hälfte ihrer Piloten durch Feindberührung, technisches Versagen oder Unfälle. Der Verlust an Kampffliegern betrug in den meisten Ländern nahezu achtzig Prozent. So bezeichneten die Briten beispielsweise das Flying Corps damals als ›Selbstmordverein‹.

Die Kursteilnehmer erwartete allerdings kein solches Schicksal. Ein weiteres Zugeständnis der Programmierer bestand glücklicherweise in einer Taste zum Beenden des Programms, der ›Paniktaste‹, die auf der Instrumententafel jedes Flugzeuges angebracht war. Wem die Sache zuviel wurde, der konnte durch Drücken der Taste jederzeit aus dem Programm aussteigen.

Richtige Piloten im Ersten Weltkrieg hatten einen solchen Luxus natürlich nicht. Sie stürzten mit ihren Flugzeugen ab.

Als ›Staffelführer‹ seines Teams verfügte Matt Hunter noch über eine Sondertaste, mit der man in den riesigen Datenbanken des Computers, in denen die Szenarien während der Simulation gespeichert wurden, ein Lesezeichen plazieren konnte. Wenn sie die Flugsimulation beendet hatten und wieder in Echtzeit im Institut waren, konnte Matt anhand des Lesezeichens die Wiedergabe des Moments aufrufen, in dem er die Taste gedrückt hatte. Die Funktion eignete sich hervorragend, um Streitereien darüber beizulegen, wer wen abgeschossen hatte.

Während sie ihren Flug fortsetzten und immer tiefer in ›feindliches‹ Gebiet eindrangen, suchte Matt weiter den Himmel auf der Suche nach gegnerischen Flugzeugen ab. Doch die Deutschen waren nicht kooperativ.

Gerade als es so aussah, als würde ihr erster Flug an diesem Tag ereignislos verlaufen, brach die Hölle los.

Die Warnung kam von Megan O'Malley, die sich innerhalb der Formation links außen befand. »Wir haben Gesellschaft«, sagte sie und zeigte in den Himmel über ihnen. »Der Teutone kommt im Sturzflug aus der Sonne!«

Matt blickte nach oben, gegen die grelle Helligkeit des virtuellen Himmels blinzelnd. Mit halb geschlossenen Augen konnte er sie jetzt ausmachen. Vier dunkle Schatten kamen im Sturzflug aus dem grellen Sonnenlicht.

»Formation auflösen«, befahl er. Um die Ordnung der Formation aufzuheben, drehte Matt mit seinem Flugzeug nach links ab, denn er war sicher, Mark würde das gleiche zur rechten Seite tun. Matt wollte sich nicht mit den Flügeln seines eigenen Flügelmannes ins Gehege geraten …

Schneller, als es möglich erschien, war der himmelblaue Fokker-Dreidecker von Dieter Rosengarten mitten unter ihnen. Seine doppelläufigen Spandau-Maschinengewehre schleuderten den Net Force Explorern virtuelles heißes Blei um die Ohren.

Als der Deutsche vorbeidüste, zog Matt den Steuerknüppel zurück, so daß die Nase der Sopwith gen Sonne zeigte. Er versuchte, wieder etwas von der Höhe zu gewinnen, die er beim Auflösen der Formation verloren hatte, und über den Feind zu gelangen. Wenn er zu niedrig flog, das wußte er, könnte der Gegner ihn problemlos in Grund und Boden jagen.

Plötzlich hörte Matt David Gray kreischen. Als er sich umdrehte, sah er gerade noch, wie die Camel seines Freundes ihre Flügel verlor und vom Himmel plumpste wie ein toter Vogel.

»Macht's gut! Und viel Glück ...«, sagte David, bevor er die Paniktaste drückte. Er verschwand aus seinem Cockpit, während die virtuelle Sopwith Camel mit der Nase voran auf die Erde zuraste.

Megan befand sich genau in der richtigen Position. Sie kam von oben und flog hinter dem deutschen Flugzeug her, das David den Garaus gemacht hatte. Auch dieses purzelte in Einzelteilen zur Erde. Doch Megans Rache hatte ihren Preis. Ihr Flugzeug wurde als nächstes aufs Korn genommen.

Als die übrigen Maschinen der *Jasta* angriffen, riß sie ihren Doppeldecker mutig herum, um einem einzelnen Albatros-Kampfflugzeug die Stirn zu bieten. Einen kurzen Moment lang spielten die beiden Piloten ›Katz und Maus‹ miteinander. Doch als sie ihre Maschinen herumrissen, um einander auszuweichen, verfingen sich die Flügel, so daß es zu einem gewaltigen Zusammenstoß mitten in der Luft kam, durch den die Flugzeuge wie Kreisel herumgeschleudert wurden.

Diesmal war es das Fail-Safe-System des Simulators, das Megan und den deutschen Piloten in die Realität zurückholte, während die Wrackteile ihrer ineinander verkeilten VR-Kampfflugzeuge erdwärts stürzten.

»Auch eine Art, den Feind außer Gefecht zu setzen!« rief Matt. Doch falls ihn jemand gehört hatte, antwortete er nicht. Jeder, der sich noch in der Luft befand, hatte genug damit zu tun, dort oben zu bleiben.

»Matt, ich habe ein Problem«, sagte Mark Gridley und bemühte sich dabei, gefaßt zu klingen. Matt suchte den Himmel nach seinem Flügelmann ab. Schließlich entdeckte er den Zwerg, der seinen Doppeldecker durch die Lüfte schaukelte und vergeblich versuchte, Dieters Dreidecker abzuschütteln.

Was der junge Amerikaner auch tat, der deutsche Pilot klebte an seinem Heck. Obwohl Matt bezweifelte, daß er seinen in Bedrängnis geratenen Flügelmann noch rechtzeitig erreichen konnte, mußte er es versuchen.

Er drehte seinen Joystick und betätigte die Seitenrudersteuerung, um seine Sopwith Camel in die Richtung seines Freundes zu lenken. Gerade als er sein Wendemanöver beendete, geriet ein deutsches Albatros-Kampfflugzeug in sein Schußfeld. Ein so gutes Ziel konnte er sich einfach nicht entgehen lassen.

Matt machte sein Maschinengewehr schußbereit. Dann zielte er und drückte den Abzug. Er ließ Drei-Sekunden-Salven los und hoffte, daß seine einzige Waffe nicht wieder Ladehemmung hatte, wie es ihm am zweiten Kurstag passiert war.

Zu Matts Überraschung verlor die Albatros ihren möwenförmigen Flügel, und Feuer flammte auf. Eine virtuelle Kugel hatte die vor dem deutschen Piloten befindliche Instrumententafel zerschmettert und war in den Benzintank eingedrungen. Der deutsche Teenager drehte sich um und salutierte. Dann hieb er hastig auf die Paniktaste und verschwand. Seine Albatros trudelte in einer Wolke aus Rauch, Feuer und Wrackteilen abwärts.

Matt spürte eine Welle des Triumphes. Er hatte seinen ersten Sieg der Woche errungen.

Indessen hatte Mark die ihm zu Hilfe eilende Sopwith Camel seines Freundes entdeckt und lenkte sein Flugzeug in Matts Richtung. Dieters Dreidecker folgte ihm.

Auch nachdem Mark eine Kurve geflogen war, war der Deutsche ihm noch wie ein Jagdhund auf den Fersen.

»Bleib ihm nur noch eine Sekunde aus dem Schußfeld!« feuerte Matt ihn an. »Ich schaff' ihn dir vom Hals.«

Der Zwerg antwortete nicht. Dazu hatte er keine Zeit. Matt beobachtete, daß Mark viel zu sehr damit beschäftigt war, sein Flugzeug zu lenken und den gelegentlichen Salven von Dieters bellenden Maschinengewehren auszuweichen, als daß er auch nur daran denken konnte zu antworten.

Matt wurde klar, daß er Gefahr lief, über sein Ziel hinauszuschießen. Blitzartig riß er seine Sopwith Camel nach rechts, um die Geschwindigkeit zu drosseln. Doch dem ruckartigen Manöver war das primitive Flugzeug nicht gewachsen, so daß Matt die Kontrolle über die Maschine verlor.

Für den Bruchteil einer Sekunde kämpfte er mit dem Steuerknüppel und bewahrte den Doppeldecker nur haarscharf davor, ins Trudeln zu geraten. In dieser Höhe hätte er die Maschine nicht wieder abfangen können.

Nachdem Matt das Flugzeug wieder im Griff hatte, blieb ihm nicht einmal Zeit, einen Stoßseufzer der Erleichterung von sich zu geben.

Marks Sopwith Camel schoß an seinem linken Flügel vorbei. Dahinter lauerte Dieters blauer Doppeldecker, der sich nun im Fadenkreuz von Matts Gewehr befand. Der Deutsche kam direkt auf ihn zu. Er war schon so nah, daß Matt das ›Smiley-Gesicht‹ sehen konnte, das Dieter auf den Bug seiner virtuellen Fokker ›gemalt‹ hatte. Instinktiv drückte Matt den Abzug.

Sein Maschinengewehr ratterte los – allerdings bloß eine Sekunde lang. Dann blockierte die Waffe.

Matt stöhnte. Das war's dann, dachte er bedauernd.

Doch gerade als Dieters Gewehre virtuelles Blei auf

ihn zu spucken begannen, fiel ein Schatten auf den arglosen deutschen Kampfflieger.

Wie ein Raubvogel stieß eine Sopwith Camel mit einem vertrauten orangeschwarzen Streifenmuster, aus allen Rohren feuernd, vom Himmel herab. Der Fokker-Dreidecker drehte hart nach links ab und ging bei Dieters Versuch, dem virtuellen Kugelhagel auszuweichen, in einen steilen Sturzflug über.

Doch für den Deutschen gab es kein Entrinnen.

Das Segeltuch auf dem oberen Flügel der Fokker wurde vor den Augen Matts von Kugeln zerfetzt und begann sich zu lösen.

Matt und Mark stießen beide Triumphschreie aus, während Julio Cortez Dieters Fokker ununterbrochen unter Beschuß nahm, bis der oberste Flügel abbrach und der Dreidecker sich in seine Bestandteile auflöste.

So unvermittelt wie er begonnen hatte, war der Luftkampf beendet.

Mit vor erhöhtem Adrenalinspiegel klopfendem Herzen lenkten Matt und Mark ihre Doppeldecker neben Julios gestreiftes Flugzeug.

»Julio, Kumpel … Du hast meinen Hintern gerettet!« rief Mark fröhlich.

»Das Top-As ist da«, bemerkte Matt und drehte sich um, um einen Blick auf seinen Freund zu werfen. »Ich freue mich echt, dich zu sehen, *Jefe*!«

»Mark … Matt?« kam es benommen von Julio. »Bin ich hier? Bin ich tatsächlich entkommen?«

Matt und Mark wurde klar, daß mit ihrem Freund irgend etwas nicht stimmte. Er benahm sich, als befände er sich in einem Schockzustand oder als hätte er Gedächtnisschwund oder etwas Ähnliches.

»He, Julio … Was ist los?« fragte Matt. »Was fehlt dir?«

»Nichts«, erwiderte Julio. »Ich hab's geschafft … Ich bin hier! Matt, mein Freund, ich bin hier!«

»Du bist *hier*, klar«, entgegnete Mark. »Und wir sind verdammt froh, dich zu sehen, *Jefe* … Aber was ist los?«

Matt kämpfte mit der Steuerung seines virtuellen Fliegers, während sein Blick auf seinem Freund ruhte. In Julios Gesicht stand Verwirrung, als zweifelte er daran, ob er seinen Augen trauen konnte.

Plötzlich zog Julio die Augen entschlossen zu einem schmalen Spalt zusammen. Er fixierte Matt mit seinem Blick. »Matt!« sagte er eindringlich. »Du mußt mir zuhören … Meine Familie … auf Corteguay … Du mußt etwas unternehmen, es jemandem erzählen!«

»*Was* soll ich erzählen? Worum geht's denn?« fragte Matt. »Was ist los?«

»Meine Familie …«, antwortete Julio. »Wir werden in meinem Heimatland als Gefangene gehalten … Ich bin zwar im Moment entkommen, aber ich weiß nicht, wie lange ich frei bleibe!«

»Julio!« sagte Matt. »Ich verstehe gar nichts … Willst du damit sagen, daß du in einem Gefängnis bist … jetzt in *diesem* Moment?«

»Ein virtuelles Gefängnis, mein Freund«, erwiderte Julio. »Bitte … hilf mir … hilf meinem Vater, meiner Mutter und der kleinen Juanita!«

Dann, ebenso unvermittelt, wie er aufgetaucht war, begann Julio mit seiner orangeschwarzen Sopwith Camel zu verblassen. »Rette meine Familie!« bat er noch einmal, während er verschwand. Seine Stimme klang hohl. »Hilf ihnen, hilf uns, bevor es zu spät ist …«

Einen Bruchteil einer Sekunde, bevor Julios Flugzeug völlig durchsichtig wurde, streckte Matt die Hand aus und hieb auf die Tasten, die sie zurück in die Realität bringen würden und diesen Augenblick in den Datenbanken des Computers markierten.

Abrupt fanden sich Matt Hunter und Mark Gridley in ihrem Unterrichtsraum wieder, angeschlossen an ihre mit dem Computer verbundenen Stühle.

Die anderen drei Net Force Explorer, die bereits aus der virtuellen Realität ausgestiegen oder abgeschossen worden waren, standen um Matt und Mark herum und starrten sie mit einem besorgten und verwirrten Ausdruck im Gesicht an.

Auch Matt und Mark wechselten verblüffte Blicke. Beide fragten sich, was sie gerade gesehen hatten. Sollten sie ihrer Wahrnehmung und das, was der virtuelle Schatten von Julio Cortez ihnen erzählt hatte, glauben oder nicht?

Zweites Kapitel

»Ich weiß, es klingt verrückt«, sagte Matt Hunter stur, »aber ich versichere euch: Wir beide haben Julio in dieser Simulation gesehen … Er *war* da!«

Mark Gridley, der neben ihm saß, nickte heftig. Der junge Thai-Amerikaner strich sich den schwarzen Pony aus der Stirn und beugte sich in seinem Konferenzstuhl nach vorn. »Fragt Dieter«, sagte er. »Irgend jemand hat das deutsche As abgeschossen, und dieser Jemand war sicher nicht ich!«

David Gray sah nachdenklich aus, auf seiner dunkelbraunen Haut glitzerten Schweißperlen. Megan O'Malley hörte aufmerksam zu, ihr hübsches Gesicht verriet keinerlei Gefühlsregungen.

Nur Andy Moore sagte, was er dachte – und zwar unverblümt. »Ich glaube, ihr seid in diesen Doppeldekkern so herumgeschüttelt worden, daß euer Hirn was abgekriegt hat!« kommentierte er, zweifelnd den Kopf schüttelnd.

»Genug, genug«, mischte sich Dr. Dale Lanier, der Kursleiter, ein. »Jetzt beruhigt euch erst mal, und dann klären wir die Sache …«

»Dr. Lanier?« Einer der Techniker meldete sich von seiner Kontrollstation. »Wir sind mit den holographischen Projektoren soweit.«

»Wartet ab«, sagte Mark zu den anderen Net Force Explorern. »Ihr werdet schon sehen, daß wir die Wahrheit sagen.«

Während das Licht gedämpft wurde, richteten die Net Force Explorer ihren Blick auf die Konferenzstühle auf der anderen Seite des Raumes. Da sie auf diesen Moment gespannt gewartet hatten, waren sie richtig aufgeregt.

Nach einer Woche Wettkampf sollte das Net-Force-Team zum erstenmal außerhalb des Simulationsprogramms auf die Piloten der Berliner *Jasta* treffen. Natürlich war Dieter Rosengarten mit seinen Freunden nach wie vor in Deutschland, aber die holographischen Projektoren in dem Konferenzraum erweckten den Anschein, als säßen die Deutschen den Net-Force-Mitgliedern gegenüber.

Das gleiche ging in Deutschland vor sich, wo Hologramme der Net-Force-›Staffel‹ in den Besprechungsraum des deutschen Teams projiziert wurden.

Während alle gespannt warteten, kündigte eine Explosion von Licht und Farbe an, daß die holographischen Projektoren ansprangen. Plötzlich erschien ein klein geratener, pummeliger blonder Teenager mit roten Backen, dicken Brillengläsern und vorstehenden Hasenzähnen. Hinter ihm stand lächelnd eine Gruppe von deutschen Jugendlichen, die allesamt schwarze Overalls trugen.

Megan konnte ihre Gefühle normalerweise ziemlich gut verbergen. Doch jetzt, als sie den Schrecken der Lüfte, ›Baron von Dieter‹, zum erstenmal außerhalb der virtuellen Realität zu Gesicht bekam, war sie so erstaunt, daß sie förmlich nach Luft schnappte.

Dieter Rosengarten beeindruckte am Boden sehr viel weniger als am Steuerknüppel seiner Fokker Dr. 1. Seine Augen nahmen sich hinter den dicken Brillengläsern winzig aus. Offenbar war sein Sehvermögen so schlecht, daß eine operative Korrektur nicht in Frage kam. Schielend musterte der beleibte Jugendliche aus Deutschland die Gesichter des amerikanischen Teams.

Der Anblick des körperlich wenig imponierenden Deutschen verdeutlichte Matt, wie sehr der Lieblingsspruch seines erfinderischen Vaters stimmte: »Die Realität und die virtuelle Welt sind zwei grundverschiedene Orte.«

Für Mark war Dieters Aussehen keine allzu große

Überraschung. Als kleinstes und jüngstes Mitglied der Net Force Explorer hatte der Zwerg schon früh mitbekommen, daß es in der virtuellen Realität nicht auf Größe, Stärke oder Schnelligkeit ankam.

Man mußte nur Köpfchen haben.

»Hallo zusammen«, begrüßte Dieter sie freundlich auf englisch. Ein deutscher Akzent war kaum bemerkbar.

»Guten Tag, Herr Rosengarten«, sagte Dr. Lanier, der hinter seinem Podest stand. »Zunächst möchte ich Ihnen und Ihrer *Jasta* im Namen der Anwesenden zu Ihrem Erfolg in dieser Woche gratulieren. Die Staffel der Jungen Berliner – und Sie, Herr Rosengarten – hat Grund, stolz zu sein. Ihre Mannschaft hat zum jetzigen Zeitpunkt die höchste Punktzahl in der ersten Runde, und Herr Rosengarten schneidet als As des Wettbewerbs bisher am besten ab.«

Alles klatschte den Deutschen in Anerkennung ihrer besseren Fähigkeiten in den Simulatoren gnädig Beifall. Nur auf Andy Moores Gesicht stand ein weniger freundlicher Ausdruck geschrieben, als er Dieter Rosengarten mit den Augen zu durchbohren schien.

Wenn Blicke töten könnten ... dachte Matt.

Der dicke Deutsche lächelte erfreut. »Danke ... Ihnen allen vielen Dank«, sagte er mit einer knappen Verbeugung. Dann wandte er sich an den Kursleiter. »Ich möchte Ihnen für eine höchst interessante Woche danken, Dr. Lanier ... Ich fand den Unterricht über den Ersten Weltkrieg äußerst informativ und freue mich auf die nächste Unterrichtsphase in der kommenden Woche.«

Nun wandte sich Dieter an die Net Force Explorer. »Ich möchte auch der Person gratulieren, die mich heute abgeschossen hat.« Suchend sah sich der Deutsche durch seine dicken Brillengläser im Raum um. »Bitte, wer war es?«

»Das würden wir gern von Ihnen wissen, Herr Rosengarten«, antwortete Dr. Lanier sanft. »Wir hatten gehofft, Sie hätten gesehen, wer es war … Wir sind nicht ganz sicher, wer von den Net Force Explorern das Lob verdient.« Lanier hielt kurz inne. »Anscheinend gibt es in dieser Hinsicht Unklarheiten«, fügte er hinzu.

Dieter Rosengarten schaute erstaunt drein. Dann rieb er sich konzentriert das gerötete Gesicht. »Ich dachte eigentlich, daß der Gegner, den ich verfolgte, einen Looping über meinen Kopf hinlegte, während sein Flügelmann mich ablenkte. Ein äußerst gelungenes Flugmanöver.« Dieter pfiff anerkennend. »Sehr geschickt, finde ich«, fuhr er fort. »Daß jemand ein solches Manöver mit einer Sopwith Camel fliegt, habe ich im Simulator zum allerersten Mal gesehen.«

»Wußte ich doch, daß du es warst, Zwerg!« stieß Andy Moore hervor.

»Schön wär's!« schnaubte Mark.

Dr. Lanier warf den Teenagern einen mahnenden Blick zu, was die beiden Streithähne verstummen ließ.

»Sie sagten, Sie *dachten*, es wäre die Maschine, die Sie verfolgten«, setzte der Kursleiter das Gespräch fort. »Aber was haben Sie tatsächlich *gesehen*, Herr Rosengarten?«

»Gesehen?« fragte Dieter und blinzelte durch seine Brillengläser. Dann kratzte er sich mit seinen Wurstfingern nachdenklich das Doppelkinn. »Na, ja … ich hab' gesehen, wie mein Flügel abbrach«, fuhr er nach einer Pause fort.

Der ganze Raum brach in schallendes Gelächter aus. Sogar auf Dr. Laniers Gesicht zeigte sich ein Lächeln, was normalerweise nur bei besonderen Gelegenheiten geschah. Zum Beispiel, wenn er den Blitzkrieg beschrieb oder von seinen eigenen Erfahrungen berichtete, die er im Luftkrieg gegen den Irak am Ende des letzten Jahrhunderts gesammelt hatte.

Im allgemeinen Gelächter bemerkte Mark, daß Andy ihn mit einem merkwürdig neuen Ausdruck von Respekt anschaute. Andy denkt wirklich, ich hätte Dieter heruntergeholt, dachte er. Er ist sauer auf mich, weil er selbst den Deutschen einsacken wollte … Aber wenn ich Dieter Rosengarten wirklich abgeschossen hätte, warum sollte ich es dann nicht zugeben?

Als das Lachen allmählich verstummte, nahm Dieter das Wort wieder auf. »Es tut mir leid, Dr. Lanier, aber das Flugzeug, das mich abgeschossen hat, habe ich nicht zu Gesicht gekriegt. Es passierte alles so schnell.«

»Nun, gut«, antwortete der Kursleiter. »Vielen Dank für Ihre Hilfe, Herr Rosengarten. Und vielen Dank Ihnen allen, daß Sie zu dieser Zusammenkunft erschienen sind … Für Ihren Kampf gegen Michael Clavell und das britische Team im Szenario der ›Schlacht von Großbritannien‹ nächste Woche wünsche ich Ihnen viel Glück.«

»Danke für Ihre guten Wünsche, Dr. Lanier«, entgegnete Dieter. »Die Jungen Berliner freuen sich darauf, den Verlauf der Geschichte zu ändern und England auf dem Luftweg zu erobern.«

Nachdem die Deutschen ihnen zum Abschied freundlich zugewunken hatten, verschwanden sie.

»Gehen wir einfach wieder zurück ins Programm, Dr. Lanier«, schlug Matt Hunter vor, während sich die holographischen Projektoren abschalteten und das Licht wieder anging. »Ich weiß, was Mark und ich gesehen haben, und ich bin sicher, daß Julio noch dort ist.«

»Das halte ich zwar für eine ausgezeichnete Idee, aber ich glaube nicht, daß es nötig sein wird, das Programm noch einmal laufen zu lassen«, erwiderte Lanier. »Computer, das Summenraster für die Simulation ›Roter Baron‹ anzeigen.«

»In Arbeit …« Die von einem Synthesizer erzeugte weibliche Computerstimme verhallte, und der bisherige Punktestand für die Runde des Ersten Weltkriegs tanzte über den Köpfen der Anwesenden in der Luft.

»Ausgezeichnet. Computer, detaillierte Informationen über die Teilnehmer Hunter, Gridley und Rosengarten anzeigen.«

»In Arbeit ...« Drei kleine Symbole sonderten sich von der Punkteübersicht ab und wurden rasch größer. Dr. Lanier betrachtete sie eingehend.

»Das ist merkwürdig«, sagte er. »Dieter wird als um 11:38:26 Uhr abgeschossen aufgeführt, aber weder Mark noch Matt wird der Treffer angerechnet. Das ist eigentlich nicht möglich. Computer, Datensätze für den Wettbewerbsteilnehmer Rosengarten scannen. Das letzte Ereignis beschreiben.«

»In Arbeit ... oberer Flügel durch Schüsse aus Maschinengewehren zerstört. Der daraus resultierende Konstruktionsschaden machte die Fokker flugunfähig. Teilnehmer Rosengarten drückte Paniktaste und verließ den Simulator um 11:38:26.«

»Computer«, fragte Lanier weiter, »welcher der Teilnehmer war Urheber des durch Maschinengewehrschüsse entstandenen Schadens?«

»In Arbeit ...« Diesmal dauerte es wesentlich länger als zuvor. »Diese Information ist nicht verfügbar.«

»Was?« Verwirrt schaute Lanier die Kursteilnehmer an. Der Ausdruck wirkte in seinem Gesicht deplaziert, als würde er seine Muskeln selten dazu benutzen, verwirrt dreinzublicken. »Computer, Winkel des Maschinengewehrfeuers triangulieren. Stammt es aus nur einer Quelle?«

»In Arbeit ... Flugbahn wird erstellt. Winkel und Geschwindigkeit der Schüsse stimmen mit einem einzelnen, am Flugzeug montierten Maschinengewehr überein.«

»Computer, wem gehörte das Flugzeug, das für das Abfeuern der Geschosse verantwortlich war?« Lanier versuchte, in seiner Stimme nicht anklingen zu lassen, daß er sich über die Situation ärgerte. Doch es war vergebliche Liebesmüh. Zu seinem Glück war der Computer darauf programmiert, auf seine Worte zu reagieren, nicht auf seinen Tonfall.

»In Arbeit … kein Flugzeug befindet sich im triangulierten Ausgangsbereich der Schüsse.«

Laniers Gesicht wurde zu einer anschaulichen Studie zum Thema Wut.

»Sir«, sagte Matt. »Warum lassen wir die Simulation nicht noch einmal laufen? Sicher wird sich dabei aufklären lassen, was passiert ist.«

In diesem Augenblick kam ein Techniker in den Raum geeilt und übergab Dr. Lanier einen Zettel. Nachdem der Kursleiter die Nachricht gelesen hatte, runzelte er die Stirn. »Ich fürchte, das ist im Moment nicht möglich«, sagte er schließlich. »Von den Technikern wurde soeben eine Überprüfung der Simulationssysteme durchgeführt …«

»Und?« fragte Mark.

»Wir haben ein Problem.« Mit den Fingern fuhr sich der Lehrer durch das kurze, graue Haar, dann hielt er den Zettel hoch. »Wie es scheint, ist in unserem Programm des Ersten Weltkriegs ein Rift entstanden«, erklärte der Kursleiter. »Mit sofortiger Wirkung wird der Zugang zu den entsprechenden Programmdisketten eingeschränkt. Leider kann kein Schüler bis auf weiteres auf sie zugreifen. Zuerst müssen wir einen Experten hinzuziehen, der feststellt, wo das Problem liegt und wie es zu beheben ist …«

»Ich glaub's einfach nicht. Wir dürfen das Programm nicht noch einmal laufen lassen, nur wegen eines blöden Softwarefehlers!« sagte Matt verbittert zu seinen Freunden.

Die Net Force Explorer hatten es sich in einem der

vielen Aufenthaltsräume des Instituts bequem gemacht.

»Was kann es uns denn schaden, noch einmal zu erleben, was wir bereits durchgemacht haben?« fragte sich Matt laut, während er fragend in die Gesichter seiner Freunde schaute.

David, der Matts Blick standhielt, schüttelte den Kopf. »Darum geht es nicht, und das weißt du auch«, sagte er mit einer Leidenschaft, die sein Gegenüber erstaunte. »Es gibt keine Garantie dafür, daß das Programm so bleibt, wie du es angehalten hast. Jedenfalls nicht, wenn zutrifft, was ich über Rifts gehört habe.«

»David hat recht«, erklärte Megan. »Rifts sind gefährlich. Du kannst von Glück sagen, daß dir beim erstenmal nichts passiert ist.«

Matt war sicher, daß sie sich irrte. Er wußte nur sehr wenig über Rifts – und hatte sie im Grunde für eine der üblichen Legenden gehalten. Ein Rift war ein Fehler in der Software, der angeblich die Grenzen zwischen dem Computer und dem Gehirn des Benutzers aufhob. Dessen Gedanken, Erfahrungen und Gefühle konnten in das Programm eingespeist werden und umgekehrt. Es wurden Geschichten von Jugendlichen erzählt, die Spiele in der virtuellen Realität ausführten und am Ende die Verletzungen aufwiesen, die sie online erfahren hatten. Nach Matts Meinung klang das ziemlich absurd. Aber bevor er sich mit Megan auf eine Diskussion einlassen konnte, meldete sich eine andere Stimme zu Wort.

»Ich glaub' nicht, daß es tatsächlich ein Rift war«, sagte Mark Gridley. »Ich hab' schon einiges darüber gehört, und in dem Programm gab es kein Anzeichen dafür.«

»Du hast davon *gehört*«, schaltete Megan sich ein. »Aber hast du auch schon mal eins *gesehen*? Hat überhaupt jemand von euch schon einmal ein Rift gesehen?«

Einen Moment lang sagte niemand etwas. Megan fixierte Matt, so daß dieser unruhig auf seinem Stuhl hin und her zu rutschen begann. Er hatte keine hundertprozentige Antwort parat, weil er einfach nicht genug über Rifts wußte.

»Ich hab' schon mal eins gesehen«, erklärte Andy schließlich und rettete Matt damit aus seiner peinlichen Lage. Alle Augen richteten sich auf Andy. »Früher dachte ich, Rifts sind nur Mythen, die dazu dienen, Kinder von nicht jugendfreien Simulationen und gefährlichen Programmen abzuschrecken«, berichtete er. »Ich begann mich dafür zu interessieren, als ich von ›Signal 30‹ hörte.«

»Das hast du geglaubt!« David grinste. Auch Matt schmunzelte.

Nur Megan schaute verwirrt drein. »Was ist ›Signal 30‹?« fragte sie.

»So heißt ein virtuelles Übungsprogramm für Rettungsmannschaften«, kam es belehrend von Andy.

»War das nicht ein Programm gegen Alkohol am Steuer«, schaltete sich Matt Hunter ein, der sich an die Stadtlegende aus seiner Kindheit erinnerte.

»Wie auch immer«, sagte Andy. »Jedenfalls dreht sich die Geschichte um einen Teenager, der auf das VR-Programm zugriff, als er es nicht durfte. Er geriet in einen virtuellen Autounfall, in dem er geköpft wurde …«

Mark Gridley fiel ihm ins Wort. »Also haben sie diesen Jungen am nächsten Tag in seinem VR-Stuhl gefunden …«

»… ohne Kopf«, beendete Megan den Satz. »Deine blöde Geschichte ist vorhersagbar und total absurd …« Sie rollte mit den Augen.

»Eine ziemliche Leistung, Moore.«

»Aber angsteinflößend«, fügte Matt hinzu. »Jedenfalls, wenn man sechs oder sieben Jahre alt ist.« Er erinnerte sich daran, wie er selbst vor Jahren auf diese Legende reagiert hatte. Mindestens ein Jahr lang hatte er furchtbare Angst vor virtueller Technik gehabt.

»Und was hat das Ganze mit Rifts zu tun?« fragte Megan Andy.

»Als ich kleiner war, geriet ich manchmal in Schwierigkeiten«, gestand Andy.

Unterdrücktes Gelächter im ganzen Raum. David sah auf. »Ach, *wirklich*? Darauf wäre ich nie gekommen.«

»Na ja, ich hab' mit Programmen herumgespielt, um zu sehen, ob ich nachhaltige Effekte erzielen könnte. Und zwar solche, die sich bei jemanden dann noch auswirken, wenn er die virtuelle Realität längst wieder verlassen hat ...« Andys Stimme wurde immer leiser, bis nur noch ein Flüstern zu hören war. »Einmal hab' ich sogar versucht, ein Rift zu erzeugen. Weit bin ich nicht gekommen, und das, was ich am Ende fabriziert hatte, war nicht besonders interessant – nur eine Menge willkürlicher Aktivität und Speicherstörungen, lauter langweiliges Zeug.«

»Wirklich bewundernswert«, sagte Megan angewidert. »Du hast tatsächlich versucht, ›Hirndrops‹ herzustellen.«

»Das hab' ich nicht!« wehrte sich Andy gegen den Vorwurf. »Damals gab es so was wie ›Hirndrops‹ noch gar nicht ... Ich habe nur ein bißchen herumgespielt, wißt ihr ...«

»Mach das nie wieder«, sagte David Gray mit unheilvollem Unterton. »Niemals.«

Überrascht über die Drohung, die in Davids Stimme schwang, blickte Matt ihn an. Er wußte, daß David alles haßte, was mit dem neuesten, illegalen Kick, der auf der Straße zu haben war – die als ›Hirndrops‹ bezeichnete ›Cyberdroge‹ –, zusammenhing. Es handelte sich um ein abhängig machendes und illegales VR-Zusatzprogramm, das das Lustzentrum im Hirn stimulierte, während ein vom Benutzer ausgewähltes Szenario ablief. Matt wußte, wie gefährlich es war, mit dem menschlichen Gehirn Spielchen zu treiben. Außerdem war ihm bekannt, daß es Gesetze gegen derlei Aktivitäten gab.

David lag dieses Thema so am Herzen, daß er der Meinung war, jeder, der mit diesen Sachen herumspielte, sollte nicht zu den Net Force Explorern gehören. Obwohl Andy schon immer ein Angeber war, wären weder Matt noch David bisher auf den Gedanken gekommen, daß er mit Feuer *dieser* Art spielen würde. Unabhängig voneinander beschlossen beide, Andy Moore im Auge zu behalten. Matt hielt es außerdem für angebracht, auch auf David ein Auge zu haben, bis dieser sich abgeregt hatte.

»Wie dem auch sei, ›Signal 30‹ ist nichts weiter als ein Ammenmärchen«, sagte Matt, zum ursprünglichen Thema zurückkehrend. »Modernes Seemannsgarn, eine Stadtlegende, nichts weiter.«

»Aber du hast doch gehört, was Dr. Lanier gesagt hat«, betonte Megan. »Alle Rifts sind verschieden. Man kann alles mögliche sehen – oder glauben zu sehen.«

Mark Gridley schnaubte. »Die Theorie hat nur einen Schönheitsfehler: Nicht nur Matt hat es gesehen, sondern ich auch.«

»Das eigentliche Problem ist, daß ich nicht dazu kam, mir Dieter zu schnappen«, warf Andy ein. »Wenn ich mir den blauen Baron hätte vorknöpfen können, dann könnten wir uns diese Diskussion jetzt sparen, Zwerg!«

Matt seufzte. Andy wußte, daß er Mark mit diesem verhaßten Spitznamen auf die Palme bringen konnte. Und es funktionierte auch jetzt. Mark regte sich auf und beschimpfte Andy, während dieser, zwar älter, aber kaum reifer als der Zwerg, mit einigen kindischen Beleidigungen konterte.

Das Ganze geriet schnell aus dem Ruder, so daß Megan sich mit einem flehenden Blick zu Matt umdrehte, damit dieser ein Machtwort sprach.

»Hört auf, genug jetzt!« befahl Matt. »Offenbar wissen wir nicht genug über Rifts, um jetzt schon Entscheidungen treffen zu können. Sie sind selten, und keiner von uns ist bisher auf was Ähnliches gestoßen. Wir brauchen mehr Informationen. Höchste Zeit für ein paar Recherchen. Wir sollten im Netz suchen, vielleicht werden wir dort fündig – auf legalem Weg, Andy! –, und dann treffen wir uns wieder.«

Während die anderen darüber diskutierten, wo sie am besten mit der Suche nach Antworten beginnen sollten, klinkte sich Matt einen Augenblick aus der Unterhaltung aus. Er konnte den gequälten Gesichtsausdruck von Julio Cortez nicht vergessen. Und es wollte einfach nicht in seinen Schädel, daß dieser Schmerz das Resultat eines Programmfehlers oder seiner eigenen Einbildung sein sollte. Während die anderen um ihn herum sich zankten, beschloß Matt, daß etwas geschehen mußte.

Er mußte sorgfältig abwägen, wen er darum bat, ihm bei der Suche nach der Wahrheit über Julio zu helfen. Wohin diese Suche führen würde, wußte er nicht.

Matt war klar, daß Mark, egal, was als nächstes passieren würde, mit von der Partie wäre. Schließlich war er dabeigewesen, als die ganze Geschichte anfing. Aber Matt war auch bewußt, daß er und der Intelligenzbolzen es im Alleingang nicht schafften, der Sache auf den Grund zu gehen, vor allem wenn die internationale Politik eine Rolle dabei spielte.

Wichtig war, die Dinge Schritt für Schritt anzupakken …

Und der nächste Schritt, das wurde Matt schlagartig bewußt, lag direkt vor ihm.

Er hob beide Hände und bat um Ruhe und Ordnung, um dem Gezanke ein Ende zu bereiten. »Schluß jetzt, haltet alle die Klappe!«

Die Gruppe verstummte. Alle richteten ihren Blick erwartungsvoll auf den Anführer bei diesem Unternehmen.

»Ihr macht euch daran, mehr über Rifts herauszufinden. Ich werde versuchen, von zu Hause aus Kontakt zu Julio auf Corteguay aufzunehmen«, sagte Matt an. »Wenn ich mit ihm sprechen kann, ist die ganze Sache vielleicht schnell und problemlos aufzuklären.«

Mark Gridley nickte. Einige der anderen drückten ebenfalls ihre Zustimmung aus.

»Wenn ich nicht die richtigen Antworten bekomme«, fuhr Matt fort, »müssen wir aktiv werden. Steckt Julio wirklich in Schwierigkeiten, dann müssen wir uns was ausdenken, wie wir ihm da raushelfen können. Informiert euch bis zum nächstenmal und findet alles über Rifts und Möglichkeiten heraus, wie man sie umgehen kann. Was wir als nächstes tun, besprechen wir am Montag nach dem Wettkampf gegen die Japaner aus Osaka.«

»Wenigstens haben wir es diesmal nicht mit Dieter zu tun«, sagte Andy Moore.

David Gray nickte zustimmend. »Ja, der tritt gegen die Briten an und ändert den Verlauf des Zweiten Weltkriegs.«

»Nehmt den Mund nur nicht zu voll«, warnte Megan. »Wie ich höre, sollen Masaharas Japaner auch eine harte Nuß sein.«

Mit dieser Schlußbemerkung erklärte Matt die improvisierte Konferenz für vertagt, und die Gruppe verließ den Aufenthaltsraum. Die einen gingen nach Hause, um sich in die virtuelle Realität zu stürzen und nach Antworten zu suchen, die anderen begaben sich zu ihrem nächsten Ferienkurs im Institut.

Megan blieb zurück und kam zu Matt herüber, sobald die anderen den Raum verlassen hatten. Er drehte sich um und sah sie an.

»Ich hätte etwas Unterstützung gebrauchen können«, sagte er.

»Ach, ich fand, du kamst ganz gut zurecht«, entgegnete Megan, wobei sie die Arme verschränkte und ihre Haare schwungvoll nach hinten warf. »Besonders hat mir die Stelle gefallen, als du geistig weggetreten warst. Super Führungsstrategie, Hunter. Schrullig, aber gut.«

Während Mark Gridley noch im Institut blieb, um seine wöchentliche Unterrichtsstunde im Thaiboxen zu nehmen, erwischte Matt Hunter einen früheren Bus nach Columbia, Maryland, wo er lebte. Eigentlich war er froh darüber, mit seinen Gedanken allein sein zu können.

Es gab vieles, worüber er nachgrübeln mußte.

Der Bus fuhr los und entfernte sich von den riesigen, ineinandergreifenden Traglufthallen, in denen das Internationale Institut für Aus- und Weiterbildung untergebracht war. Es lag genau gegenüber vom Smithsonian-Museum für Luft- und Raumfahrt. Er fragte sich, warum seine Kumpel von den Net Force Explorern sich so schwer taten, ihm und Mark abzunehmen, daß sie Julio in dem Simulationsprogramm gesehen hatten – und daß ihr Freund in Schwierigkeiten steckte.

In der ganzen Zeit, die er schon zu den Net Force Explorern gehörte, hatte Matt sich immer darum bemüht, daß seine Freunde stolz auf ihn sein konnten. Er hatte nicht nur hart gearbeitet und viel gebüffelt, sondern auch immer bewiesen, daß er des Vertrauens würdig war, das die Net Force in ihn setzte, als sie ihn zu einem Net Force Explorer machte. Das gleiche galt eigentlich auch für Mark Gridley. Obwohl dem Zwerg aufgrund seines Alters nicht besonders viel Respekt entgegengebracht wurde, konnte Matt sicher sein, daß Mark Julio in der virtuellen Realität ebenso gesehen hatte wie er. Und trotzdem hatten die übrigen Net Force Explorer – Megan eingeschlossen – ihren Worten nicht sofort Glauben geschenkt. Sicher, sie hatten sich bereit erklärt zu helfen, aber Matt konnte wetten, daß sie nicht alle davon überzeugt waren, daß Julio und dessen Probleme wirklich existierten. Einige der Explorer hielten es offenbar für eine Computerstörung.

Warum haben sie mir nicht geglaubt? fragte Matt sich. Warum sollte ich so was erfinden? Was hätte ich denn davon?

Er und Mark hatten natürlich keinen Beweis dafür, daß es sich nicht doch um ein Rift handelte. Sämtliches Beweismaterial war in den VR-Speicherbanken eingeschlossen. Trotzdem empfand Matt die Zweifel der übrigen Net Force Explorer fast als Verrat.

Ohne das Programm noch einmal ablaufen zu lassen, gab es keine Möglichkeit, dem Rest der Welt zu beweisen, daß er und Mark Julio Cortez wirklich gesehen hatten. Doch es war die Wahrheit, auch wenn ihnen niemand glaubte. Aber wenn Julio wirklich in der Klemme saß, konnte Matt ohne handfeste Beweise niemanden um Hilfe bitten. Denn wenn die Net Force Explorer ihm schon nicht glaubten, wer sollte es dann tun? Egal, wie groß das Risiko sein würde, und egal, wie er es anstellen würde – Matt war entschlossen, die Wahrheit herauszufinden und die notwendigen Beweise zu erbringen. Er mußte es tun. Julio war auf ihn angewiesen.

Aber im Moment hatte Matt mehr Fragen als Antworten.

Wenigstens wußte er, was er zuerst tun mußte: mit Julio sprechen. Wenn es ihm, aus welchem Grund auch immer, nicht gelang, zu seinem Freund Kontakt aufzunehmen, dann würden er und die Net Force Explorer verstärkt Recherchen über Rifts anstellen. Dazu würden sie jede verfügbare Information über die Beschaffenheit, die Gefahr und die Ursache dieses Phänomens zusammentragen.

Für Matt waren Rifts immer noch nicht real. Die ganze Geschichte klang so ähnlich wie die von der ›Laserfäulnis‹. Sein Großvater behauptete, sie zerfresse seine Sammlung von Punk-Rock-CDs aus dem zwanzigsten

Jahrhundert – auch etwas, wovon Matt schon mehrfach gehört hatte, woran er aber nicht glaubte.

Und nun hielt ihn ein Rift davon ab, seinem besten Freund zu helfen. Das gefiel ihm überhaupt nicht.

Erst erscheint Julio, dann ein Rift. Ist das ein Zufall? Unwahrscheinlich, es sei denn ...?

Abrupt richtete Matt sich auf. Seine Gedanken überschlugen sich. *Es sei denn, das Rift hat etwas mit Julios Erscheinen zu tun! Das wäre doch möglich, oder?*

Er seufzte. Er hatte einfach nicht genug Informationen. Aber zumindest kannte er jemanden außer Mark, der helfen konnte.

Er mußte seinen Vater fragen. Und zwar *sofort*!

Als Matt heimkam, fand er zwei Nachrichten vor. Seine Mutter war wegen einer plötzlichen Krise vom Pentagon zu einer Mission entsandt worden. Und sein Vater mußte für einen kranken Kollegen bei einem Weiterbildungsseminar einspringen.

Ich bin beim Abendessen allein und habe das ganze Wochenende für mich, dachte Matt, enttäuscht darüber, daß er nicht sofort mit seinem Vater sprechen konnte. Okay, Zeit, einen Happen zu essen.

Während er sich auf der Suche nach etwas Eßbarem, das er in die Mikrowelle schieben konnte, durch den Gefrierschrank wühlte, fiel Matt der virtuelle Atlas von *National Geographic* ein.

Sobald die Makkaroni mit Käse heiß waren, nahm Matt den Teller mit in sein Zimmer. Während er zu essen begann, steckte er den fünf Quadratzentimeter großen Datenskript über Südamerika in das Laufwerk seines Computers. Dann machte er es sich auf seinem personalisierten Computerstuhl bequem und brachte den seitlich angebrachten Rechner mit der neuralen Computerschnittstelle, die in seinem Nacken eingepflanzt war, in Übereinstimmung. Er wartete kurz, bis die Verbindung stand. Blinzelnd schaute er sich in seinem persönlichen Arbeitsbereich um.

Zur Zeit war der Bereich zu Ehren des Net-Force-Wettbewerbs wie ein Kontrollturm eines großen Raumfahrtflughafens aufgemacht. Auf den Bildschirmen, die in alle Richtungen wiesen, starteten und landeten riesige Luftschiffe – jedes Schiff stellte Daten dar, die mit dem Netz gekoppelt waren.

Nachdem Matt sich auf dem Kommandostuhl angeschnallt hatte, begann er, nach Informationen über Corteguay zu suchen. Es war, als würde er eine Reise unternehmen – allerdings nur in der virtuellen Realität und nicht in der Wirklichkeit. Aber die Daten, die er bei seiner virtuellen Reise sammeln konnte, waren alles andere als erbaulich.

Matt stellte bald fest, daß es so gut wie unmöglich war, Julio einfach mit einem Bildtelefon anzurufen. Die meisten Bewohner Corteguays hatten nur Audiotelefone – wenn überhaupt.

Aber es kam noch schlimmer: Die direkte Kommunikation zwischen der ›freien Welt‹ und Privatpersonen auf Corteguay wurde streng kontrolliert. Alle ein- und ausgehenden Telefonate liefen über von der Regierung kontrollierte Schaltzentralen und wurden routinemäßig überwacht oder mitgeschnitten. Die Post wurde ebenfalls zensiert. Meistens lief die Kommunikation mit dem sozialistischen Land über die Botschaften oder Regierungsbehörden ab – nur in seltenen Fällen auch über Privatpersonen oder Unternehmen. Dabei waren die Sanktionen gegen ausländische, kapitalistische Firmen erst vor kurzem teilweise gelockert worden.

Wenn Matt mit Julio Cortez sprechen wollte, würde es seine Chancen wahrscheinlich verbessern, wenn er über das amerikanische Außenministerium ginge. Doch das würde Zeit kosten. Stunden, vielleicht sogar Tage …

Dieser Blick in eine völlig fremde und unverständliche Welt war eine überwältigende Enthüllung. Plötzlich war Matt Hunter völlig sicher, daß sein Freund in Schwierigkeiten steckte.

Doch wenn es unmöglich war, Julio über das Netz zu erreichen, und so schwierig, ihn anzurufen, wie sollte Matt dann mit ihm sprechen und herausfinden, ob es ihm und seiner Familie gut ging?

Okay, er hatte das ganze Wochenende für sich, genug zu essen im Gefrierschrank, um einer Belagerung zu trotzen, und jede Menge Zeit. Wenn es einen Weg gab, Julio zu finden, würde er es schaffen. Schließlich war er nicht umsonst ein Net Force Explorer. Matt schloß die Augen und machte sich auf den Weg ins Netz.

Zwei Tage später saß Matt noch immer vor seinem Computer. Allerdings zeugte der Müllberg an leeren Essensschachteln um ihn herum davon, daß er wenigstens aufgestanden war, um sich etwas zu essen zu holen. Er schrak zusammen. Die Anzeige für ankommende Flüge hatte sich eingeschaltet. Das bedeutete, daß er einen Anruf über das Netz bekam. Er lotste den hereinkommenden Jet auf die Landebahn. Mark Gridleys Gesicht erschien auf dem Bildschirm, während er aus dem Luftfahrzeug stieg.

Mark grinste wie ein Honigkuchenpferd. Er kletterte aus dem Cockpit, warf seinen Hut einem wartenden Roboter zu und ging mit schnellen Schritten über das Rollfeld zu Matt in den Tower hinein.

»Bist du allein?« flüsterte er verschwörerisch.

Gespielt übertrieben schaute Matt sich im Zimmer um, bevor er seinen Blick wieder auf den Freund richtete. »Ja«, antwortete er leise. »Aber wir müssen uns beeilen, bevor die Leitung abgehört wird.«

»Mach dich nicht über mich lustig, Matt«, sagte der Zwerg mit verletztem Stolz. »Denn ich hab' uns Zugang verschafft.«

»Zugang?« fragte Matt. »Wozu?«

»Nach dem Unterricht im Thaiboxen bin ich noch mal in Dr. Laniers Büro gegangen ...« Mark bekam keine Gelegenheit, seinen Satz zu Ende zu führen.

»Zugang zum *Programm*?« unterbrach Matt.

Mark nickte. »Alles, was wir brauchen ist, ein hochmodernes System mit genügend Speicher und RAM, um das Programm laufen zu lassen – so eins wie dein Vater in seinem Kellerlabor hat ...«

Matt wurde blaß um die Nase. »Das kann ich nicht machen!« sagte er entrüstet. »Wenn das Institut das Programm bis zu dem Punkt zurückverfolgt, wo der Zugriff geschah, könnte mein Vater Ärger bekommen – vielleicht sogar seine Zulassung als Lehrer verlieren!«

»Hab' ich alles schon bedacht«, erwiderte Mark. »Für den Fall, daß sie uns auf die Schliche kommen – was zu neunundneunzig Prozent nicht passieren wird –, hab' ich ein Verwürflerprogramm installiert. Ich hab' das ganze Wochenende daran gesessen, aber nun ist es perfekt. Nicht einmal die CIA wird herausbekommen, von wo der Zugriff erfolgte.«

»Bist du sicher?« fragte Matt, dessen Widerstand schwächer wurde.

»Keine Sorge«, beruhigte Mark ihn. »Wer ist hier das Genie?«

Matt sagte nichts, er rang mit einer Entscheidung. Julio brauchte ihn, aber sein Vater vertraute ihm. Wenn es schiefging, konnte es reale und vielleicht schwerwiegende Konsequenzen für ihn und seinen Vater haben. Vielleicht könnten sie, wenn sie nur laut und lang genug lärmten, jemanden dazu bewegen, sie ins Programm des Instituts zu lassen – über Net Force oder über die Verbindungen seiner Mutter. Aber dann dachte Matt an Julio. Wenn die Dinge so schlecht standen, wie Julio gesagt hatte, könnte sich jede weitere Verzögerung für seinen Freund und dessen Familie als fatal erweisen. Und

Matt hatte gerade das ganze Wochenende damit verbracht, zu beweisen, daß die normalen Kommunikationskanäle nutzlos waren.

»Wir können der Sache auf den Grund gehen – heute abend«, schlug Mark vor.

Matt dachte an den Ausdruck in Julios Gesicht, an die Dinge, die er gesagt hatte. Er nickte.

»Gut«, sagte Mark. »Ich bin in etwa einer Stunde persönlich bei dir ...«

Im Zimmer wurde es dunkel, als Matt aus dem Arbeitsbereich ausstieg und in die Realität zurückkam. Zunächst stand er auf und begann, den um seinen Stuhl verstreuten Müll aufzusammeln. Nachdem er die Schachteln entsorgt und die schmutzigen Teller in den Geschirrspüler geräumt hatte, ging er wieder nach oben und machte es sich auf seinem Computerstuhl bequem. Dort saß er eine ganze Weile lang und starrte die Wand an. Ein ums andere Mal fragte er sich, ob er das Richtige tat.

Drittes Kapitel

Als es eine Stunde später an der Tür klingelte, hatte Matt eine Entscheidung getroffen. Er mußte die Sache durchziehen. Eilig rannte er die Treppe hinunter, um seinen Freund hereinzulassen. Doch als er die Haustür öffnete, war weit und breit niemand zu sehen.

»Wenn das witzig sein soll, hat es seine komische Wirkung verfehlt«, sagte Matt, während er mit den Augen die Straße um das in einem Vorort gelegene Haus absuchte. Schließlich entdeckte er Mark auf der anderen Seite der Veranda. Gridley sah den Nachbarkindern beim Fußballspielen zu – oder vielmehr bei dem Versuch, Fußball zu spielen. Sie würden wahrscheinlich noch ein paar Jahre brauchen, bis sie es konnten. Im Moment rannten sie dem Ball in einem großen Pulk hinterher und versuchten, ihn zu erwischen, waren einander aber im Weg.

»Jetzt, wo du den weiten Weg bis hierher unternommen hast – willst du dann nicht wenigstens hereinkommen?« Matt streckte die Hand aus und packte Mark am Arm. Dann zog er ihn ins Haus und schloß die Tür hinter sich. »Also, was jetzt, hacken wir uns in den Computer des Außenministeriums, um Kriegsspiele zu spielen und den Dritten Weltkrieg auszulösen?«

»Reg dich ab, Matt«, sagte Gridley. »Wir sind hier nicht im Film oder in der Handlung eines Larry-Bond-Romans. Für uns ist das völlig ungefährlich, weil niemand irgendwas irgendwohin zurückverfolgen wird.«

»Wie kommst du darauf?« fragte Matt.

»Weil es einfach keinen *Grund* dafür gibt«, entgegnete Mark mit einem selbstbewußten Lächeln. »Wir brauchen nicht Hacker zu spielen und irgend etwas zu knakken, weil ich das Paßwort habe. Wir werden einfach an ihre Tür klopfen – mit einer schönen, verzerrten Telefonleitung – und hineinmarschieren.«

Matts Augen weiteten sich skeptisch. »Du hast Dr. Laniers Paßwort?« fragte er ungläubig. »Wie bist du denn daran gekommen?«

»Es ist nicht gerade ein Staatsgeheimnis, Matt«, erwiderte sein Gegenüber. »Dr. Lanier ist ziemlich unachtsam. Mehr möchte ich dazu nicht sagen.«

Matt stieß einen Seufzer der Erleichterung aus. Mit einem gültigen Paßwort und einer Telefonleitung, die nicht zurückverfolgt werden konnte, sollte ihnen wirklich nichts passieren können ...

»Jetzt zeig mir den Computer«, forderte der Zwerg Matt auf, während er sich seinen vollgestopften Rucksack von den Schultern zog.

Matt führte Mark in das ›Labor‹ seines Vaters im Keller. Für einen Amateur war es eine beachtliche Anlage. Sie bestand aus mehreren Forschungscomputern, etwa tausend Werkzeugen in allen möglichen Formen und Größen, einem Haufen von nicht identifizierbarem, elektronischem Zeug und einem mit dem Computer verbundenen Stuhl. Das Museum für Flugsimulation und die Simulatoren im Internationalen Institut für Aus- und Weiterbildung verwendeten ähnliche Geräte wie die, die im Keller seines Vaters standen.

Gordon Hunter, Matts Vater, unterrichtete Naturwissenschaften an der High School. Die Schulbehörde versorgte ihn mit der neuesten Computertechnik für seinen persönlichen Gebrauch. So konnte er neue Bildungsprogramme zu Hause testen, statt ein Gerät in der Schulbücherei zu belegen.

Eine nette Sondervergünstigung, von der sein Vater eifrig Gebrauch machte.

Genauso wie Matts Mutter. Obwohl sie einen Vollzeitjob beim Verteidigungsministerium hatte und im

Pentagon arbeitete, wurde Marissa Hunter immer noch als aktive Kampffliegerin geführt. Den Computer nutzte sie in ihrer knapp bemessenen Freizeit dafür, ihre Fähigkeiten zu trainieren, wenn ihr der enge Terminplan keine Zeit ließ, reale Flugstunden ›in natura‹ zu sammeln.

Die Computeranlage war nicht gerade ein Spielzeug, und bisher hatte Matt sie nur wenige Male benutzt – immer unter Aufsicht eines Erwachsenen. Wenn er so darüber nachdachte, dann konnten er und Mark sich eigentlich glücklich schätzen, daß sein Vater keinen Sicherheitscode eingerichtet hatte. Er könnte das System sonst nicht benutzen, wenn seine Eltern nicht dabei waren. Der Computer in seinem Zimmer war nicht halb so anspruchsvoll wie dieser, und wer weiß, was für Programme und andere Software seine Eltern installiert hatten. Sie vertrauten ihm, und deshalb schämte er sich noch mehr für das, was er vorhatte.

Zwar sagte er sich immer wieder, daß es für einen guten Zweck war, aber trotzdem ...

Während Matt mit seinem schlechten Gewissen kämpfte, machte sich Mark Gridley an die Arbeit. Das jüngste Mitglied der Net Force Explorer war ein VR-Genie. In Null Komma nichts hatte er das System von Matts Vater hochgefahren, das Verwürflerprogramm geladen und ein Verzeichnis für den Flugsimulator des Instituts angelegt. Nun mußten sie nur noch an das Programm herankommen.

Mit ein bißchen Herumbastelei – und Marks Verwürflerprogramm, das geladen und bereit war – war es schließlich geschafft.

Über das Netz griff Mark auf die Computer des Instituts zu. Nachdem er die Verbindung hergestellt hatte, rief er mit Hilfe von Dr. Laniers Code das Simulationsprogramm ›Roter Baron‹ auf und lud es herunter. Dabei griff er auf die Unterverzeichnisse des entsprechenden Nachmittags zu und kopierte sie zusammen mit dem Programm in das System von Gordon Hunter.

Jetzt mußten sie sich nur noch entscheiden, wer von ihnen in die virtuelle Realität einsteigen würde – es gab nur einen Computerstuhl mit einer neuralen Verbindung in dieser Konfiguration –, und den glücklichen Gewinner an den Stuhl anschließen.

Die Entscheidung war leicht.

»Das machst du«, sagte Mark Gridley. »Julio ist dein bester Freund. Ich bleib' hier, falls irgendwas schiefläuft – obwohl ich mein Bankkonto gegen ein Datenskript wetten würde, daß alles glattgeht.«

Während Matt sein Neuroimplantat einstellte, setzte Mark ihn über die Ergebnisse seiner Verbindung zum Institut ins Bild.

»Ich hab' nur zweieinhalb Minuten des Programms Erster Weltkrieg heruntergeladen«, erklärte Mark. »Ich dachte mir, wir brauchen nur die Stelle, in der Julio aufkreuzt. Und wenn tatsächlich irgend etwas mit dem Szenario nicht stimmt, dann ist es außerdem besser, weniger Daten zu übertragen. Je weniger, um so geringer die Chance, schadhafte Daten zu erwischen und den Computer deines Dads zum Absturz zu bringen. Ich werde außerdem eine Protokolldatei erstellen lassen, während du das Programm durchläufst. Sollte das Simulationsprogramm abstürzen, wenn du drin bist, haben wir zumindest einen Bericht über das, was bis zum Absturz abgelaufen ist. Damit hätten wir dann einen guten Anhaltspunkt, wo wir ansetzen könnten, um es in Ordnung zu bringen. Übrigens habe ich die Simulation so programmiert, daß sie aus deiner Sicht abläuft. Du hattest Flugzeug Nummer eins, oder?«

Matt nickte.

»Wahrscheinlich wirst du einsteigen, kurz bevor Julios Tigerstreifenflugzeug ankam. Alles sollte genauso sein wie beim letztenmal – es sei denn, ein Rift hat die

Daten zerstört. Halt die Augen bei der Simulation offen. Vielleicht fallen dir irgendwelche Unterschiede zum ersten Durchlauf auf.« Mark grinste verlegen. »Du kommst wahrscheinlich genau in dem Moment rein, als sich Dieter an mich hängte … Vielleicht habe ich dieses Mal mehr Glück und mache zur Abwechslung mal was richtig, was meinst du?« Beide lachten.

Matt war bereit loszulegen, Mark ebenso.

»Viel Glück«, sagte der Jüngere, bevor er das Programm aktivierte.

Für Matt war der Übergang von der Wirklichkeit zur virtuellen Realität immer ein wenig verwirrend. Eben war er noch im Computerraum seines Vaters und schaute seinen Freund an. Dann saß er plötzlich in seiner Sopwith Camel und flog an einem virtuellen Himmel über ein virtuelles Schlachtfeld, während der virtuelle Wind ihm ins Gesicht blies, so daß ihm die Augen tränten.

Das Gefühl war diesmal um so merkwürdiger, als dies eine Wiederholung war. Matt hatte keinerlei Kontrolle über sein virtuelles Flugzeug. Der Doppeldecker, in dem er saß, folgte dem vorgegebenen Speicherpfad der Ereignisse des besagten Vormittags. Dabei war Matt nur ein Passagier, genau wie im Bus.

Andererseits war das auch ganz gut so, denn er mußte sich voll und ganz auf die Suche nach Julio oder Anzeichen eines Rifts konzentrieren. Unter diesen Umständen hätte er den Doppeldecker gar nicht unter Kontrolle halten können.

Plötzlich entdeckte Matt Marks Camel direkt vor ihm, Dieters Fokker-Dr.-1-Dreidecker war ihm unmittelbar auf den Fersen. Dem ursprünglichen Datenpfad folgend, ging das Flugzeug in die Schräglage und steuerte auf die beiden anderen zu. Und genau wie zuvor kreuzte ein Albatros-Kampfflugzeug seinen Weg, und das Maschinengewehr ratterte los.

Als das gegnerische Flugzeug explodierte, konnte Matt sehen, wie ihm der Pilot auch dieses Mal zuwinkte und wie vom Erdboden verschwand.

Während er sich seitlich am Cockpit festhielt, reckte Matts Sopwith Camel die Nase in die Höhe und flog eine Wende in die Flugbahn der beiden sich nähernden Flugzeuge, bis sie sich genau gegenüber waren – wie vor ein paar Tagen. Als Marks Doppeldecker an ihm vorbeizog, sah sich Matt unmittelbar Dieters Fokker gegenüber.

Matts Maschinengewehr feuerte eine einzige Salve ab, dann blockierte es.

Plötzlich knickte der Flügel des blauen Fokker-Dreideckers ab, und Dieter Rosengartens Flugzeug geriet trudelnd außer Kontrolle. Aber weit und breit war nichts von einem orangefarbenen Doppeldecker mit Tigerstreifen zu sehen, der ihn abgeschossen hatte – von Julio keine Spur.

In dem virtuellen Himmel vor ihm herrschte gähnende Leere.

Während Matts Sopwith Camel wieder in die Horizontale zurückkehrte und parallel zu Marks Flugzeug flog, suchte Matt nach Julios Flieger. Aber dort, wo die Tigerstreifen-Maschine das letztemal geflogen war, erstreckten sich nur blauer Himmel und weiße Wolken.

So abrupt, wie das Programm begonnen hatte, endete es auch. Verwirrt blinzelnd, fand sich Matt im Pseudocockpit des Computers seines Vaters wieder.

Mark Gridley starrte ihn an. »Und?« fragte er. »Was hast du gesehen?«

Aber Matt antwortete nicht. Mit einem enttäuschten Gesichtsausdruck starrte er den Zwerg wortlos an. Als der Dreizehnjährige diesen Ausdruck sah, fiel ihm ebenfalls die Kinnlade herunter.

»*Nichts* hab' ich gesehen«, antwortete Matt schließlich. »Weder Julio noch sein Flugzeug.«

»Hast du wenigstens ein Rift gesehen?« hakte Mark nach. »Ein Loch, eine Anomalie, irgendwas?«

Matt schüttelte den Kopf. »Mein Flugzeug war da, deins auch und Dieters ... Aber kein orangefarbener Doppeldecker, kein Rift und kein Julio«, sagte er bitter.

Mark seufzte.

»Richte das Programm noch einmal ein«, sagte Matt. »Diesmal kümmere ich mich um den Simulator, und du setzt dich in den Stuhl. Vielleicht kannst du aus dem Cockpit deiner Maschine was sehen, das mir entgangen ist.«

Eine Stunde später ließ Matt Mark durch die Kellertür hinaus und ging wieder nach oben. Sie hatten beide dreimal das Simulationsprogramm durchlaufen, aber es gab absolut keinen Anhaltspunkt darauf, daß Julio im Speicher steckte.

Matt wußte nicht, ob er angesichts der Ergebnisse ihrer Recherchen erleichtert oder deprimiert sein sollte. Auf jeden Fall war er frustriert.

Zu seiner Überraschung waren seine Eltern nach Hause gekommen, während er mit Mark unten im Computerraum war.

»Hallo, Matt«, rief sein Vater von der Couch im Familienzimmer. »Was hast du denn so gemacht?«

Matt hob die Schultern und antwortete: »Ich hatte was für meinen Ferienkurs zu erledigen.« Um weiteren Fragen zu entgehen, die sein Vater sicher stellen würde, ging er in die Küche, um sich ein Glas Milch zu holen.

Komisch, dachte Matt. Vor ein paar Tagen noch wollte ich unbedingt sofort mit Mom oder Dad sprechen. Und jetzt habe ich ein derart schlechtes Gewissen, weil ich Dads Computer ohne Erlaubnis benutzt habe, daß ich ihnen nicht mal gegenübertreten kann.

In der Küche war seine Mutter – noch in Uniform – damit beschäftigt, Abendessen zu machen. »Für den

Fall, daß du Hunger hast: Ich habe einen schönen Salat gemacht«, sagte sie. »Frischer italienischer Kopfsalat mit Honig-Senf-Vinaigrette, und die Linsensuppe ist in ein paar Minuten fertig ...«

Hätte Matt wirklich Hunger gehabt, dann wäre ihm ein Hamburger mit Pommes lieber gewesen. Doch bevor er etwas sagen konnte, hörte er seinen Vater aus dem Familienzimmer rufen.

»Komm schnell, Matt. Hier gibt es etwas auf dem Holovideo, das dich interessieren wird.«

Matt und seine Mutter eilten aus der Küche, um den internationalen Sonntagabendbericht auf dem Nachrichtenkanal mitzubekommen. Zu Matts Überraschung brachte der Sender eine Reportage über die freien Wahlen auf Corteguay und Ramon Cortez' Griff nach dem Präsidentenamt. Den Anfang hatte er zwar schon verpaßt, aber er konnte, wenn er wollte, den vollständigen Bericht später im Netz abrufen.

»... und im Bezirk Dompania auf Corteguay führte Ramon Cortez in mehreren Wahlveranstaltungen vor großen Zuschauermengen seinen Wahlkampf. Obwohl großes Interesse an der Wahl herrscht, war der Empfang, der dem früheren Exilpolitiker in dieser Industrieregion bereitet wurde, weniger begeistert, als der Kandidat es sich gewünscht hätte ...«

Auf dem Bildschirm waren – wegen der strengen Medienkontrolle der Regierung Corteguays nur noch zweidimensional – Männer in verschmutzten Overalls zu sehen, die dem vom Podium sprechenden Ramon Cortez aufmerksam zuhörten. Doch auf ihren Gesichtern stand wenig Begeisterung, und es gab weder Schilder noch Plakate, die zur Unterstützung von Cortez aufriefen.

Rechts neben Ramon auf dem Podium stand ein älterer Mann, und im Hintergrund konnte Matt Julio und dessen Mutter entdecken. Von Juanita war weit und breit nichts zu sehen.

Im Verlauf der Übertragung schwenkte die Kamera einmal über die Gesichter der Familie Cortez. Julio machte einen glücklichen und aufgekratzten Eindruck. Er trug sogar die Jacke, die er für den zweiten Platz im Wettbewerb ›Hundert Jahre militärische Luftfahrt‹ letztes Jahr bekommen hatte.

Einmal drehte sich Julio um und winkte einem Haufen Teenagerinnen in der ersten Reihe der Menge zu. Dabei konnte Matt die Worte lesen, die in Leuchtschrift auf dem Rücken der Jacke prangten: ›Top-As‹. Viele hielten dies für Julios Codenamen, aber das war ein Irrtum. In Wirklichkeit lautete er *Jefe* – das spanische Wort für ›Chef‹. Mark und Matt hatten ihre Fantasie bei ihren Codenamen – ›Intelligenzbolzen‹ und ›Hunter‹ – weitaus weniger strapaziert.

Während er die Nachrichtensendung verfolgte, spürte Matt eine Welle der Erleichterung. *Es war ein Rift! Eine dumme, blöde Spannungsspitze in der Software … Ich fasse es nicht.* Doch im gleichen Moment wurde Matts Erleichterung von Gewissensbissen verdrängt.

Bei der ersten Gelegenheit, so nahm er sich vor, würde er Mark Gridley anrufen und ihm von der Sendung berichten. Aber vorher mußte er noch etwas erledigen.

Etwas sehr Wichtiges.

Matt wandte seinen Blick vom Bildschirm ab, sobald die Reportage beendet war. »Dad, Mom«, sagte er. »Ich muß euch was sagen. Ich hoffe, ihr regt euch nicht zu sehr auf …«

»Nun, es freut mich, daß du mit der Sprache herausgerückt bist«, sagte Gordon Hunter, nachdem Matt seine Beichte abgelegt hatte. Seine Mutter saß mit verschränkten Armen in der anderen Ecke des Zimmers und schwieg.

Sie überlegt sich eine Strafe, keine Frage, dachte Matt.

»Du kannst dich darauf verlassen, daß ich am Computer eine Sicherheitsvorrichtung anbringen werde«, fügte sein Vater hinzu. »Wenn du mit jemand anderem drangegangen wärst, würde ich mich noch mehr aufregen ... Aber bei Mark warst du wahrscheinlich in besseren Händen als bei mir oder deiner Mutter.« Gordon Hunter blickte seinem Sohn direkt in die Augen. »Was keine Entschuldigung für das ist, was du getan hast, möchte ich hinzufügen.«

»Ich weiß, und es tut mir leid«, sagte Matt. »Ich habe mir nur große Sorgen um Julio gemacht ... Es wird nie wieder vorkommen.«

»Mit Sicherheit nicht«, gab sein Vater zurück.

»Aber glaubst du wirklich, was wir beide gesehen haben, war ein Rift?« fragte Matt.

Sein Vater rieb sich das Kinn und nickte. »Da bin ich ziemlich sicher«, antwortete er. »Ihr habt doch von Julio gesprochen, bevor er erschien, und Mark war bei der Unterhaltung dabei ... Das Rift hat auf irgendeine Weise ein willkürliches Impulsbündel im Speicher verursacht, so daß ihr beide eine Halluzination hattet – gewissermaßen.«

»Aber warum ist Dieters Fokker abgestürzt, wenn wir ihn nicht abgeschossen haben?« gab Matt zu bedenken.

Sein Vater zuckte die Achseln. »Die Software war defekt«, mutmaßte er. »In einem Rift ist alles möglich«.

Matt hätte seinem Vater gern geglaubt, und es klang auch ganz plausibel, aber hundertprozentig überzeugt war er nicht. *Aber was ist mit der Nachrichtensendung? Ich habe Julio gerade eben gesehen. Es schien ihm gutzugehen.*

Während er seinem Vater zuhörte, beobachtete er, wie seine Mutter unauffällig das Zimmer verließ. Er spürte, daß sie irgend etwas beunruhigt hatte, aber er war nicht sicher, was es war. Unter Druck war sie überaus cool. Diese Fähigkeit der Kampfflieger, bei Gefahr Ruhe zu bewahren, war bei ihr ein so ausgeprägter Charakterzug, daß es um etwas Besonderes gehen mußte, wenn sie sich ihre Beunruhigung anmerken ließ.

Während Matt mit seinem Vater weiter die Nachrichten ansah, hörte er seine Mutter in der Küche mit dem Geschirr klappern; vermutlich schöpfte sie dampfende Linsensuppe aus dem Automatiktopf in die Suppenschüsseln. Doch so viel Lärm machte sie nur, wenn sie wirklich geladen war. Matt ging in die Küche hinüber. Während er sie beobachtete, fragte er sich, was sie beschäftigte. Als er sich anbot, den Tisch zu decken, blickte sie nicht einmal auf.

Mom ist verkrampft und fühlt sich unwohl, seit ich Julio erwähnt habe, überlegte Matt, während er Servietten und Besteck auf den Tisch legte.

Inzwischen hatte seine Mutter die Suppenschüsseln gefüllt und trug sie hinüber zum Eßzimmertisch.

»Kommt, Matt, Gordon«, rief sie in das Wohnzimmer. »Abendessen ist fertig.«

Matt und sein Vater warfen sich auf dem Weg zum Tisch, der mit vegetarischer Reformkost beladen war, vielsagende Blicke zu, und Matt verzog das Gesicht.

»Keine Sorge. Wir holen uns später heimlich ein paar Hamburger«, flüsterte sein Vater.

Beim Essen beobachtete Matt seine Mutter weiter. Sie schien nervös und nicht ganz anwesend zu sein. Während der ganzen Mahlzeit sprach sie kein Wort. Seinem Vater fiel es auch auf. Und obwohl sie das Essen mit der Gabel auf dem Teller hin und her schob, aß sie kaum etwas.

Was beschäftigt sie nur? fragte sich Matt.

Am anderen Ende der Stadt lag Megan O'Malley am Boden ihres Kampfsportübungsraumes und sah sich dieselbe Nachrichtensendung an wie die Hunters. Einige der anderen Schüler trainierten am Rand mit holographischen Sparringspartnern, um sich die Wartezeit zu vertreiben, bis sie mit dem Lehrer auf der Matte üben konnten. Megan hingegen zog es vor, sich beim Üben ihrer Kata über das aktuelle Tagesgeschehen zu informieren.

Sie war gerade dabei, schweißtreibende Bewegungsabläufe aus einer ihrer Lieblingskampfsportarten – Wing Tsun – zu trainieren, als der Corteguay-Bericht auf dem über der Übungsmatte hängenden Bildschirm lief.

Mitten in einem schnellen Ablauf von Abwehr- und Angriffspositionen hielt sie inne, um die Reportage über die Wahlen und die Wahlkampfveranstaltung von Julios Vater zu verfolgen. Als ihr Blick auf Julio fiel, begannen sich ihr die Nackenhaare zu sträuben.

Was stimmt mit diesem Bild nicht? fragte sie sich voller Vertrauen in ihren Instinkt für Täuschungen. Kritisch betrachtete sie das Bild und suchte nach irgendwelchen anomalen Auffälligkeiten. Schließlich glaubte sie, etwas entdeckt zu haben. Aber das Bild wurde zu kurz eingeblendet, als daß sie sicher sein konnte.

Megan O'Malley hatte genaue Pläne, was sie werden wollte, wenn sie erwachsen war. Sie wollte in den Bereich strategische Operationen, entweder zur Net Force, der CIA oder dem Außenministerium. Als fünftes und jüngstes Kind in einer Familie mit vier Jungs wußte Megan um die Bedeutung, im voraus zu planen. Es war die einzige Möglichkeit, sich gegen ihre manchmal tyrannischen Brüder zur Wehr zu setzen.

Megan, ein regelrechter Bücherwurm, hatte genug über Informationsmanagement gelesen, um zu merken, wenn jemand sie zu manipulieren versuchte; und während sie die Wahlveranstaltung auf Corteguay auf dem Bildschirm verfolgte, hatte sie das untrügliche Gefühl, daß sie und der Rest der Vereinigten Staaten getäuscht wurde.

Sie nahm sich vor, die Reportage und die Bilder aus

dem Netz herunterzuladen, sobald sie am Abend nach Hause kommen würde.

Als der Bericht zu Ende war, kehrte Megan wieder zu ihren Übungen zurück. Aber ihre Konzentration wurde durch das quälende Gefühl beeinträchtigt, daß irgend etwas faul war im Staate Corteguay.

Mit einer Abfolge schneller Handkantenschläge, kurzer Geraden und Blocks besiegte Megan ihren imaginären Gegner. Dann strich sie sich die schweißnassen braunen Haarsträhnen aus dem Gesicht und verbeugte sich tief vor ihrer unsichtbaren Nemesis.

Erst unter die Dusche, dann nach Hause, um die Nachrichtenreportage noch mal anzuschauen … Und dann noch mal und noch mal und noch mal.

Viertes Kapitel

Als der Montag morgen kam, waren Mark und Matt mehr oder weniger zu dem Schluß gekommen, daß sie von einer Spannungsspitze im Computerprogramm in die Irre geführt worden waren. Die gesamte Episode im Simulator am vorhergehenden Freitag war einfach Pech und das Ergebnis ihrer lebhaften Fantasie – die natürlich mit Hilfe eines Rifts ganz neue Ausmaße angenommen hatte. Ihre Erlebnisse vom Sonntag – sowohl das Abspielen des Programms als auch die Nachrichtenreportage aus Corteguay – hatten sie letztendlich davon überzeugt.

Als sie mit dem Bus zum Institut fuhren, um am nächsten Kursabschnitt, dem Zweiten Weltkrieg, teilzunehmen, waren sie ein wenig angespannt und verlegen. Deshalb waren sie erleichtert, als keines der anderen Mitglieder der Net Force Explorer Julio oder das Rift erwähnte – keiner außer Andy Moore.

Bis zum Mittagessen wurde Andy nicht müde, sie damit aufzuziehen, daß sie ›den Maschinengeist‹ gesehen hatten.

Doch bis zum Nachmittag, nach stundenlangem Üben simulierter Starts von P-40-Tomahawk-Kampfflugzeugen und Vorlesungen über die politische und welthistorische Lage in den dreißiger Jahren des zwanzigsten Jahrhunderts, waren alle Gedanken an die vorige Woche vergessen. Es galt, eine Flut von neuen Informationen aufzunehmen.

Schließlich wurde es Zeit für den ersten Wettkampf gegen die Jungenschule von Osaka unter der Leitung von Masahara Ito, dem fünfzehnjährigen Sohn eines Finanzberaters.

Das Szenario hatte den Titel ›Pearl Harbor‹. Für die Net Force Explorer lief es, was vielleicht verständlich war, nicht besonders gut.

Am 7. Dezember 1941 stürzten sich auf einem Flugzeugträger stationierte japanische Jäger und Jagdbomber in Angriffswellen vom Himmel. Das Ziel ihrer Bomben bei diesem Überraschungsangriff, der Amerika in den Zweiten Weltkrieg hineinzog, war der US-Stützpunkt der Navy auf Hawaii. An diesem Tag gelang es fünf jungen Lieutenants, in veralteten P-36ern und P-40ern von einem kleinen Behelfsflughafen aus zu starten und den Luftkampf vor die Haustür des Feindes zu tragen.

Die fünf Männer richteten an diesem Tag mehr gegen die japanischen Angreifer aus als alle anderen zusammen. Und obwohl der Angriff für die Japaner ein Sieg war, stachelte der Mut der fünf Piloten, denen trotz geringer Erfolgsaussichten der Start gelang, die Moral der Soldaten an. Das hatten sie nach der vernichtenden Niederlage bei Pearl Harbor auch bitter nötig.

Obwohl die fünf Lieutenants nur zehn japanische Flugzeuge herunterholten – eine etwas schäbige Zahl angesichts der Luftmacht des Gegners –, wären Matt und die Net Force Explorer froh gewesen, wenn sie es im Kampf gegen Masahara mit seinen Jungs aus Osaka zu einer vergleichbaren Leistung gebracht hätten.

Nur einem Mitglied der Net Force Explorer gelang es, überhaupt vom Boden abzuheben. Matt, Mark, Andy und David wurden gleich zu Beginn des Simulationsprogramms gnadenlos abgeschossen. In ihren P-40ern rumpelten sie die Startbahn bei dem aussichtslosen Versuch hinunter, an den Feind heranzukommen.

Megan bekam ihr Tomahawk-Kampfflugzeug wenigstens in die Luft, wurde aber sofort von einer japanischen Zero-Maschine attackiert. Während sie, in Flammen aufgehend, abstürzte, gelang es ihr noch, das angeschlagene Flugzeug herumzureißen und sich einem japanischen Sturzkampfbomber in den Weg zu stellen, der zu nahe herangekommen war.

Es war der einzige Treffer der Amerikaner an diesem Tag.

Obwohl die Gesamtleistung der Net Force Explorer hundsmiserabel war, sprach sich herum, daß das japanische Team von Megans selbstmörderischem Vergeltungsangriff äußerst beeindruckt war.

Bei der Einsatzbesprechung nach dem Flug fragte Dr. Lanier Megan, warum sie das japanische Flugzeug gerammt habe, statt aus dem Programm auszusteigen.

»Mich hat der Anblick der brennenden amerikanischen Schiffe im Hafen unter mir so wütend gemacht, daß ich einfach rot gesehen habe«, gab sie zur Antwort.

Sogar Andy Moore war sichtlich beeindruckt.

Später, als Dr. Lanier sie durch virtuelle Start- und Landeübungen auf dem Flugzeugträger führte, wurde das Ganze noch intensiver.

Zuerst starteten sie im Cockpit eines einsitzigen Grumman-F4F-Wildcat-Kampfflugzeuges und anschließend in Sturzkampfbombern des Typs Douglas SBD Dauntless, die mit Bomben bestückt waren.

Weil es sich bei der Dauntless um ein zweisitziges Flugzeug handelte, wurden die Net Force Explorer in Zweierteams eingeteilt: Matt als Pilot in dem einen Flugzeug mit Mark als Bordschützen; Megan in einer zweiten Maschine, in der Andy Moore als Heckschütze saß.

David Gray war der einsame Wolf, der allein in einer einsitzigen Hellcat Begleitschutz flog. Genau nach seinem Geschmack.

Das Starten und Landen auf dem Flugzeugträger strengte an, aber die Bombenangriffe waren auf ihre Art noch viel belastender. Matt konnte gar nicht fassen, wie schwer es war, eine Dauntless zu fliegen und gleichzeitig eine Bombe präzise über einem Ziel abzuwerfen. Mit diesen frühen Bombern des Zweiten Weltkriegs zurechtzukommen, fand Matt noch schwieriger, als einen Sopwith-Camel-Doppeldecker zu fliegen. In vier Versuchen schaffte es nicht ein einziger Net Force Explorer, das Ziel zu treffen.

Für ihren nächsten Wettkampf ließ das nichts Gutes ahnen. Der Unterricht war relativ früh beendet – ohne daß sie im Kampf auf den ›Feind‹ gestoßen waren. Dienstag würde der große Tag sein, an dem die Net Force Explorer beim Nachspielen des entscheidenden Luftkampfes, der ›Schlacht um Midway‹, auf Masahara Itos Osaker treffen sollten.

Am Dienstag morgen erhielten die Net Force Explorer von Dr. Lanier weitere Instruktionen, nachdem sie einige 2-D-Filme der tatsächlichen Schlacht angeschaut hatten.

Anschließend ging es in die virtuelle Realität.

Als Matt Hunter sich im Simulatorraum an das System anschloß und auf seinen Hintermann wartete, trat Megan O'Malley an ihn heran. Die anderen waren außer Hörweite.

»Ich möchte nach dem Unterricht mit dir sprechen«, bat sie.

Matt nickte. »Kein Problem. Worüber denn?« fragte er. Aber Megan ging weg, ohne auf seine Frage zu antworten. Merkwürdig, dachte er.

Doch schon bald hatte Matt diesen sonderbaren Vorfall vergessen und war ganz mit der vor ihm liegenden Aufgabe beschäftigt. Endlich tauchte Mark, sein Hintermann, auf. Aber da er im Einsatzbesprechungsraum etwas vergessen hatte, mußte er noch einmal zurückgehen.

In Matts Kopf schwirrten all die Dinge umher, an die er denken mußte. Er war nur froh, daß er und seine

Teammitglieder von benutzerfreundlicher Software ›unterstützt‹ wurden, die ihnen bei den Starts vom Flugzeugträger und bei den Bombardements im Sturzflug half.

An diesem Tag gehörten die Net Force Explorer im Simulator zur Fliegerstaffel von Lieutenant Clarence ›Wade‹ McClusky. Deren Dauntless-Jagdbomber starteten am 4. Juni 1942, dem zweiten Tag der Schlacht um Midway, um 09:25 – also fast halb zehn Uhr morgens – vom Deck des Flugzeugträgers *USS Yorktown*.

Die Mission der Staffel bestand darin, die japanische Flugzeugträgerflotte, die von Admiral Nagumo von der Brücke des Flugzeugträgers *Akagi* aus kommandiert wurde, aufzuspüren und zu zerstören.

Gebannt starrte Matt auf die Digitalanzeige der Wanduhr im Simulatorraum, die den Countdown zeigte: ... 004, 003, 002, 001 ...

Plötzlich saßen Matt und Mark im Cockpit einer verwitterten, marineblauen Dauntless, die mit einer einzigen, tausend Pfund schweren Bombe bestückt war. Ihre Maschine befand sich an einem klaren, blauen Morgen auf dem schaukelnden Deck der *USS Yorktown* mitten im südpazifischen Meer.

Um sie herum reihten sich Sturzbomber vor dem Katapult am abgeflachten Vorderteil des Stahldecks auf.

»Auf ein Neues«, sagte Mark von seinem Sitz direkt hinter Matt. Beiden raste während der Startvorbereitungen das Herz vor Aufregung. Mit offenem Cockpit war der Lärm, der von den aufheulenden Motoren von Dutzenden von startbereiten Abfangjägern und Kampfbombern produziert wurde, ohrenbetäubend.

Matt schnüffelte. Die Luft war schwer und roch nach Meer. Außerdem stach ihm der scharfe Geruch nach Diesel und Ölschwaden vom Flugzeug und dem Schiff in die Nase. Wieder einmal war er davon beeindruckt, wie detailgetreu die Simulationsprogramme des Instituts waren.

Ein Matrose gab ihnen das Signal, vorwärts zu rollen. Vorsichtig steuerte Matt das Flugzeug über die Katapultschiene.

Nur einen Moment später, als die Maschine vom schaukelnden Deck in den stahlblauen Himmel katapultiert wurde, wurde er durch die Gravitation und die Trägheit in seinen Sitz gedrückt.

»Kehr um!« flachste Mark Gridley. »Ich glaub', mein Magen ist auf dem Schiff geblieben ...«

Matt war zu sehr damit beschäftigt, die Maschine zu fliegen, als sich eine schlagfertige Antwort zu überlegen. Wenn er so lange nachdachte, bis ihm etwas Cooles einfiele, dann würden er, Mark und die Maschine längst da unten im Pazifik treiben.

Wenig später tauchte die Maschine von Megan und Andy an ihrer Tragfläche auf. David Gray kam von oben, das Sonnenlicht reflektierte auf den Scheiben seines Cockpits. Als die Staffel ihre Formation eingenommen hatte, steuerten die Maschinen die letzte bekannte Position der japanischen Flotte an.

Dank der Zeitraffermodulation entdeckten die Net Force Explorer ihr Ziel bereits knapp zehn Minuten später.

Matt rief sich Dr. Laniers Geschichtsvorlesung ins Gedächtnis. Bei dem realen Luftkampf waren Wade McCluskys Bomber fast bis an die Grenze ihrer Reichweite geflogen – etwa 150 Meilen –, bevor sie auf die japanischen Flugzeugträger stießen. Daß sie die Flotte an jenem Tag aufstöberten, war reines Glück und hatte mit strategischer Planung wenig zu tun. Allerdings wendete sich durch diesen Zufall das Blatt zugunsten der amerikanischen Streitkräfte.

In der tatsächlichen Schlacht, erinnerte sich Matt, wurden die japanischen Piloten zudem überrumpelt.

Ihre Flugzeuge waren über das gesamte Deck des Flugzeugträgers verstreut und wurden gerade betankt und mit Waffen bestückt, als die Amerikaner sie entdeckten. Und durch das ungeschützte Benzin und die ungesicherten Explosivstoffe konnte McCluskys Staffel der japanischen Flugzeugträgerflotte erheblichen Schaden zufügen.

Plötzlich krächzte die simulierte Stimme von Lieutenant Wade McClusky in ihren Kopfhörern und befahl den Jagdbombern, die drei Flugzeugträger tief unter ihnen zu bombardieren.

Matt kippte seine Maschine scharf ab und stieß zum Angriff hinab, nur fünf Sekunden hinter Megan O'Malleys Maschine.

Ein Bombardement im Stil der vierziger Jahre des zwanzigsten Jahrhunderts war ein schwieriges Unterfangen. Matt ging bei seinem Angriff streng nach Vorschrift vor. Er brachte seine Maschine hinter Megans Bomber in Position, bereit, hinter seiner Flügel*frau* auf das Deck des Ziels herabzustoßen.

Dann zog er den Steuerknüppel leicht zurück, so daß sich die Nase des Flugzeugs hob, bis sie über dem Horizont lag. Er streckte die Hand aus und ergriff den Spezialhebel zwischen seinen Knien, einen diamantförmigen Griff, mit dem die Sturzflugbremsen geöffnet wurden.

Mit geöffneten Klappen vollführte das Flugzeug eine halbe Rolle, senkte dann die Nase um siebzig Grad und ging in einen Sturzflug über. Matt schien es, als würde er senkrecht nach unten rasen. Aber indem er alle paar Sekunden den künstlichen Horizont überprüfte, gelang es ihm, die Orientierung nicht zu verlieren.

Nur wenig mehr als dreißig Sekunden blieben Matt noch, um das gelbe Deck des japanischen Flugzeugträgers anzusteuern, auf den er das Fadenkreuz seines Visiers ausgerichtet hatte.

»Zero-Maschinen!« warnte Mark auf dem hinteren Sitz. »Direkt hinter uns.«

Matt wagte es nicht, das Ziel aus den Augen zu lassen. »Halt sie auf Abstand«, befahl er seinem Heckschützen.

Wenige Sekunden danach ratterte Mark Gridleys Maschinengewehr los, und das Flugzeug wurde von dem Rückschlag durchgeschüttelt. Dann stieß Matts Hintermann einen Freudenschrei aus.

»Ich hab' einen erwischt!« rief er triumphierend.

Matt riskierte einen kurzen Seitenblick. Die Zero trudelte auf das stahlblaue Wasser zu. »Guter Schuß«, sagte er anerkennend.

Als Matt wieder durch sein Visier sah, bemerkte er, daß er die Maschine hatte abdriften lassen. Rasch brachte er den Bomber wieder auf Zielanflugkurs.

Unterdessen begannen die Kanoniere auf dem Flugzeugträger *Akagi*, Flakfeuer in den Himmel zu sprühen. Obwohl ihre Zielgenauigkeit nicht ausgesprochen präzise war, flog den Explorern eine ganze Menge Blei um die Ohren.

Auf jeden Fall zuviel für Megan O'Malley.

Vor Matts Augen wurde die Tragfläche ihrer marineblauen Dauntless, von Flakfeuer getroffen, abrasiert. Während ihr Flugzeug abschmierte, versuchte Megan, die anderen über ihre Notlage zu informieren. Aber ihre ›Mayday‹-Rufe wurden jäh abgeschnitten, als sie und Andy aus dem Cockpit verschwanden und wieder in die Realität zurückgeholt wurden.

Der Dauntless-Bomber klatschte trudelnd ins Meer, knapp an dem von Menschen wimmelnden Holzdeck des japanischen Flugzeugträgers vorbei.

Matt flog inzwischen so tief, daß er die Matrosen über das Deck der *Akagi* rennen sah und die Startversuche der Flugzeuge beobachten konnte. Er warf einen Blick auf den Höhenmesser. Der Pazifik lag nur 720 Meter unter ihm, und der Flugzeugträger füllte fast das Visier.

»Noch nicht«, flüsterte er in sich hinein.

Plötzlich zischte eine japanische Zero, aus allen Rohren feuernd, an ihm vorbei. Matt spürte ein Rütteln durch das Flugzeug gehen, gefolgt von Marks Aufschrei.

Abrupt verstummte der Schrei seines Heckschützen.

»Mark?« fragte Matt. »Alles in Ordnung mit dir?« Keine Antwort von seinem Hintermann. Matt blieb keine Zeit, nach seinem Freund zu sehen. In einer Höhe von exakt 500 Metern griff er mit seiner rechten Hand nach dem Bombenabwurfhebel und zog ihn zu sich heran.

Als die eintausend Pfund schwere Bombe aus dem Bauch der Dauntless-Maschine plumpste, fuhr Matt die Sturzflugbremsen wieder ein und raste über das Deck des japanischen Schiffes.

Virtuelle Matrosen zeigten auf seine Maschine und die Bombe, die vom Himmel direkt auf sie zufiel. Sie stoben in alle Richtungen davon.

Als Matt seinen Steuerknüppel zurückzog, spürte er die Schwerkraft wieder. Hinter ihm explodierte ein gelber Feuerball und tauchte seine Instrumententafel trotz des grellen Tageslichts in gleißende Helligkeit.

Matt drehte sich in seinem Cockpit um, gerade noch rechtzeitig, um mitzubekommen, wie die *Akagi*, Admiral Nagumos Flaggschiff in dieser Schlacht, sich in einen gleißenden Feuerball verwandelte, der das Deck zertrümmerte und die Flugzeuge ins Meer wirbelte.

Er stieß einen Triumphschrei aus. Das Schicksal seines Hintermannes hatte er in seinem Siegestaumel völlig vergessen.

Plötzlich knisterte eine vertraute Stimme in seinem Kopfhörer.

»Volltreffer, Mann!« kam es anerkennend von David Gray aus der Wildcat-Maschine.

Doch in den ersten Sekunden nach der Zerstörung des Flugzeugträgers hatte Matt einen fatalen Fehler begangen. Statt sich nach der Explosion schleunigst aus dem Staub zu machen und den Bombern und dem Flakfeuer auszuweichen, flog er in fast gerader Linie in einer Höhe von nur etwa 500 Metern über der Meeresoberfläche.

Damit forderte er die japanischen Zeros geradezu zum Angriff heraus. Er brauchte sich deshalb nicht zu wundern, als einige von ihnen seiner Aufforderung Folge leisteten.

Doch David Gray warnte ihn gerade noch rechtzeitig vor der drohenden Attacke. »Gefahr im Verzug«, sagte David. »Bei zehn Uhr.«

Ruckartig drehte sich Matt im Cockpit um. Zwei gelbe Zero-Maschinen kamen direkt auf ihn zu. Ihnen mit der Dauntless zu entkommen war unmöglich, und Mark war außer Gefecht gesetzt. Ohne Heckschütze zur Verteidigung blieb ihm nur eine Möglichkeit. Er begann abwechselnd die Tragflächen seines Flugzeuges zu neigen, um den auf ihn abgefeuerten Geschossen zu entgehen.

Zur Schadensbegrenzung konnte er nicht mehr tun … Der Schaden war entstanden, als ihm der erste Fehler unterlaufen war.

Wagemutig kam David Gray von oben herabgestürzt, um Matt zu Hilfe zu eilen. Doch sein Manöver brachte ihn direkt in einen Flakfeuerhagel von der *Soryu*, dem Schwesterschiff der *Akagi*. Die Wildcat-Maschine löste sich in ihre Bestandteile auf. Hart schlugen die Wrackteile auf dem Wasser auf, der zertrümmerte Propeller hüpfte über die Wellen wie ein verhindertes Frisbee.

Matt zog die Nase seiner Dauntless wieder himmelwärts und versuchte, an Höhe zu gewinnen. Die zwei Zeros, die ihm auf den Fersen waren, klebten weiter an ihm. Jetzt war es nur noch eine Frage der Zeit …

Geschosse schlugen in seine Maschine. Eine der

Sturzflugbremsen löste sich, so daß er hart mit der Steuerung zu kämpfen hatte, um in der Luft zu bleiben. Virtueller Rauch begann unter der Motorhaube hervorzuquellen. Matt wußte, er war erledigt.

Plötzlich zischte eine Maschine an seinem Kopf vorbei – so dicht neben seiner Kanzelhaube, daß er sich unwillkürlich duckte. Er drehte sich um und starrte den Fremden an.

Mit ungläubig geweiteten Augen japste Matt erstaunt nach Luft. Es war ein anderes Wildcat-Kampfflugzeug, vom Flügel bis zum Heck orange angestrichen und mit dunkelroten Tigerstreifen an den Seiten.

Die an den Tragflächen montierten Maschinengewehre der Wildcat feuerten, was das Zeug hielt. Eine der Zero-Maschinen explodierte in einem riesigen Feuerball, dem schwarze Rauchsäulen folgten.

Die zweite Maschine der Japaner ging in einen Sturzflug über, um unter den Angriffen der Wildcat wegzutauchen. Zu tief, wie sich herausstellte. Das Flugzeug streifte die Wellenkämme und zerschellte in tausend Stücke, die über den Pazifik hüpften.

Ein Knistern in Matts Kopfhörern. Eine vertraute Stimme. Eine, die Matt Hunter unter Tausenden erkennen würde.

Die Stimme von Julio Cortez.

Abrupt fand sich Matt in der Realität wieder. Er blinzelte, denn er war sich nicht sofort bewußt, daß ihn das wirkliche Leben wiederhatte.

Dann gelang es ihm, sich zu orientieren. Er fuhr herum und brüllte Dr. Lanier und die Techniker an. »Halten Sie das Programm an! Sofort!« Zwar hatte er die Lesezeichentaste in seinem Cockpit gedrückt, aber nach seiner letzten Erfahrung damit war er sich nicht sicher, daß es genügen würde.

Matt war so in Rage, daß er in einem Satz vom Stuhl

gesprungen wäre, wäre er nicht angeschnallt und an den Computer angeschlossen gewesen.

Die Net Force Explorer, die sich noch im Simulatorraum aufhielten, drehten sich um und starrten ihn besorgt an.

Selbst Andy Moore, der gerade dabei war, Megan Unfähigkeit vorzuwerfen, weil sie sie beide zum Absturz gebracht hatte, unterbrach sein Lamento, als er den Unterton in Matts Stimme vernahm.

Hinter dem Glas der Steuerkabine des Mainframe-Computers wurden indessen Dr. Lanier und einer der Techniker aktiv. Ihre Anweisungen erfüllten die Luft, während sie versuchten, das Programm in den riesigen Datenbanken des Computers zu erfassen und zu speichern.

»Was ist los, Matt?« fragte Mark Gridley und eilte zu seinem Kumpel hinüber. »Stimmt was nicht?«

Matts Augen blickten wirr, als er sich zu seinem Freund umdrehte.

»Julio!« antwortete er. »Im Simulator – ich hab' ihn schon wieder gesehen!«

Fünfzehn Minuten später befanden sich die Net Force Explorer bei der abschließenden Einsatzbesprechung im Unterrichtsraum. Mark, Megan, Andy und David saßen in einem Pulk zusammen. In einiger Entfernung hockte Matt, der aussah, als wäre er geradewegs durch die Hölle gegangen.

Die Besprechung hätte schon vor zehn Minuten beginnen sollen, aber Dr. Lanier war weit und breit nicht zu sehen. Megan nahm an, daß der Kursleiter versuchte herauszufinden, was mit dem Simulationsprogramm der Schlacht um Midway oder dem Computer nicht stimmte, sofern es überhaupt daran lag.

Auf der anderen Seite des Ganges saß Matt auf einem der Stühle und rieb sich die Augen, während die anderen ihm aus sicherer Entfernung verstohlene Blicke zuwarfen. Mark ging zu Matt hinüber und bot ihm eisgekühlte Limonade in einem Plastikbecher an, den der Ältere dankbar annahm.

Mark fing Matts Blick auf. »Hast du mit ihm gesprochen?«

Matt nickte. »Später ...« Mehr war nicht aus ihm herauszubekommen.

Endlich kam Dr. Lanier herein, einen Computerfachmann im Schlepptau. Er trat hinter das Podium und entschuldigte sich für die Verspätung.

»So wie es aussieht, haben wir ein Problem«, sagte Dr. Lanier ganz offensichtlich frustriert.

»Was für ein Problem, Sir?« fragte Mark Gridley.

»Ein zweites Rift ist aufgetaucht«, erklärte der Kursleiter. »Diesmal im Simulationsprogramm der ›Schlacht um Midway‹.«

»Aber das ist unmöglich!« ereiferte sich Mark. »Sie haben selbst gesagt, Rifts seien selten ... Wie kommt es dann, daß gleich *zwei* in den Programmen auftreten, die wir benutzen?«

Dr. Lanier hob die Augenbrauen. »Tja, wie kommt das wohl?« fragte er mißtrauisch.

»Sie glauben doch wohl nicht, *wir* hätten irgendwas damit zu tun?« fragte Matt.

»Ich beschuldige niemanden«, gab der Kursleiter zurück. »Doch soviel möchte ich sagen: Die Sache wird untersucht. Und noch eins ...« Er machte eine Kunstpause, ließ die Spannung in der Luft hängen. »Jemand hat sich am Sonntag abend Zugriff auf das Programm ›Roter Baron‹ verschafft«, fuhr der Seminarleiter fort. »Der Hacker war gewieft. Er oder sie hat mein Paßwort benutzt, um sich in das Programm einzuloggen, und dabei seine Spuren verwischt. Wir konnten die Anwahl nicht zurückverfolgen.«

Dr. Lanier sah die Explorer eindringlich an. »Ich weiß

nicht, ob es sich um Sabotage handelt oder ob das Ganze ein mißlungener Streich ist. Aber solange ich mir nicht sicher bin, werden alle Simulationen verschoben, bis wir einen vollständigen Systemcheck durchgeführt haben.«

Alle im Raum murrten und stöhnten auf, aber Dr. Lanier ging nicht darauf ein.

»Das bedeutet, der Unterricht für Mittwoch, Donnerstag und Freitag fällt aus. Sofern nichts anderes bekanntgegeben wird, finden sich am Montag alle wieder ein.«

Der Seminarleiter ließ den Blick noch einmal prüfend über die Gesichter der Anwesenden schweifen. Matt und Mark gewannen den Eindruck, daß er sie dabei vorwurfsvoll anschaute.

»Das ist alles ...«, sagte er und entließ sie.

Fünftes Kapitel

»Wenn ihr Julios gehetzten Gesichtsausdruck gesehen hättet, würdet ihr mir glauben«, sagte Matt zu seinen Teammitgliedern. Sie saßen in der Net Force Explorer Lounge, einem Bereich virtueller Konferenzräume, die unterschiedlich groß und mit den Resultaten ihrer Programmierversuche gefüllt waren.

»Julio benahm sich, als hätte er furchtbare Schmerzen, als würde ihm sogar das Sprechen schwerfallen ... Immer wieder sah er über die Schulter, als würde er den Himmel nach was absuchen, das ihn verfolgt ... Irgendwas, das ihn in seine virtuelle Gefängniszelle zurückholen will.«

»Bist du sicher, daß außer dir niemand sonst in der virtuellen Realität war? Jemand, der sein Flugzeug gesehen oder seine Funkmeldung gehört haben könnte?« fragte David Gray von seinem Stuhl aus.

Er saß in der Sonne, die durch ein großes Bildfenster hereinfiel, das in diesem Moment gerade einen Panoramablick auf das Kapitol freigab.

Matt schüttelte den Kopf. »Ich glaub' nicht«, antwortete er. »Ich könnte mir vorstellen, daß die Piloten der beiden abgeschossenen japanischen Maschinen Julios Kampfflugzeug gesehen haben könnten«, fügte er hinzu.

»Aber wenn es so ist wie beim letztenmal, dann haben sie sicher wieder nichts Ungewöhnliches entdecken können. Wie dem auch sei, Julio hat wahrscheinlich beide Flugzeuge abgeschossen, bevor sie überhaupt eine Chance hatten, ihn zu sehen.«

»Ja«, stimmte Andy Moore zu. »Julio war ein As, Mann! Ihm war schon immer klar, daß der Sieger eines

Luftkampfes der Mann ist, der den anderen sieht, bevor der *ihn* entdeckt.«

Mark Gridley nickte. Ebenso Megan O'Malley.

Na, wenigstens bin ich ein kleines Stück weitergekommen. Sie halten mich nicht mehr für verrückt, dachte Matt. Immerhin diskutieren sie schon über die Möglichkeit, daß Julio mit mir in dem Programm war ... Das ist zumindest mal ein Anfang.

»Was hat Julio gesagt?« fragte Mark Gridley. »Erzähl es uns noch mal.«

Matt schluckte schwer und schloß die Augen. Er versuchte, sich jede Einzelheit dieser grauenhaften Szene in sein Gedächtnis zurückzurufen. »Also«, begann er. »Mir waren die beiden Zero-Maschinen auf den Fersen ... und ich hatte schon ein paar Treffer einstecken müssen. Meine Dauntless qualmte, und Mark war nicht mehr da. Ich wußte, ich würde abstürzen. Es war nur noch eine Frage der Zeit.« Matt holte tief Luft und beugte sich auf seinem Stuhl nach vorn. »Plötzlich tauchte eine orangefarbene Wildcat mit dunkelroten Streifen aus dem Nichts auf. Der Pilot der orangefarbenen Maschine schoß eine Zero ab, während die andere bei dem Versuch, der explodierten Maschine auszuweichen, in den Pazifik stürzte.«

»Aber was hat Julio *gesagt*?« wiederholte Mark.

»Ich hatte mit der Steuerung zu kämpfen, um in der Luft zu bleiben«, fuhr Matt unbeirrt fort. »Dann hörte ich Julios Stimme über meinen Kopfhörer ... Ich habe sie sofort erkannt. Julio fragte mich, welcher Tag heute ist und wieviel Zeit seit unserer letzten Begegnung in der virtuellen Realität verstrichen ist. Er sagte, er hätte Probleme mit dem Zeitgefühl.«

»Das ist verständlich«, warf Andy ein. »Wenn er gefangengehalten wird, dann machen sie womöglich sonstwas mit ihm: Schlafentzug, Folter, Isolationshaft, oder sie bringen seinen Tages- und Nachtrhythmus durcheinander und wer weiß, was noch alles.«

Matt nickte. »Ich sagte, daß vier Tage vergangen sind, und dann fragte ich ihn, wie er dorthin gekommen ist. Er manövrierte sein Flugzeug neben meines, genau neben meinen Flügel, so wie er es immer getan hat. Und dann klappte er die Kanzelhaube zurück ...«

Matt hielt inne. »Ich konnte ihn *sehen*, so klar und deutlich, wie ich euch jetzt sehen kann«, sagte er. »Dann warf Julio einen Blick über die Schulter, als ob irgend etwas hinter ihm her wäre. Ich brüllte seinen Spitznamen, um ihn auf mich aufmerksam zu machen ... ›*Jefe*‹, schrie ich. ›Sprich mit mir!‹ Da sah er mich an. In sein Gesicht war so viel Trauer und Schmerz gegraben, wie ich es noch nie bei einem Menschen gesehen habe. Er sprach wieder mit mir, flehte mich an, etwas zu unternehmen, um seine Familie zu retten – und zwar sofort, bevor es zu spät ist. Dann meinte er, wir wären nicht allein ... Etwas würde ihn mit Gewalt zurückholen.«

»*Etwas?*« fragte Megan. »Was genau?«

»Ich weiß es nicht«, gestand Matt. »Julio sah in diesem Moment wieder über die Schulter. Dann weiteten sich seine Augen, so als hätte er etwas entdeckt, das uns einholte.« Wieder hielt er inne. »Ich glaube, ein Schatten flog über uns hinweg, aber sicher bin ich nicht. Dann setzte vermutlich der Motor meiner Dauntless aus, oder die Maschine explodierte, jedenfalls war das nächste, woran ich mich erinnern kann, daß ich wieder in der Realität war.«

Nach einem kurzen Schweigen erhob sich Megan, ihre braunen Haare über die Schulter zurückwerfend. Sie blickte auf Matt herunter, der immer noch zusammengesunken auf seinem Stuhl hockte. »Ich habe einige Informationen, die deine Behauptungen stützen. Um an diese Infos zu kommen, habe ich ganz schön graben müssen. Aber bevor die Einzelheiten verschwimmen, gehen wir die Sache noch mal von vorn durch«, sagte sie. »Von Anfang an ...«

Eine Stunde später hatte Matt die Ereignisse im Simulator vor seinem geistigen Auge immer wieder ablaufen lassen. Aber die Net Force Explorer waren der Lösung noch keinen Schritt nähergekommen. Immer noch standen sie genau an dem Punkt, an dem sie sich befunden hatten, als sie in die Lounge gekommen waren.

Aber immerhin hatten sie jetzt einige Theorien.

»Weißt du, Matt, ich glaub' wirklich, du bist abgeschossen worden«, mutmaßte Andy Moore.

David Gray rollte mit seinen dunkelbraunen Augen. »Nicht schon wieder, Mann«, stöhnte er.

»Laß mich ausreden!« bat Andy. »Ganz zuletzt, als Julio über seine Schulter sah. Da hat er, glaube ich, irgendwas kommen sehen.«

»Was zum Beispiel?« hakte Mark nach.

»Zum Beispiel das Etwas, von dem er sich verfolgt fühlte«, entgegnete Andy. »Du sagtest, daß du möglicherweise einen Schatten wahrgenommen hast, Matt, oder?«

Matt nickte.

»Gut, ich glaube, das war der Schatten von dem, was hinter Julio her war«, fuhr Andy fort.

Einen Moment lang dachte Matt darüber nach. »Möglich wäre es, daß ich abgeschossen wurde«, räumte er ein. »Aber wenn das so war, dann habe ich den Gegner nicht kommen sehen.«

»Das tun wir doch nie«, warf David leise ein.

»Natürlich nicht!« entgegnete Andy. »Du hast den Gegner, der dich erwischt hat, aus dem gleichen Grund nicht gesehen, aus dem die japanischen Piloten Julios Flugzeug nicht sahen und Dieter die Maschine auch nicht bemerkte: Der Angriff erfolgte wie ein Blitz aus heiterem Himmel, während deine Aufmerksamkeit abgelenkt war.«

»Das klingt zwar gut«, sagte Matt. »Aber ...«

»Verfolgen wir die Theorie mal kurz weiter«, schaltete Mark Gridley sich ein. »Sie erklärt zwar einige Dinge, andere wiederum nicht ... Zum Beispiel, warum ein Rift sich immer dann bildet, wenn Julio im Simulationsprogramm auftaucht, und warum es von Julio oder seiner Maschine weit und breit keine Spur gab, als wir das Programm ›Roter Baron‹ noch einmal abgespielt haben.«

»Moment mal«, unterbrach ihn David Gray mit erhobener Hand. »Ihr habt das Programm ›Roter Baron‹ noch einmal abgespielt?«

»Mist«, entfuhr es Mark.

»Erzähl ruhig weiter, Zwerg«, sagte Megan. »Tu dir keinen Zwang an ... Die holographische Katze ist bereits aus dem virtuellen Sack ...«

Mark und Matt tauschten schuldbewußte Blicke aus, dann gestanden sie den anderen die ganze Geschichte – wie sie sich mit Hilfe von Dr. Laniers Paßwort Zugang zum Programm verschafft hatten, und was sie beim Abspielen gesehen hatten. Nämlich gar nichts.

Nach ihrer Beichte ergriff David als erster das Wort. »Na, wenigstens ist Dr. Laniers Rätsel gelöst«, sagte er.

»Wenn das Rift nicht wäre, könnten wir die heutige Simulation noch mal abspielen und wieder in das Programm hineingehen ...«, überlegte Andy Moore.

Doch Megan schüttelte zweifelnd den Kopf. »Das glaub' ich nicht.«

»Warum nicht?« fragte Mark Gridley.

»Überleg mal, Zwerg«, antwortete Megan. »Als du das Programm aus den Speicherbanken des Rechners heruntergeladen und es abgespielt hast, was passierte da?«

»Wir haben dasselbe gesehen wie beim erstenmal, nur daß Julio nicht da war.« Mark hielt einen Moment inne. Sein Gesicht wirkte konzentriert. »Genau«, murmelte er dann. »Vielleicht haben wir das Ganze völlig falsch betrachtet.«

»Was meinst du, Kleiner?« fragte Andy.

Mark stand auf und begann, auf- und abzugehen, während er den anderen seine Idee erläuterte. »Vielleicht ist das Rift nicht die Ursache dafür, daß wir uns einbilden, Julio zu sehen«, sagte er. »Vielleicht ist Julio die Ursache für das Rift!«

»Hä?« brummte David Gray verständnislos. Aber Matt und Megan nickten.

»Die Simulationen sind auf einen bestimmten Ablauf programmiert, der auf einem tatsächlichen, historischen Ereignis basiert. Jemand hat die Merkmale und das Aussehen der gesamten Ausrüstung und aller Schlachtfelder sowie der Soldaten eines bestimmten Kriegsereignisses in das System eingegeben. Anschließend wurden die Einzelteile so zusammengefügt, daß sie das, was damals geschah, widerspiegeln. Uns teilt man Figuren zu, die auf tatsächliche Menschen zurückgehen, die reale Missionen ausführten. Allerdings können wir deren Aktionen kontrollieren. Trotzdem ist die Simulation im wesentlichen so konfiguriert, daß sie einem vorher festgelegten Pfad folgt. Wenn Julio in das Programm eindringt, um mit uns Kontakt aufzunehmen, muß er sämtliche Daten umleiten, um Zeit zu gewinnen, damit er mit uns sprechen kann.«

»Und schon haben wir ein Rift!« beendete Andy den Gedankengang.

Die Net Force Explorer tauschten vielsagende Blicke aus. Allen war klar, daß sie auf der richtigen Fährte waren.

Doch plötzlich stöhnte Matt. »Das paßt nicht«, sagte er.

»Warum nicht?« fragte Mark. »Es ergibt alles einen Sinn.«

»Nein, nicht alles«, erwiderte Matt. »Vor ein paar Tagen lief ein Bericht im Fernsehen, der Julio und seine Familie zeigte. Ich hab' Julio gesehen. Er sah gesund und munter aus.«

»Könnte es ein Betrüger gewesen sein?« fragte David.

Matt schüttelte den Kopf. »Es war Julio.« Seine Stimme klang niedergeschlagen. »Da bin ich mir ganz sicher. Niemand könnte mich in dieser Beziehung täuschen.«

»So sicher wäre ich mir da nicht«, warf Megan ein. »Wartet hier. Ich bin gleich wieder da.«

Wenige Minuten später kam sie mit einem fünf Zentimeter großen Datenskriptsymbol in der Hand zurück. Während die anderen sie mit wachsender Neugier beobachteten, ließ Megan den Computer in der Lounge hochfahren und legte das Skript ein.

Ein zweidimensionales Bild erschien auf dem Monitor. Es war die Anfangseinstellung des Nachrichtenberichts über die Wahlen auf Corteguay. Den gleichen Bericht hatte Matt am Sonntag abend gesehen.

Kurz bevor der Report abzuspulen begann, hielt Megan das Bild an und wandte sie sich wieder den Net Force Explorern zu. »Ich hab' die gleiche Nachrichtensendung gesehen wie du, Matt«, erklärte sie. »Aber ich hatte das Gefühl, daß mit dem Film irgendwas nicht stimmt. Ich hab' eine ganze Weile gebraucht, um herauszubekommen, was faul war, und noch länger, um den Beweis dafür zu finden, daß ich recht habe. Paßt genau auf, denn es könnte kompliziert werden.«

Megan gab einen Befehl, woraufhin der Film weiterlief. Sie verfolgten ihn bis zum Schluß und sahen neben Ramon Cortez und seiner Frau auch Julio auf dem Bildschirm. Nur Julios kleine Schwester, Juanita, fehlte.

Als die Reportage beendet war, spulte Megan den Film zurück und wandte sich wieder den anderen zu.

»Wenn ich irgendwann – in ferner Zukunft – mit der Schule fertig bin, möchte ich zum Nachrichtendienst oder in die strategische Planung gehen«, erklärte sie. »Ich möchte die Realität manipulieren, so wie ihr eure VR-Spiele und Programme.«

»Was ist strategische Planung?« fragte Andy.

Mark erklärte es ihm. »Ein strategischer Planer ist jemand, der Strategien zur Manipulation von Menschen, Situationen, Politiken und der öffentlichen Meinung und lauter so Zeugs entwickelt.«

»So ungefähr«, räumte Megan ein. »Aber das Wichtigste ist, daß ich genug über dieses Thema weiß, um zu erkennen, wenn *ich* manipuliert werden soll und wer mich manipuliert.« Sie wandte sich wieder dem 2-D-Film zu.

»Sehen wir uns den Film noch mal an, von Anfang an ...« Megan ließ den Bericht noch einmal laufen. Doch diesmal hielt sie ihn gleich bei den ersten Bildern an, die die Zuschauermenge bei der Wahlrede zeigten. »Seht euch das an«, erklärte sie und zeigte auf das Bild. »Das ist eine normale Einstellung einer dichtgedrängten Menschenmenge, oder?»

Einmütiges Nicken. »Der Film wurde angeblich letzte Woche in der Provinz Dompania auf Corteguay gedreht, okay?«

Wieder nickten alle. Matt fühlte sich wie in der Schule.

»Aber seht mal hier.« Sie zeigte auf die Menschen in der Menge. Alle trugen einheitliche, schmutzige Overalls wie typische Fabrikarbeiter. Einige der Zuschauer hielten sich schützend die Hand vor die Augen, um gegen die Sonne sehen zu können. Auf diese zeigte Megan.

»Aufgrund der Schatten und der Art, wie die Leute blinzeln, ist ziemlich eindeutig, daß sie gegen die Sonne gucken, vermutlich schauen sie auf das Podium, von dem aus Ramon Cortez seine Rede hält.« Sie betätigte eine oder zwei Sekunden lang den Schnellvorlauf. »Nun seht euch das Podium mal an.«

Matt konnte erkennen, daß sich einige der Männer auf dem Podium ebenfalls die Hand vor die Augen hielten, als würden sie ebenfalls von der Sonne geblendet.

Megan hielt den Film an. »Entweder die Sonne

scheint der Menge in die Augen oder den Leuten auf dem Podium ... *Beides* geht nicht.«

»Hört sich gut an, aber das letzte Filmmaterial könnte zu einem anderen Zeitpunkt aufgenommen sein als die ersten Bilder.« David Gray schien nicht überzeugt zu sein. »Die Zuschauermenge könnte einige Stunden, bevor die Wahlveranstaltung begann, aufgenommen worden sein.«

Megan nickte. »Da hast du völlig recht«, gab sie zu. »Diese Tatsache allein ist noch kein überzeugender Beweis, aber sie hat mich ins Grübeln gebracht.«

Sie drehte sich wieder zum Computer um und aktivierte den Schnellvorlauf. Dann hielt sie das Bild bei der Einstellung an, in der man Ramon Cortez bei seiner Rede sah. »Hier scheint die Sonne Julios Vater plötzlich nicht mehr in die Augen – zumindest nicht in dieser Einstellung.« Bild für Bild ließ sie den Film weiterlaufen, dann zoomte sie auf eine Turmuhr in der Ferne. Sie vergrößerte die Einstellung solange, bis die Uhrzeit zu erkennen war – fast zwei Uhr mittags.

Doch die Sonne kam fast senkrecht von oben, so als wäre es genau zwölf Uhr mittags.

»Natürlich«, räumte Megan ein, »muß nicht jede Turmuhr richtiggehen, vor allem nicht in einem armen sozialistischen Land, in dem nichts ordnungsgemäß zu funktionieren scheint.«

Megan aktivierte den Film wieder, so daß dieser Bild für Bild weiterlief.

»Sozialisten schaffen es sogar, ihre eigenen ausgeklügelten Fälschungen zu vermasseln. Schaut genau hin ...«

Plötzlich sprang ihnen eine Anomalie, die bei diesem Zeitlupentempo schwerlich zu übersehen war, direkt ins Auge.

»Habt ihr das gesehen!« rief David Gray. »Seine Krawatte hat die Farbe gewechselt!«

»Genau«, sagte Megan und sah die anderen an, wobei sie ihre Arme verschränkte. »Dieser kleine Fehler fiel mir schon bei der ersten Ausstrahlung des Berichts auf. Das hat mich mißtrauisch werden lassen.« Wieder hielt sie den Film an.

»Nachdem ich die Bilder heruntergeladen hatte, hab' ich sie durch den Digitizer laufen lassen und das Bild in seine einzelnen Bestandteile zerlegt …«

Während sie sprach, winkte sie mit der Hand in Richtung des Computers, und das Bild auf dem Monitor zerfiel direkt vor ihren Augen in verschiedene Einzelteile. »Falls ihr euch je gewundert haben solltet, warum auf Corteguay holographische Kameras verboten sind: Es ist sehr viel schwerer, damit Fälschungen wie diese herzustellen.« Wieder zeigte sie auf die Bilder auf dem Monitor. »Das ist eindeutig eine Fälschung«, sagte sie überzeugt. »Und nicht einmal ein gute. Die Schatten sind alle falsch, die Krawatte ändert ihre Farbe, und das Sonnenlicht wird gleichzeitig von den Fenstern auf beiden Seiten der Straße reflektiert. Und seht euch das an …« Sie zoomte auf eine Schaufensterscheibe eines Geschäftes. »Angeblich soll sich eine Menschenmenge vor diesem Geschäft aufhalten, doch alles, was sich im Fenster spiegelt, ist eine menschenleere Straße!«

David sprang auf und ging zum Bildschirm hinüber. Auch Matt und Mark beugten sich näher heran. Dann sahen sie einander an.

»Tatsächlich, eine Fälschung«, sagte Matt.

Megan nickte. »Ja genau, eine Fälschung, und das hätte dir auffallen müssen, Matt!«

»Mir?« fragte Matt. »Warum mir?«

»Deshalb …« Megan gab dem Computer per Handsignal einen neuen Befehl. Die Puzzleteile setzten sich wieder zu einem Bild zusammen, und der Film lief weiter. Als er an dem Punkt ankam, an dem Julio in Nahaufnahme einer Gruppe von Mädchen in der ersten Reihe zuwinkte, hielt Megan das Bild wieder an.

»Kommt dir das bekannt vor?« fragte sie. Matt blickte einen Moment lang angestrengt auf den Bildschirm, dann schüttelte er den Kopf.

»Nein«, antwortete er. »Da komm' ich nicht mehr mit.«

Jetzt war es Megan, die den Kopf schüttelte. »Du enttäuschst mich, Hunter«, sagte sie und gab dem Computer ein weiteres Signal mit der Hand. »Ich hätte dich für schlauer gehalten.«

Plötzlich verschob sich das Bild auf dem Monitor nach links. Auf der rechten Monitorseite erschien ein anderer Film. Es war eine Nachrichtensendung, die im Jahr zuvor ausgestrahlt worden war, als zum Abschluß des Ferienkurses ›Hundert Jahre militärische Luftfahrt‹ die Preise verliehen wurden.

Megan vergrößerte die Einstellung eines Bildes von Julio Cortez, der seine lederne Siegesbomberjacke trug, auf der hinten ›Top-As‹ in Leuchtschrift prangte. Megan hielt das Bild an, dann die Einstellung, die Julio auf Corteguay zeigte. Beide Bilder waren identisch.

»Die haben das Bild geklaut!« erboste sich Matt. »Julio war überhaupt nicht bei der Wahlveranstaltung!«

Megan wandte sich Matt zu. »Stimmt genau«, pflichtete sie ihm bei. »Aber wenn er nicht auf der Veranstaltung war, wo war er dann?«

Plötzlich herrschte eine sehr gedrückte Stimmung. Obwohl jeder die Antwort auf die Frage kannte, brachte nur Matt den Mut auf, sie auszusprechen.

»In einem virtuellen Gefängnis – zusammen mit seiner Familie«, flüsterte er leise.

Sechstes Kapitel

»Ich möchte eine telefonische Verbindung«, sagte Megan zum viertenmal. »Und zwar mit Mr. Ramon Cortez in Adello.«

Die Dame von der Vermittlung am anderen Ende der Leitung – glücklicherweise ein menschliches Wesen – sprach ausgezeichnet Englisch. Doch jedesmal, wenn Megan Ramons Namen erwähnte, herrschte endloses Schweigen, gefolgt von der Bitte, Megan möge ihr Anliegen erneut vorbringen.

»Es tut mir wirklich leid«, entschuldigte sich die Telefonistin schließlich, nachdem Megan ihr alles zum fünftenmal erklärt hatte. »Wir haben niemanden unter diesem Namen in unserem Telefonverzeichnis. Sind Sie sicher, daß die Person sich auf Corteguay aufhält?«

Megan schnaubte. Langsam riß ihr der Geduldsfaden. »Er kandidiert für das Präsidentenamt!« entgegnete sie. »Sie müssen doch von ihm gehört haben.«

Nach einer langen Pause versprach die Frau am anderen Ende, Megan mit ihrem Vorgesetzten zu verbinden. Vielleicht könne er ihr helfen.

Es folgte ein mehrmaliges Klicken, dann ein Rufzeichen.

»Sie hat einfach aufgelegt!« sagte Megan verärgert.

Der neben ihr stehende Matt nickte. »So ging es mir das ganze Wochenende. Ich habe versucht anzurufen, wurde aber nur an der Nase herumgeführt.«

»Es ist wohl eindeutig, daß die Regierung von Corteguay nicht wünscht, daß wir mit der Familie Cortez Kontakt aufnehmen«, folgerte Megan.

»Also, was machen wir jetzt?« fragte Mark in die Runde. Die naheliegendsten Dinge hatten sie so ziemlich abgeklappert. Ein Anruf bei der Verwaltungszentrale von Net Force hatte ihnen die Neuigkeit beschert, daß Captain James Winters, der Verbindungsmann zwischen den Net Force Explorern und Net Force, im Zuge eines Spezialauftrags im Einsatz war und frühestens in zwei Wochen zurückerwartet wurde. Sie hatten ihm eine Nachricht hinterlassen und dringend um Rückruf gebeten. Dieser war aber bisher nicht erfolgt. Ein Anruf beim Außenministerium war völlig für die Katz gewesen – der Mann am anderen Ende des Bildtelefons hatte ihnen den Rat gegeben, wieder mit ihren Puppen zu spielen und die Erwachsenen ihre Arbeit machen zu lassen. Wiederholte Versuche, mit den Vereinten Nationen Kontakt aufzunehmen, hatten ähnliche Resultate gebracht. Nach all diesen Fehlschlägen waren die Explorer nicht gerade in Hochstimmung.

Als Mark keine Antwort auf seine Frage erhielt, schaute er auf. Megan, Matt, David und Andy starrten ihn an, als würden sie auf etwas warten. »Was ist?« fragte Mark.

»Warum gehen wir mit unserem Wissen nicht einfach zu jemandem mit wirklicher politischer Schlagkraft?« schlug Megan vor.

»Zu wem zum Beispiel?« fragte Mark, dem die Richtung, die das Gespräch nahm, gar nicht gefiel.

»Ja, genau«, stimmte Matt zu. »Vielleicht liegt die Hilfe nur eine Busfahrt entfernt.«

»Ich hab' keine Ahnung, worauf ihr hinauswollt«, erwiderte Mark stur. Dabei wußte er eigentlich ganz genau, worauf seine Net-Force-Kumpel abzielten. Er selbst hatte diesen Schritt auch schon erwogen, aber aus, wie er fand, auf der Hand liegenden Gründen wieder verworfen.

»Wie wäre es, wenn wir uns an den Leiter von Net Force wenden?« fragte David Gray mit einem zuckersüßen Lächeln.

Ich hab's geahnt! dachte Mark. Aber er konnte nichts dagegen tun. Er fühlte sich in die Enge getrieben, während er hilfesuchend in die Gesichter der anderen schaute. In die Enge getrieben und überstimmt.

Der Kleinste zu sein war beinhart!

Wenn wir uns an Dad wenden, wird herauskommen, daß ich Dr. Laniers Paßwort gestohlen und es ohne Autorisation benutzt habe, dachte Mark unglücklich.

Matt Hunter konnte am Gesicht seines Freundes erkennen, wie dieser mit sich rang. »Komm schon, Zwerg.« Matt versuchte, ihm gut zuzureden. »Beichten ist gut für die Seele. Zumindest war es bei mir so.«

»Aber für mich wird es schlecht sein«, gab Mark zurück. »Bis zur High School werde ich nichts mehr zu lachen haben!« Doch Mark wußte, daß er überstimmt war. Außerdem war ihm klar, daß seine Freunde recht hatten. Herauszufinden, was mit der Familie Cortez geschehen war, war wesentlich wichtiger, als einer Strafe seines Vaters zu entgehen.

Na ja, wenigstens um einiges wichtiger, dachte Mark, der den Zorn seines Vaters fürchtete. Wieder blickte er auf der Suche nach einem Ausweg von einem zum anderen. Alle sahen ihn erwartungsvoll an, damit er den ersten Schritt tat. »Okay. Ich gebe mich geschlagen. Gehen wir zu meinem Vater.« Mark seufzte.

»Dazu möchte ich nur sagen, wie stolz ich darauf bin, daß mein Sohn ein geständiger Computerkrimineller ist«, sagte Jay Gridley mit nach außen hin unbeweglicher Miene – obwohl er innerlich wahrscheinlich kochte. Beim Sprechen spielte er mit einem Kugelschreiber herum, und es war kaum zu übersehen, daß seine Fingerknöchel weiß wurden, weil er den Stift sehr viel fester umklammerte, als notwendig gewesen wäre. »Ich dachte, ich hätte dir etwas anderes vermittelt, Mark.«

Matt Hunter, Megan O'Malley, Andy Moore und

David Gray starrten geschlossen zu Boden, während Mark sich den ruhigen, aber deutlichen Verweis seines Vaters abholte, der auch noch der Leiter von Net Force war.

»Dir ist doch klar, Mark«, fuhr Jay Gridley fort, »daß ich dafür bezahlt werde, Leute wie dich zu schnappen.«

»Ich hab' doch gesagt, es tut mir leid, Dad«, verteidigte sich Mark. »Beleidigen mußt du mich nicht.«

Matt Hunter, der in einer Ecke von Gridleys riesigem Büro stand und sich wünschte, unsichtbar zu sein, konnte mit seinem Freund mitfühlen. Als er seinem Vater gestanden hatte, dessen Computer benutzt zu haben, war das schon peinlich genug, auch wenn niemand sonst dabei war. Wie Mark sich fühlen mußte, während er vor versammelter Mannschaft beichtete, wollte er sich lieber nicht vorstellen.

»Und überhaupt, Dad ...«, begann Mark.

Sag's nicht, Mark, flehte Matt innerlich.

»Ich hab's für einen guten Zweck getan.«

O nein ...

»Niemand tut etwas Schlechtes für einen guten Zweck«, wies Jay Gridley seinen Sohn zurecht. »Und kein Ergebnis dieser Welt, wie positiv auch immer es sein mag, rechtfertigt den Verlust der Ehre bei dem Versuch, es zu erzielen.«

Prüfend blickte Jay Gridley in die Gesichter der anderen Net Force Explorer, die sich in seinem Büro versammelt hatten. Nur Megan und David hatten den Mut, dem Blick des Net-Force-Chefs standzuhalten.

Warum auch nicht, dachte Matt. Sie haben sich nichts vorzuwerfen.

Selbst Andy Moore, der bei irgendwelchen krummen Sachen – ausnahmsweise – nicht mit von der Partie war, konnte Gridley nicht in die Augen sehen. Matt war klar, warum. Obwohl Jay Gridley keineswegs wie ein Actionheld aus einem Holo-Video aussah, besaß er eine gebieterische und ehrfurchteinflößende Persönlichkeit. Er war schlank, wirkte aber kraftvoll und strahlte eine körperliche und geistige Energie aus, wie sie nur wenige Menschen besaßen.

Matt hatte gehört, wie einige der jüngeren Net-Force-Mitglieder Jay Gridley als ›Kampfhamster‹ bezeichneten. Zweifellos konnte keiner von ihnen diesem Mann ins Gesicht blicken, ohne daß ihnen flau wurde.

Jay Gridley ließ den Kugelschreiber auf die Tischplatte fallen und lehnte sich in seinem ergonomischen Neuro-Stuhl zurück. »Fürs erste werde ich über den jugendlichen Leichtsinn meines Sohnes hinwegsehen, um zu untersuchen, was hinter der ganzen Geschichte steckt.«

Erleichtert atmeten die Net Force Explorer auf.

»Werden Sie die Flugsimulatoren des Instituts beschlagnahmen?« fragte Megan.

Verneinend schüttelte Jay Gridley den Kopf. »Das kann ich nicht«, sagte er. »Das Institut gehört zu den Vereinten Nationen. Um ein solches Vorgehen zu rechtfertigen, bräuchten wir einen ausgesprochenen Notfall und hieb- und stichfeste Beweise«, fügte er hinzu, als Megan sich anschickte, ihn zu unterbrechen.

»Angesichts der bevorstehenden Wahlen auf Corteguay, die unter UN-Beobachtung stattfinden, würden wir höchstwahrscheinlich einen internationalen Zwischenfall auslösen, wenn Net Force sich offiziell einmischt. Und wenn die Sache an die Öffentlichkeit dringt, wären euer Freund und seine Familie vermutlich die ersten, die dran glauben müßten. Von toten Zeugen die Wahrheit zu erfahren, ist um einiges schwieriger als von lebenden. Ich bin sicher, daß die Regierung von Corteguay die Leichen überzeugend erklären könnte. Nein, Megan, wir müssen sehr viel behutsamer vorgehen. Corteguay ist weit von hier entfernt, und das Leben eures Freundes könnte davon abhängen, daß wir vorsichtig sind. Wenn wir die Halunken aufschrecken, bevor wir bereit sind zu handeln, ist nicht abzusehen, was sie tun werden.«

Dann stahl sich das Lächeln eines Gesetzeshüters ins Gesicht des Net-Force-Chefs. »Erst müssen wir bereit sein. Wirbel können wir dann immer noch verursachen – falls nötig.«

Die Net Force Explorer mußten lachen, und die Spannung, die im Raum gelegen hatte, war gebrochen.

Matt lachte mit den anderen. Er bewunderte die besonnene Art, wie Jay Gridley mit der Situation umging. Schon oft hatte Megan ihm versichert, daß sie mehr über ihr zukünftiges Arbeitsgebiet lernen würde, als sie je in der Schule mitbekommen konnte, wenn sie diesen Mann bei der Arbeit beobachtete. Auch Matt konnte die Zeit nicht erwarten, bis er endlich mit solch bemerkenswerten und engagierten Leuten zusammenarbeiten würde.

»In der Zwischenzeit sprecht mit niemandem über diese Sache, der nicht schon davon weiß«, ordnete Gridley an. »Je weniger Mitwisser es im Moment gibt, um so besser.«

Er begann, seine Post durchzusehen. »Ich werde ein paar Telefonate erledigen«, erklärte er. »Zunächst mit dem Außenministerium. Die Vereinigten Staaten haben einige Jahre lang keine diplomatischen Beziehungen zu Corteguay unterhalten, so daß die US-Botschaft in Adello bis vor kurzem geschlossen war. Offiziell ist sie immer noch nicht geöffnet, obwohl die Vereinten Nationen sie als Basis für ihre Wahlbeobachter nutzen. Und wenn die Wahlen ohne Zwischenfälle verlaufen, werden wir die diplomatischen Beziehungen zu Corteguay offiziell wiederaufnehmen und einen Botschafter bestellen sowie Personal hinschicken. Da ich aber die frühere Botschafterin persönlich kenne, werde ich sie anrufen …«

»Und was sollen wir tun, Mr. Gridley?« fragte Matt.

»Ihr kehrt am Montag wieder ins Institut zurück, als

ob nichts geschehen wäre, und macht mit eurem Kurs weiter. Ich möchte, daß ihr in den Simulatoren nach einem Anzeichen von Julio Cortez oder den virtuellen Wachhunden, die hinter ihm her sein könnten, Ausschau haltet. Und seid um Himmels willen vorsichtig«, fügte Mr. Gridley hinzu. »Ihr seid Net Force Explorer. Ich weiß, ihr werdet das Richtige tun ...« Der Leiter von Net Force warf seinem Sohn einen bedeutungsvollen Blick zu. »Zumindest jetzt, nachdem ihr daran erinnert worden seid, was richtig ist.«

Mark Gridley nickte, und die übrigen Explorer taten es ihm gleich. Sie brannten darauf, sich wieder in den Kampf zu stürzen und ihren Freund zu retten, sofern es in ihrer Macht stand.

»Moment, wartet noch«, sagte der Leiter von Net Force. »Ich möchte nicht, daß ihr ohne den Rat eines Experten in die virtuellen Simulationsprogramme zurückkehrt.«

Der Net-Force-Chef gab seinem Computer einen Sprachbefehl. »Joanna Winthrop kontaktieren«, ordnete er an. »Sie möchte bitte so schnell wie möglich in mein Büro kommen ...«

Die Net Force Explorer kannten Joanna Winthrop ziemlich gut. Da sie ihnen früher schon aus der Klemme geholfen hatte, hofften die Explorer auch jetzt auf ihre Hilfe.

Joanna wurde manchmal ›R‹ genannt – es war ein Gag, der auf alte 2-D-Streifen aus dem zwanzigsten Jahrhundert zurückging. Sie handelten von einem Spion namens James Bond. Bonds Waffenspezialist wurde ›Q‹ genannt. Joanna hieß ›R‹, weil sie ganz eindeutig eine Stufe über ›Q‹ stand. Die Waffenspezialistin von Net Force war für ihre Programme und ihre Methoden, diese in der Cyberwelt zu implementieren, berühmt. Sie waren um einiges besser als die der Widersacher.

Doch am besten gefiel den Net Force Explorern an Joanna Winthrop, daß sie nichts lieber tat, als in ein streng geschütztes System einzudringen oder einen Weg zu finden, einen mit einem tödlichen Virus infizierten Computer zu ›debuggen‹.

Das machte sie zu einer Verbündeten, zumindest in den Augen der Net Force Explorer.

In der Vergangenheit hatte Joanna Winthrop sie des öfteren mit einer neuen Erfindung, einem Programm oder einem Datenskript für den privaten Gebrauch versorgt – wie eine großzügige High-Tech-Tante.

Bei anderer Gelegenheit hatte sie den Explorern hochtechnische Geräte zur Verfügung gestellt, die sie zur Lösung eines Problems oder eines Rätsels brauchten oder um sich selbst oder andere aus einer mißlichen Lage zu befreien.

Darum vertrauten die Teenager der Net-Force-Mitarbeiterin und waren froh, ihre Meinung bezüglich des Problems zu hören, das sie so beschäftigte.

Nachdem Matt Hunter und Mark Gridley Joanna von ihren Erfahrungen in den Simulationsprogrammen berichtet hatten, saß sie einen Moment lang da, ohne ein Wort zu sagen. Als ihr Schweigen andauerte, tauschten die Net Force Explorer unbehagliche Blicke aus und fragten sich, was sie wohl dachte. Sie waren sicher, daß Joanna noch nie mit einem Fall wie diesem zu tun gehabt hatte. Deshalb quälte sie die Frage, ob sie ihnen nicht glaubte oder – was noch schlimmer wäre – ob sie ihnen gleich eine Lösung präsentieren würde, auf die auch ein sechsjähriges Kind hätte kommen können.

»Leider kann ich euch nur ein paar Theorien und einen Rat anbieten«, sagte sie schließlich.

Matt Hunter sah, wie den anderen Net Force Explorern die Kinnlade herunterfiel. Auch er war enttäuscht. Doch er erinnerte sich an die weisen Worte seines Vaters. Nicht für jedes Problem gibt es eine schnelle, technologische Lösung, hatte er oft gesagt.

»Konzentrieren wir uns zunächst darauf, was genau in den Simulationen geschah.« Joanna riß Matt aus seinen Gedanken. »Nach dem, was ihr mir erzählt habt, dauert es eine Weile, bis Julio auftaucht.«

»Ja«, bestätigte Matt. »Meistens genau im richtigen Augenblick.«

»Das heißt«, sagte Joanna, »es sieht so aus, als würde Julio auftauchen, um euch zu retten. Aber betrachten wir das Ganze einmal von der anderen Seite ...«

»Wie?« fragte Andy.

»Ich denke, es hat etwas mit der Umprogrammierung des Simulationsprogramms zu tun«, antwortete die Beraterin.

»Wenn es nur darum ginge, warum verschwendet Julio dann seine Zeit damit, unseren Hintern zu retten?« fragte Mark Gridley. »Warum zeigt er sich nicht einfach, sobald das Simulationsprogramm aktiviert ist, und erzählt uns, wie wir ihm helfen können?«

»Weil er vor zwei Problemen steht, wenn das Programm zum erstenmal aktiviert wird«, entgegnete Joanna. »Sobald er eine virtuelle Person angenommen hat, muß er die für das Szenario programmierten Aktionen übersteuern und sie nach seinen Wünschen hinbiegen. Er möchte mit euch in Verbindung treten. Das ist um so leichter für ihn, je weniger Feinde ihr in der Simulation habt. Solange ihr die in der Simulation einprogrammierten Schlachten austragt, läuft er Gefahr, getroffen zu werden und dorthin zurückkehren zu müssen, wo er herkommt, zum Beispiel, oder einen neuen Freund zu finden, mit dem er Kontakt aufnehmen kann, wenn sich jemand mit Getöse mitten im Programm auf euch stürzt und euch vom Himmel holt. Also muß er versuchen, so viele Feinde loszuwerden, wie er kann. Und auch ohne potentielle Feinde hat er, vermute ich, nur einen begrenzten Zeitraum, um mit euch zu sprechen. Das Rift bildet sich schließlich, weil er das System für seine Zwecke mißbraucht, indem er die Programmierung außer Kraft setzt und es verändert. Aber je weniger Aufwand er dazu betreiben muß, um so mehr Zeit hat er zum Reden.«

»Wow!« sagte Matt, als ihm die Erkenntnis dämmerte. »Wenn wir allein in die Simulation einsteigen würden, wäre es Julio vielleicht möglich, eher aufzutauchen und länger zu bleiben.«

»Theoretisch ja«, räumte Joanna ein. »Aber das löst das Problem nicht, warum ein Rift entsteht.« Mit erhobenem Zeigefinger – wie eine von Matts Lehrerin in der High School – legte sie ihre Argumentation dar. »Und wenn du recht hast mit den virtuellen Wachhunden, die hinter ihm her sind, dann hat Julio es nicht nur mit den Gefahren eines Rifts zu tun.«

»Was können wir also tun, um mit ihm zu sprechen?« fragte Matt, der sich Sorgen um seinen Freund machte.

»Soweit ich das mitbekommen habe, ist die Möglichkeit, jederzeit aus dem System auszusteigen, bei keiner eurer Erfahrungen ausgefallen. Euren Beschreibungen nach gehören die Rifts nicht zu der Sorte, die jemanden in wirkliche Schwierigkeiten bringen. Zwar könnten sie für Julio gefährlich sein, aber für euch sollten sie keine Gefahr darstellen. Klinkt euch aus dem Spiel aus, wenn die Dinge außer Kontrolle geraten. Da es sich um virtuelle Realität handelt, nicht um die Wirklichkeit, seid ihr vielleicht verwirrt oder aufgeregt, aber es sollte euch eigentlich nichts passieren. Solange ihr das im Hinterkopf behaltet, geht es euch gut. Julio seinerseits scheint keine andere Wahl zu haben. Offensichtlich ist er bereit, die Risiken in Kauf zu nehmen, um mit euch zu sprechen. Ich glaube, Julio zu retten rechtfertigt einige Mühe, oder? Geht wieder zurück ins Institut. Bleibt in den Simulationen am Leben. Wartet ab, was passiert«, sagte Joanna.

Matt und Mark blickten einen Moment verständnislos drein, dann dämmerte beiden, worauf sie hinauswollte.

»Sie meinen, wir müssen gewinnen!« platzte Andy heraus.

Joanna nickte. »Ihr müßt möglichst viele Gegner außer Gefecht setzen. Wenn ihr den Feind ausgeschaltet habt, solltet ihr genug Zeit zum Reden haben. Also erledigt eure Mission und seid darauf vorbereitet, Julio Fragen zu stellen, sobald er auftaucht.«

Matt nickte und signalisierte damit, daß er Joanna Winthrops Theorie für richtig hielt. Mark machte einen entschlossenen Eindruck, und Andy sah kampfbereit aus. Nur David und Megan hatten einen zweifelnden Ausdruck im Gesicht – sie dachten an die schlappe Leistung, die sie in den Luftkampfsimulatoren bisher gezeigt hatten.

»Betrachtet die Schlacht in den Flugsimulatoren nicht als harmloses Spiel«, riet Joanna den Teenagern. »Betrachtet sie als Krieg, denn sie ist nichts anderes ... Wenn ihr lange genug überlebt, gewinnt ihr nicht nur, sondern findet vielleicht auch einen Weg, Julio Cortez zu helfen.«

Matt Hunter erhob sich mit den anderen Net Force Explorern, um Jay Gridleys Büro zu verlassen.

Doch Joanna rief die Teenager noch einmal zurück. »Denkt daran«, mahnte sie, Matts Blick suchend, »wenn es in der virtuellen Realität tatsächlich Verfolger gibt, die Julio auf den Fersen sind, dann sind sie für ihn gefährlich. Seid vorsichtig. Und haltet mich auf dem laufenden.«

Siebtes Kapitel

Während der uralte, in den USA produzierte Hummer-Jeep mit Vierradantrieb über die zerfurchte, unbefestigte Straße holperte, starrte Mateo Cortez in das undurchdringliche Dickicht des Dschungels. Obwohl er wußte, daß die Gebäude noch ungefähr einen halben Kilometer entfernt waren, suchte er vergebens nach Anzeichen einer menschlichen Siedlung in diesem abgelegenen Winkel von Corteguay.

Seit Mateo seinen Bruder und dessen Familie den Wachen übergeben hatte, war er nicht mehr in dem Dschungelgefängnis gewesen. Allerdings hatten ihn nicht Gewissensbisse davon abgehalten. Schon vor langer Zeit hatte sein ›Herr‹ jedes Gefühl von Schuld und Scham aus ihm herausgeprügelt.

Was ihn von einem Besuch abgehalten hatte, war die absurde, aber notwendige Farce, die im Blickpunkt der Öffentlichkeit stehende politische Kampagne seines Bruders zu führen. Fast jeden Tag hatte er mit dem US-Außenministerium oder einem internationalen Journalisten Kontakt, wobei er den Part von Ramon Cortez' Wahlkampfmanager übernahm. Natürlich lehnte er jede Bitte um ein Interview mit seinem Bruder ab.

Doch da die gesamte internationale Presse Corteguay beobachtete und die *Norteamericanos* einen ehemaligen Präsidenten als Wahlbeobachter zu schicken gedachten, war es zu gefährlich, Ramon und seine Familie zu erschießen oder sie in eine Zelle zu sperren und den Schlüssel verschwinden zu lassen. Besser und cleverer war es, die Wahlen wie geplant abzuhalten und sicherzustellen, daß Ramon Cortez und seine Oppositionspartei haushoch verloren und die regierende Partei an der Macht blieb.

Auf diese Weise würde es so aussehen, als hätte das Volk gesprochen. Aber die gegenwärtige Regierung würde weiterhin die Kontrolle über die Nation und die Wirtschaft ausüben. Außerdem könnten die Parteimitglieder ihre Schweizer Bankkonten behalten, weiterhin unter dem Deckmantel von ›Problemfindungsgesprächen‹ bei den Vereinten Nationen Vergnügungsfahrten nach New York durchführen und all die anderen Privilegien genießen, die der Parteispitze zustanden.

Ein schlauer Plan. Mit seiner Ausarbeitung hatte Mateo selbst die hohen Tiere in Adello beeindrucken können. Er wußte, daß sein Herr damit auch vor dessen Bossen gut dastehen würde. Und da er diesem Mann sein Leben verdankte, fühlte er sich verpflichtet, diese Schuld in irgendeiner dramatischen Form zu begleichen. Seinem Herrn verdankte Mateo Cortez einfach alles.

Als Corteguay von der Revolution erfaßt wurde, war es ein armes Land mit wenig Kapital. Während damals viele Vertreter des gegenwärtigen Regimes befürworteten, Mateo vor ein Erschießungskommando zu stellen, war einer der sozialistischen Parteibosse anderer Meinung. So blieb Mateo verschont.

Zwar wurde er gefoltert, sein Wille gebrochen, und man unterzog ihn einer Gehirnwäsche – aber er blieb am Leben.

Letztendlich hatte sich Mateo für die Sozialisten als wertvolles Werkzeug erwiesen, wie die Entführung seines Bruders und dessen Familie bewies. Sobald alles vorbei war, würde Mateo für seine Loyalität belohnt werden.

Aber das war für ihn unerheblich.

Das einzige, was Mateo interessierte, war, daß die Blutschuld seinem Vorgesetzten gegenüber beglichen wurde. Das genügte ihm.

Das Fahrzeug nahm die letzte scharfe Kurve auf der

unbefestigten Straße, und der Fahrer, ein träger Soldat in einer schmutzigen Uniform und mit einem Dreitagebart und nicht ausrasiertem Nacken, trat hart auf die Bremse.

Sofort stürzte ein schwer bewaffneter Exilkubaner mit einem Gewehr in der Hand – kein Betäubungsgewehr, sondern eine echte Feuerwaffe – herbei, um ihnen das Tor zu öffnen. Während es aufschwang, winkte der Soldat sie durch.

Der Fahrer lenkte den Jeep zu dem niedrigen Betonbunker, der einsam und verlassen mitten im Dschungel lag. Das Gebäude sah aus wie eine Trinkwasserpumpstation – eine weitere Tarnung, die die amerikanischen Spionagesatelliten an der Nase herumführen sollte. Während sie durch das Tor fuhren, sah Mateo das Schild am Zaun, auf dem in Spanisch, Englisch und Niederländisch ›TRINKWASSERPUMPSTATION Nr. 16‹ geschrieben stand.

Was Mateo noch bemerkte, war ein halbes Dutzend Überwachungskameras, die, über das gesamte Gelände verstreut, in den Baumkronen angebracht waren. Niemand konnte diesen Ort unbemerkt betreten oder verlassen.

Der Wagen war noch nicht zum Stehen gekommen, da sprang Mateo schon heraus. Gebieterisch richtete er den Zeigefinger auf den Soldaten hinter dem Lenkrad. »Warten Sie hier«, befahl er. »Es dauert nicht lange.«

Noch während Mateo auf die einzige Stahltür des quadratischen Betongebäudes zuging, öffnete sich diese plötzlich. Ein Techniker in einem weißen Laborkittel trat zur Seite, um Mateo passieren zu lassen.

»Der Kommandant möchte Sie sofort sprechen«, sagte der Weißkittel.

Mateo grunzte. Natürlich will er mich sprechen, du Armleuchter, dachte er. Sonst wäre ich wohl nicht hier.

Im Inneren des niedrigen Gebäudes war es kühl.

Ohne die Klimaanlage würden die empfindlichen Computer keine optimale Leistung erbringen können. Mateo lief es kalt den Rücken hinunter. Er durchquerte den Raum, bis er vor einer zweiten Stahltür stand.

»Name«, fragte eine verzerrte, elektronische Stimme aus einem unsichtbaren Lautsprecher.

»Mateo Cortez«, antwortete er und schaute direkt in den Netzhautabtaster über der Tür. Es dauerte eine Weile, bis das Schloß klickte und die schwere Tür automatisch aufsprang.

»Eintreten«, sagte die elektronische Stimme.

Mateo betrat den Fahrstuhl, der über dreißig Meter in die Tiefe sauste und ihn zum eigentlichen Gefängnis tief unter der Erde brachte.

Mark Gridley saß schweigend – wie ihm aufgetragen worden war – im Büro seines Vaters in der Verwaltungszentrale von Net Force. Er kochte immer mehr vor Wut, während sein Vater mit seinem Gegenüber über ihn sprach, als wäre er Luft.

Jay Gridley hatte eine Besprechung mit Walter Paulson vom Außenministerium. Mark wußte, daß Paulson seit fünfzehn Jahren – seit dem Abschluß in Harvard und der Prüfung für das diplomatische Corps – als Diplomat tätig war. Daher war Mark auch bekannt, daß dieser Mann eine Vielzahl von politischen Krisen bewältigt hatte. Was Mark allerdings auch klar wurde, war, daß Paulson die Geschichte der Net Force Explorer über Julio von vornherein abtat. Die Skepsis war dem Diplomaten während der Unterredung mit Marks Vater deutlich ins Gesicht geschrieben. Doch Mark konnte auch sehen, daß der Ärger seines Vaters seinen eigenen widerspiegelte.

Obwohl es ihm schwerfiel, hielt Mark die Klappe, während sein Vater mit Paulson debattierte.

»Wollen Sie damit sagen, daß das Außenministerium

nicht gewillt ist, etwas zu riskieren, um der Wahrheit auf den Grund zu gehen?« fragte Jay Gridley mit wutverzerrtem Gesicht.

Walter Paulson seufzte. »Das habe ich nicht gesagt, Mr. Gridley«, antwortete er. »Was ich meinte, war, daß das Außenministerium nicht bereit ist, die wenigen diplomatischen Kanäle, die wir auf Corteguay haben, aufgrund irgendeiner wilden, von einem Haufen Teenager erzählten Geschichte aufs Spiel zu setzen.«

Bei der letzten Bemerkung zuckte Mark zusammen. Er hielt sich aber zurück und sagte nichts.

»Wollen Sie damit andeuten, sie hätten sie *erfunden*?« hakte Gridley nach.

Wieder schüttelte Paulson den Kopf. Nach außen wirkte er ruhig und gelassen. »Ich meine nur, daß sie sich vielleicht geirrt haben oder daß es sich um einen Streich der Jugendlichen handeln könnte ...«

»Ein Streich!« erboste sich Jay Gridley. »Mein Sohn, der Junge, der dort sitzt, ist einer dieser ›Teenager‹, die Sie so vorschnell aburteilen, Mr. Paulson. Er gehört nicht zu den Jugendlichen, die irgendwelche *Streiche* spielen ...«

Ja, gib's ihm, Dad! dachte Mark.

Walter Paulson räusperte sich. »Nun, natürlich, Sie als Vater ...«

»Ich als *Vater* vertraue meinem Sohn, Mr. Paulson«, bellte Gridley zurück. »Und ich bin davon überzeugt: Auf Corteguay ist etwas faul!«

Wieder seufzte der Diplomat. »Mr. Gridley«, sagte er ruhig. »Ich möchte Ihnen versichern, daß das Außenministerium die Wahlen auf Corteguay sehr genau beobachtet. Unser ehemaliger Präsident Daniel Tucker wird zur Wahl in die Hauptstadt Adello reisen, und wir stehen fast täglich in Kontakt mit Mateo Cortez, dem Bruder des Oppositionskandidaten ...«

Der Berufsbürokrat hielt einen Moment inne, bevor

er fortfuhr. »Seien Sie versichert, Mr. Gridley, wir tun alles in unserer Macht Stehende, um zu gewährleisten, daß die Wahlen auf Corteguay sicher, einwandfrei und geheim vonstatten gehen«, sagte Paulson mit Autorität. Zum erstenmal sah er Mark an. »Wilde Geschichten über virtuelle Konzentrationslager für politische Häftlinge sind nichts weiter als ein Hirngespinst der überaktiven Fantasie eines Kindes. Verlassen Sie sich darauf.«

Die sieben Gefangenen lagen in einer ordentlichen Reihe hintereinander, jeder auf einem separaten Implantationstisch festgebunden, auf dem eine schmutzige ergonomische Vibrationsmatratze lag. Den nackten Häftlingen hatte man eine Decke übergelegt und einen kompliziert aussehenden elektronischen Helm aufgesetzt, der ihre Augen und Ohren verdeckte. Dicke elektronische Kabel steckten in ihren subduralen Implantaten.

Auf einem Hocker in der einen Ecke des Raumes saß eine fette, verlotterte Frau in einem fleckigen, ehemals weißen Kleid und Hanfsandalen. Eine Schale mit Seifenwasser und Schwamm stand zu ihren Füßen. Sie sollte für die ›körperlichen Bedürfnisse‹ der Gefangenen sorgen, was bedeutete, sie gelegentlich abzuseifen. Doch das tat sie nicht gründlich und nicht häufig genug, wie Mateo an dem Zustand der Geiseln feststellen konnte.

Während er um die Tischreihe herumging, warf er einen teilnahmslosen Blick auf die Häftlinge. Obwohl auch er einmal in Gefangenschaft gewesen war, empfand er für diese unglücklichen Opfer des grausamen Regimes keinerlei Mitleid.

Durch die ergonomischen Matratzen wurden die Gefangenen in bestimmten Zeitintervallen in eine neue Position umgebettet, so daß sie sich nicht wundliegen würden. Sie wurden künstlich ernährt, was an den in ihre Nasen eingeführten Schläuchen zu erkennen war. Intravenös durch Nadeln in den Armen erhielten sie außerdem irgendeine Lösung – wahrscheinlich ein Gemisch aus Wasser, Elektrolyten und Drogen, die sie bewußtlos machten und dafür sorgten, daß sie sich der Verbindung mit dem Computer mental unterwarfen. Aus anderen Schläuchen wurden ihre Exkremente in Behälter unter den Implantationstischen abgeführt. Der Gestank war bestialisch.

Ab und zu zuckte einer der Gefangenen. Ansonsten war kein Lebenszeichen auszumachen, abgesehen von der gleichmäßigen Atmung und dem stetigen Tropfen der intravenösen Infusion.

Und dem Gestank.

Mateo hielt sich unwillkürlich die Nase zu.

»Ich nehme an, Sie wundern sich, warum ich Sie habe kommen lassen, Mateo«, sagte eine vertraute Stimme.

Mateo Cortez drehte sich um und blickte seinen Herrn an. Er bekämpfte den Zwang zu salutieren, dem rasch ein unkontrollierbarer Wunsch zur Flucht folgte. Diesen Impuls war er nach den endlosen Monaten geistiger und körperlicher Folter, die er unter den Händen dieses Mannes hatte erleiden müssen, nicht mehr losgeworden.

Er nickte nur, doch als sein Herr ihn mit kalten Augen fixierte, hatte er den Eindruck, sein Folterknecht wisse von seiner unterdrückten körperlichen Reaktion. Ohne Zweifel bereitete es ihm ein diebisches Vergnügen.

»Mir ist zu Ohren gekommen, daß es eine vorübergehende Flucht gegeben hat«, sagte der Mann.

Mateo drehte sich wieder zu den Häftlingen um und zählte sie durch. »Flucht?« wiederholte er. »Es sind alle da. Wie soll einer entkommen sein?«

»Durch das Netz.« Erstaunt riß Mateo die Augen auf.

»Glücklicherweise hatte ich diese Möglichkeit einkalkuliert«, erklärte sein Gegenüber.

»Wer ist geflohen?« fragte Mateo.

»Der Junge, Julio. Für sein Alter ist er äußerst einfallsreich. Eine Bereicherung für Ihre Familie. Vielleicht habe ich noch die Chance, seinen Willen zu brechen und ihn mir gefügig zu machen. Darauf freue ich mich schon. Nach den Wahlen, versteht sich.«

Mateo schauderte – und befürchtete, sein Herr könnte die unwillkürliche Bewegung gesehen haben.

»Glücklicherweise haben die automatischen Wachen ihn geschnappt und zurückgebracht«, fuhr sein Herr fort. Mateos kurze Schwäche war ihm offensichtlich entgangen.

»Dann wird es nicht noch einmal vorkommen?« fragte Mateo.

»Im Gegenteil«, entgegnete der andere. »Es wird auf jeden Fall wieder passieren. Ich werde dafür *sorgen*. Ich will wissen, wie der Junge das in einem System geschafft hat, das keinerlei Zugang zu externen Telefonleitungen oder verkabelten Verbindungen zum Netz hat. Außerdem will ich wissen, wohin der Junge gegangen ist und mit wem er Kontakt aufgenommen hat, so daß wir uns auch um diese Personen kümmern können.«

»Killer«, folgerte Mateo.

Sein Herr nickte. »*Virtuelle* Killer, Mateo ...«

Flotten Schrittes eilte Lieutenant Colonel Marissa Hunter den langen Flur entlang. Ihre niedrigen Absätze klackten auf dem glatten Boden. Sie passierte den Flügel für strategische Operationen des Pentagon, einen Hochsicherheitstrakt, der ständig beobachtet und streng bewacht wurde.

In den letzten Monaten, seit sie ihren aktiven Dienst auf dem Flugzeugträger beendet und eine Beraterstelle beim Navy Special Operations Command, der Abteilung für Spezialeinsätze der Navy, angetreten hatte, war sie oft hier gewesen. Die gehobene Position würde für ihre Karriere förderlich sein. Doch Marissa Hunter war in erster Linie Pilotin, und sie vermißte das Fliegen in ihren heißgeliebten, schnellen Jägern.

Das bedeutete nicht, daß ihr Schreibtischjob langweilig war – keineswegs. Während ihrer neuen Beschäftigung im Pentagon hatte Lieutenant Colonel Hunter mehr als ein Dutzend Szenarien für Spezialeinsätze überprüft und bewertet. Natürlich verstand sich von selbst, daß sie über die Informationen Stillschweigen zu bewahren hatte. Sie durfte mit niemandem zu keinem Zeitpunkt über die Daten sprechen, es sei denn, sie wurde von einem ihrer vorgesetzten Offiziere um ihre Expertenmeinung gebeten.

Im Grunde erwartete man von ihr, Unterlagen zu studieren und sie zu bewerten, um anschließend alles zu vergessen, was sie erfahren hatte.

Für immer.

Doch seit Matt ihr diese scheinbar weithergeholte Geschichte über seinen besten Freund erzählt hatte, der in der virtuellen Realität gefangen war und behauptete, in seinem Heimatland als politischer Häftling inhaftiert zu sein, erinnerte sie sich wieder an ein Unternehmen, das sie vor einigen Wochen geprüft hatte. Es ließ sie nicht mehr los.

Unternehmen *Raptor*.

Lieutenant Colonel Hunter wußte, daß sie sich noch nicht einmal an den Codenamen erinnern durfte. Und im Moment wünschte sie sich nichts sehnlicher, als nie etwas von *Raptor* oder Colonel Max Stegar, der die Operation leitete, gehört zu haben.

Aber für ein solches Bedauern war es nun zu spät. Das wußte sie. Sie hatte den »Apfel bereits angebissen«, wie ihr Mann zu sagen pflegte. Bei dem Gedanken an ihre Familie verlangsamte Marissa Hunter ihre Schritte. Immer noch plagten sie Zweifel über ihren Entschluß. Tue ich das Richtige? fragte sie sich.

Vor einer der Bürotüren blieb sie stehen. Ihr Blick fiel auf Max Stegars Namensschild neben der Tür. Wenn ich an diese Tür klopfe, gibt es kein Zurück mehr, dachte sie düster. Dann holte sie tief Luft, hob die Hand und klopfte einige Male energisch an die Tür.

»Herein«, sagte der Colonel des US-Marine Corps, Max Stegar, barsch, als er das Klopfen hörte. Er sah von seinem mit Papieren überladenen Schreibtisch auf, denen er sich an diesem Morgen gerade erst gewidmet hatte.

Die Tür öffnete sich, und ein weiblicher Offizier der Navy trat ein. Sie salutierte zackig, womit klar war, daß es sich um einen offiziellen Besuch handelte.

Stegar salutierte ebenfalls. Das ist doch Marissa Hunter, erinnerte er sich. Die Fliegerin der Navy, die an der Planung der Evakuierungsphase unserer bevorstehenden Operation beteiligt war.

Dem Marineoffizier war klar, daß sie ihm etwas Wichtiges mitzuteilen hatte. »Was kann ich für Sie tun, Lieutenant Colonel Hunter?« fragte er.

»Ich bitte um Erlaubnis, inoffiziell sprechen zu dürfen, Sir«, sagte sein Gegenüber.

Stirnrunzelnd warf Stegar seinen Kugelschreiber auf den Schreibtisch. »In meinem Büro gibt es das Wort ›inoffiziell‹ nicht, Lieutenant Colonel«, entgegnete er. »Sagen Sie, was Sie zu sagen haben, oder verlassen Sie mein Büro, und ich vergesse, daß Sie hier waren.«

»Dann bitte ich um Erlaubnis, sprechen zu dürfen, Sir.«

»Worüber, Lieutenant Colonel?« fragte Stegar.

»Über einen möglichen Spezialeinsatz, der sich derzeit eventuell in Planung befindet, Sir.« Sie blickte ihm direkt in die Augen, während sie sprach.

»Ihnen ist doch bewußt, daß Sie nicht befugt sind, über Spezialeinsätze zu sprechen, nachdem die vorläufige Planung abgeschlossen wurde, oder?« fragte Colonel Stegar.

»Es liegen mir neue Informationen vor, Sir«, entgegnete sie, ohne zu zögern.

»Neue Informationen worüber?«

»Über das Unternehmen *Raptor*, Sir.«

Colonel Stegars Gesichtszüge spannten sich an. »Also gut, Sie haben meine ungeteilte Aufmerksamkeit. Sagen Sie mir, was Sie wissen.«

Marissa Hunter holte tief Luft. Dann berichtete sie ihrem Gegenüber von den Online-Abenteuern ihres Sohnes mit seinem Freund Julio Cortez und welche Schlußfolgerungen er daraus zog. Während Colonel Stegar dieser weithergeholten Geschichte zuhörte, verkrampfte sich sein Magen. Zwischen den Ausschmükkungen einer Geschichte, auf die jeder Möchtegern-Romanschriftsteller stolz sein konnte, entdeckte er einige Einzelheiten, die mühsam gewonnene Geheimdienstinformationen bestätigten. Deshalb fragte er sich, ob er nicht besser genauer zuhören sollte. Die Sache war für Stegar von besonderer Bedeutung – nicht nur sein Leben, sondern das seiner Leute konnte davon abhängen.

Nachdem Lieutenant Colonel Hunter geendet hatte, wartete sie auf Colonel Stegars Reaktion.

Doch Stegar schwieg. Er fragte sich, was er als nächstes tun sollte. Er dachte darüber nach, was er dem weiblichen Navy-Offizier sagen sollte – oder konnte. Von der Sicherheit war sie gecheckt worden, so daß er ihr sämtliche Informationen anvertrauen durfte. Und genau dazu entschied er sich schließlich. Er war es seinen Leuten schuldig, jede verfügbare Quelle auszuschöpfen.

»Wir sind dabei«, begann er schließlich, »ein Evakuierungsunternehmen für einige US-amerikanische Bürger durchzuführen. Diese werden gegenwärtig auf Corteguay gefangengehalten. Vor sieben Monaten begleiteten zwei aus dem aktiven Dienst ausgeschiedene Soldaten – einer davon ein ehemaliger SEAL der Navy – einen übereifrigen christlichen Missionar in den Dschungel von Corteguay.« Stegar aktivierte eine Landkarte, die in die Tischplatte eingelassen war.

»Sie sind hier gelandet und vor Anker gegangen.« Er deutete auf die entsprechende Stelle. »Und zwar in einer unbewohnten Bucht, fernab von einer menschlichen Siedlung. Ihr Boot haben sie versteckt. Dann sind sie landeinwärts durch den Regenwald der Insel marschiert …«

Auf den flachen Horizontalbildschirm wurde eine Landkarte über Echtzeitbilder des Landes projiziert, die permanent von Spionagesatelliten an die Computer im Pentagon gesendet wurden. Die zwei Bilder, dunkle Grenzen und geographische Namen über der Echtzeitprojektion, fügten sich genau in die Landkarte ein.

»Dr. Price, der Missionar, der die Expedition anführte, hatte Gerüchte gehört, daß der Stamm der Huertos angeblich von dem sozialistischen Regime auf Corteguay verfolgt wird«, fuhr der Colonel fort. »Price und die Soldaten wurden gefangengenommen.«

»Hört sich an, als hätten sie das Risiko gekannt«, bemerkte Lieutenant Colonel Hunter.

Stegar nickte. »Sie haben ihren Hintern auf eigene Verantwortung riskiert, soviel steht fest«, antwortete er zustimmend. »Doch es gibt … Komplikationen. Der SEAL in der Gruppe, Colonel Breen, ist ein ehemaliger Antiterrorspezialist. Er war sehr gut in seinem Job. In seiner aktiven Zeit hat er viele Zellen innerhalb der übelsten terroristischen Vereinigungen, die heute aktiv sind, gebildet – Leuchtender Pfad, Cuba Libre, die Palästinensische Befreiungsorganisation, die jüdische Verteidigungsliga und wer weiß, welche noch. Die Namen und Gesichter der Spione sind in Breens Kopf gespeichert.«

»Warum war er dann dabei?« fragte Lieutenant Colonel Hunter.

»Er hat zum Glauben gefunden«, antwortete Stegar. »Das kann man ihm nicht verdenken.«

»Also ist *Raptor* der Plan, ihn herauszuholen und alle anderen, die man kriegen kann, mit ihm«, folgerte Hunter.

Der Colonel nickte. Mit einer Handbewegung über der Landkarte veranlaßte er, daß das Bild sich verlagerte und vergrößert wurde, bis sie einen anderen Fleck an der Küste von Corteguay vor sich hatten. Dieser lag etwa fünfzig Kilometer von Adello, der Landeshauptstadt, entfernt.

»Hierher brachte man die Männer«, sagte Stegar und deutete auf eine vergrößerte Aufnahme eines primitiven Gefängnisses. Es lag auf einem Felsplateau, das in ein Flußbecken ragte.

Die Gebäude bestanden aus Holz und Teerpappe und waren fast vollständig mit Stacheldraht umzäumt. Allerdings deutete ein Code in der einen Ecke des Landkartencomputers darauf hin, daß der Zaun zum Teil unter Strom gesetzt war. Die Einzelheiten der Echtzeitaufnahmen waren so klar, daß Marissa Hunter Männer in abgerissener Kleidung im Gefängnishof und in der Nähe der Latrinen sehen konnte sowie bewaffnete Wachen in den Wachtürmen.

»In knapp einer Woche werden wir diese Männer dort herausholen«, erklärte Colonel Stegar. »Die Mission bekam grünes Licht, als wir erfuhren, daß Ramon Cortez und seine Familie ebenfalls in diesem Lager gefangengehalten werden.«

Marissa war plötzlich sehr besorgt. Es konnte soviel schiefgehen. Obwohl sie schon eine erhebliche Zahl von Missionen geflogen hatte, um Soldaten bei ähnlichen

Befreiungsaktionen zu unterstützen, waren Spezialeinsätze für ihren Geschmack zu wenig kalkulierbar. Zuviel hing vom Glück und von der Beschaffenheit des Geländes ab. Sie hatte sich schon immer gefragt, wie Männer wie Colonel Stegar so etwas routinemäßig machen konnten. Kein Wunder, daß dieser Colonel Breen zum Glauben gefunden hatte.

»Wir haben die Pläne leicht geändert, seit sie Ihnen vorlagen. Wir werden uns unter Wasser nähern und am Fluß entlang landeinwärts vorstoßen«, fuhr der Colonel fort. »Die SEALs haben bereits das Küstenabwehrsystem lahmgelegt – allerdings wissen die Corteguaner noch nichts davon. Sobald wir dort sind, nehmen wir uns als erstes die Wachtürme vor. Alles streng nach Vorschrift. Die Gefangenen befinden sich in diesem Gebäude«, er zeigte auf eine Hütte, die sich kaum von den anderen unterschied. »Wir greifen an und sind verschwunden, noch ehe die Sicherheitskräfte Wind davon bekommen.«

»Aber ich verstehe nicht, wie in diesen Hütten eine virtuelle Computeranlage untergebracht sein kann«, gab Marissa zu bedenken. »Die Gebäude haben nicht einmal einen Stromanschluß, und Techniker sind auch nicht zu sehen ...«

Colonel Stegar blickte von seinem Tisch auf und sah ihr in die Augen. »Es tut mir leid, Hunter, aber ich kaufe Ihrem Sohn die Geschichte nicht ab ... Zuviel Larry Bond für meinen Geschmack. Die Sozialisten Corteguays sind Bestien, keine Techniker.«

»Wie erklären Sie sich dann, daß Matt von der Gefangennahme Julios und seiner Familie wußte? Mein Sohn hatte damit völlig recht, und es steht nicht gerade in der Zeitung.«

»Ich bestreite nicht, daß Ihr Sohn möglicherweise von seinem Freund eine Botschaft in irgendeiner Form bekommen hat. Ich glaube allerdings, daß der Junge die

Details über den Ort, wo sie gefangengehalten werden, durcheinander bekommen hat«, erwiderte der Colonel.

Marissa Hunter glaubte keineswegs, daß ihr Sohn sich bei dem, was er gesehen und gehört hatte, irrte. Forschend blickte sie auf die Landkarte und suchte nach einer anderen Möglichkeit. Schließlich entdeckte sie einige Kilometer entfernt etwas, ein niedriges Betongebäude mit zwei oder drei Nebengebäuden. Eines davon befand sich direkt neben einem Propangastank mit elektrischen Leitungen, die von dort aus in alle Richtungen führten – offensichtlich eine Art Stromgenerator. Ein Wasserturm, auf dessen Spitze eine kleine Parabolantenne montiert war, war zu sehen und daneben eine Pumpe.

»Was ist hiermit?« fragte sie und deutete auf die Stelle.

»Ohne Bedeutung«, antwortete Stegar und schüttelte den Kopf. »Eine von Niederländern erbaute elektronische Pumpstation für Trinkwasser. Die Corteguaner können sich keine Entsalzungsanlage leisten, deshalb pumpen sie das Grundwasser herauf. Die Pumpe arbeitet ohne Wartungspersonal, daher kreuzt dort kaum jemand auf.«

»Aber wenn die Station unbemannt ist, warum befindet sich dann eine Kommunikationsantenne auf dem Wasserturm?« fragte sie.

»Es ist der höchste Punkt in der Gegend, ob von Menschenhand geschaffen oder nicht – es muß der höchste Punkt sein, damit genug Druck aufgebaut werden kann, um Trinkwasser bis zur Hauptstadt Adello zu leiten. Außerdem wird in der Station die Elektrizität, wenn man es so nennen kann, generiert, die in dem Gefangenenlager verbraucht wird. Es ergibt durchaus einen Sinn, dort eine Antenne zu montieren. Wir haben den Ort beobachtet, er ist meistens verlassen.«

Doch während Marissa Hunter auf die Echtzeitbilder

blickte, sah sie ein militärisch aussehendes Fahrzeug direkt neben dem Hauptgebäude parken. Ein Soldat lungerte in der Nähe herum. Colonel Stegar sah es ebenfalls, sagte aber nichts.

»Warum sind Sie so sicher, daß sie in dem von Ihnen genannten Gefängnis sind, Colonel?« fragte sie.

»HUMINT, Lieutenant«, antwortete er. »*Human Intelligence,* Informationen durch unsere Leute. Wir haben einen Maulwurf in der Regierung von Corteguay.«

»Vertrauen Sie diesem Agenten?«

Stegar nickte. »Er ist ein Einheimischer und ein unbedeutendes Mitglied des Wirtschaftsausschusses und heißt Manual Arias. Wir trauen ihm.«

Marissa schaute von der Landkarte auf den Colonel. »Und das wurde alles genehmigt?«

»Vom Präsidenten persönlich«, antwortete Stegar. »Das Außenministerium weiß auch Bescheid. Dort ist bekannt, daß Cortez und seine Familie geschnappt worden sind, doch man wird es nicht zugeben, zumindest nicht, solange Operation *Raptor* noch im Gange ist.«

Zehn Stunden später saß Colonel Stegar immer noch an seinem Schreibtisch. »Herein!« bellte er, verärgert über eine erneute Störung. Operation *Raptor* rückte immer näher, und es mußten immer mehr Einzelheiten geklärt und mehr Dinge in Gang gebracht werden. Ähnlich wie der Dinosaurier, nach dem die Mission benannt war, drohte *Raptor* außer Kontrolle zu geraten und sie alle bei lebendigem Leib aufzufressen.

Colonel Stegar hatte zwölf Stunden ohne Pause gearbeitet und sich dabei von Kaffee und Eiweißriegeln ernährt. Langsam machte sich die Anspannung bemerkbar.

Die Tür ging auf, und ein junger Lieutenant trat ein. Er salutierte. »Ich bringe Ihnen den neuesten Lagebericht, Sir«, sagte der Marine.

Stegar erwiderte den militärischen Gruß und bedeutete dem Mann vorzutreten. Der junge Lieutenant überreichte dem grauhaarigen, kampferprobten Colonel den Bericht. Auf verschiedenen Seiten des ausgedruckten Berichts waren rote Markierungen angebracht.

»Was ist das?« fragte Stegar und zeigte auf eine Markierung auf der ersten Seite des Dokuments.

»Sie haben einen Bericht über jede Änderung der Aktivität um ›Oz‹ herum angefordert, Sir«, antwortete der Lieutenant. »Es hat einige neue Aktivitäten gegeben.«

›Oz‹ war der Codename für das Gefängnis auf Corteguay, in dem die Geiseln festgehalten wurden. Komplikationen konnte Stegar überhaupt nicht gebrauchen, aber offensichtlich ergaben sich welche. Nachdem er den Bericht überflogen hatte, ließ er den Lieutenant wegtreten.

Während der junge Mann den Raum verließ, sank Colonel Stegar in seinen Stuhl zurück. Laut Geheimbericht hatte es verstärkte Aktivitäten in der dem Gefängnis am nächsten liegenden Einrichtung gegeben – einer von den Niederländern erbauten Pumpstation für Trinkwasser. Station Nummer 16, laut Nachrichtendienst.

Es herrschte ein reges Kommen und Gehen von Lastwagen und Personenkraftwagen. Am frühen Morgen waren von dem Satelliten mindestens fünf Männer ausgemacht worden, die sich außerhalb des Betonbunkers befanden.

Der Colonel betrachtete die Aufnahmen. Einer der Männer trug einen weißen Laborkittel. Ein paar andere schleppten Kartons, die verdächtig nach Computergeräten aussahen.

Stegar seufzte. Er erinnerte sich an Colonel Hunters Bemerkungen über die Pumpstation und an die weithergeholte Theorie ihres Sohnes, daß Julio in einem geheimen Computerzentrum festgehalten werde. Dieses

Zentrum, so glaubte Marissa Hunter, befand sich in dem harmlos aussehenden Bunker.

Nachdem sich der Colonel die Aufnahmen angesehen hatte, begann er sich zu fragen, ob die Theorie tatsächlich so weit hergeholt war. Er ließ den Bericht auf den Tisch sinken und rieb sich die müden Augen. Ihm schwante, daß er in nächster Zeit nicht viel Schlaf bekommen würde. In den folgenden Stunden hatte er ein Unternehmen in Gang zu setzen, das reibungslos durchgeführt werden mußte, sonst würden Menschen sterben – viele Menschen, er selbst eingeschlossen –, und seine Regierung würde bloßgestellt werden. Und ihm oblag es, das Ziel zu bestimmen. Mittlerweile hatte er zwei zur Auswahl. Für das eine sprachen die besten Informationen, die vom militärischen Geheimdienst und einer vertrauenswürdigen, internen Quelle in der Regierung von Corteguay zu erhalten waren. Für das andere sprach die Aussage eines Teenagers, der noch nie lateinamerikanischen Boden betreten hatte und behauptete, bei der Teilnahme an einem Wettbewerb in der virtuellen Realität darauf gestoßen zu sein.

Vom Angriffsziel hing der Erfolg oder Mißerfolg des Unternehmens ab.

Natürlich war ihm klar, welche Wahl logisch wäre.

Er holte tief Luft, bevor er das Ziel der Rettungsmission festlegte. Sie wären alle verloren, falls er sich irrte.

»Ich kann's nicht glauben«, sagte Matt Hunter.

Die Net Force Explorer saßen in ihrer virtuellen Lounge. Normalerweise fand sonst das wöchentliche Treffen statt, aber die Schule war vorbei, und viele der Mitglieder waren mit der Familie in den Urlaub gefahren oder nahmen an einer von der Schule geförderten virtuellen Studienreise nach Zaire teil. Deshalb hatte Matt als Präsident der Ortsgruppe Washington D.C. beschlossen, das Treffen abzublasen.

Gerade war Mark Gridley aufgetaucht und hatte ihnen die schlechte Nachricht von dem fruchtlos verlaufenen Gespräch mit Walter Paulson überbracht.

»Warum unternimmt das Außenministerium nichts?« fragte David Gray. Niemand konnte ihm eine Antwort geben.

»Überlegt mal«, sagte Andy Moore, »Julios Eltern waren juristisch gesehen keine US-Bürger. Sie lebten im politischen Exil und haben nicht die amerikanische Staatsangehörigkeit angenommen.«

»Aber von den Vereinigten Staaten kann man doch erwarten, daß sie sich für sie *einsetzen*«, sagte David. »Wir haben doch Interessen in der Region.«

»Und überhaupt«, fügte Matt hinzu. »Julios kleine Schwester Juanita ist immerhin in den USA geboren. Damit ist zumindest sie amerikanische Bürgerin!«

»Bürokraten machen mich echt krank«, stöhnte David, der den Kopf auf seine Hand gestützt hatte.

»Mich auch«, pflichtete Matt ihm bei. »Mein Dad sagt, daß das Außenministerium sozialistischen Regierungen gegenüber immer äußerst wohlgesonnen ist. In Diplomatenkreisen werden sie hinsichtlich politischer Zwecke für stabiler gehalten als Demokratien.«

»Vielleicht sollten wir an die Öffentlichkeit gehen«, schlug Andy Moore mit einem teuflischen Grinsen vor. Seine Idee wurde aber praktisch von allen geschlossen abgelehnt, ganz besonders von Mark.

»Vergeßt nicht, was mein Dad gesagt hat«, gab der Zwerg zu bedenken. »Julio könnte in Gefahr geraten, wenn wir die Sache enthüllen. Wir müssen Stillschweigen bewahren.«

»Wozu soll das gut sein?« fragte David. »Das ist doch nur im Sinne der Regierung von Corteguay.«

»Moment mal«, schaltete sich Megan O'Malley ein. »Wir müssen uns an Mr. Gridleys Plan halten. Bis Montag bleiben uns nur noch ein paar Tage. Sobald wir wieder in den Flugsimulatoren sind, werden wir sicher einige Antworten finden.«

»Aber was unternehmen wir in der Zwischenzeit?« fragte Andy.

Matt Hunter und Mark Gridley tauschten Blicke aus. Dann ergriff Mark das Wort.

»Ich weiß jedenfalls, was *ich* tun werde«, sagte er.

»Ich auch«, erklärte Matt.

Alle Augen wandten sich den beiden zu.

»Was?« fragte Megan schließlich.

»Ich gehe rüber zum Smithsonian-Museum und buche ein paar Übungsstunden im Flugsimulator«, sagte Matt entschlossen.

Andy, David und Megan tauschten Blicke aus.

»Also los«, sagte Megan und ging voran.

Achtes Kapitel

Der Montag morgen kam schneller, als die Net Force Explorer es für möglich gehalten hätten. Der Grund dafür war, daß sie jeden Tag im Smithsonian-Museum für Flugsimulation verbracht hatten. Ihre Manöver übten sie in einem Flugzeug aus dem Zweiten Weltkrieg, um ihre Chancen zu erhöhen, den Wettbewerb zu überstehen.

Matt erkannte, daß das Hauptproblem ihrer früheren Luftkämpfe darin bestand, daß sie wie ein Haufen Einzelkämpfer handelten und nicht als Team agierten. Aber mit Mark war er bis zum Ende der Simulation ›Roter Baron‹ gekommen, weil er sich als Marks Flügelmann dafür eingesetzt hatte, seinen Partner zu schützen.

Alle anderen, so schien es, waren darauf aus, sich selbst etwas zu beweisen. Besonders Andy Moore, der einen persönlichen Groll gegen den Anführer der deutschen Mannschaft hegte.

Jetzt, wo sie ein einziges, gemeinsames Ziel verfolgten, das ihre persönlichen Interessen überwog, handelten die Net Force Explorer eher wie eine kohärente Einheit. Selbst Andy Moore hielt sich an den Plan. Zumindest in den Flugsimulatoren. Allerdings alberte er immer noch herum und ging David Gray ansonsten ziemlich auf die Nerven.

Natürlich waren die Simulationen im Museum, verglichen mit denen des Instituts – so erfuhren sie von Benutzern, die beide Einrichtungen kannten –, weniger detailliert und weniger realistisch. Auch der Pilot hatte es bei den Programmen des Museums etwas einfacher. David meinte nach einem Dutzend Flügen in den Smithsonian-Simulatoren, daß sich die P-51-Mustang so mühelos fliegen lasse, daß selbst seine Großmutter das könnte. Matt hoffte, daß David recht hatte. Aber die Net Force Explorer wollten mehr, als nur ihre Fähigkeiten als Piloten zu verbessern. Sie mußten lernen, als Team zu kämpfen. Außerdem mußten sie die Theorie beherrschen und daran arbeiten, ihre Kommunikation unter Kampfbedingungen zu optimieren.

Als sie am Montag morgen vor dem Institut aus dem Bus stiegen – alle gemeinsam, als Team –, fühlten sie sich bereit. Wenn sie keinen Erfolg haben würden, hatten sie zumindest ihr Bestes gegeben.

Dr. Lanier war fast fröhlich, als er den Unterrichtsraum betrat. Er teilte den Explorern mit, daß das gesamte Computersystem über das Wochenende genauestens geprüft wurde. Die Simulationsprogramme liefen wieder einwandfrei. Keine Spur mehr von den Rifts, von denen sie geplagt worden waren.

Mit keinem Wort erwähnte Lanier den unerlaubten Zugriff auf das Programm vor einer Woche. Alle atmeten auf.

Nach einer kurzen Einführung in die ›Spitfire‹, das legendäre britische Kampfflugzeug des Zweiten Weltkriegs, wurden die Net Force Explorer in ein nicht interaktives Netzprogramm für Lehrer eingeloggt, das die Luftschlacht um England behandelte.

Mit einer schnell aufeinanderfolgen Reihe von professionell zusammengestellten und montierten holographischen Bildern wurden die Ereignisse dargestellt, die zur Luftschlacht um England führten – die erste Schlacht in der Geschichte, die ausschließlich in der Luft ausgetragen wurde. Dabei kämpften zwei der größten europäischen Militärmächte des zwanzigsten Jahrhunderts um die Beherrschung des britischen Luftraumes.

Am Anfang des Programms wurden die Net Force Explorer auf eine virtuelle Reise durch die ersten Tage des Zweiten Weltkriegs geschickt. Bei ihrer ersten Station fanden sie sich in der Zuschauermenge bei einer Propagandaveranstaltung der Nazis wieder, wo sie von Adolf Hitlers Plan erfuhren, Europa zu erobern. Der nächste Sprung führte sie zu dem schicksalhaften Morgen des 1. September 1939, als die deutschen Truppen ihren Blitzkrieg gegen Polen begannen. Damit löste das Deutsche Reich einen bewaffneten Konflikt aus, der sechs Jahre lang tobte.

Auf ihrer virtuellen Reise gingen die Net Force Explorer vor deutschen Kampfbombern in Deckung, die im Sturzflug vom Himmel herabschossen, um polnische Militäreinrichtungen zu zerstören. Im Cockpit einer deutschen He-111 Heinkel wurden Matt und sein Team Zeuge, wie Polen in Schutt und Asche gelegt wurde.

Dann hatten sie plötzlich wieder festen Boden unter den Füßen. Züge von deutschen Soldaten kämpften gegen die tapferen, aber von der Bewaffnung her unterlegenen Soldaten der polnischen Kavallerie. Sie wurden von den Nazis mit ihrer weiterentwickelten Technologie richtiggehend überrollt.

Die Bilderparade führte die Net Force Explorer weiter bis zum Juni des Jahres 1940. Bei einer Rede verkündete der britische Premierminister Winston Churchill, daß die Evakuierung des britischen Expeditionsheers aus dem Hafen von Dünkirchen in Frankreich erfolgreich verlaufen sei. Churchill verlieh der Hoffnung Großbritanniens für den bevorstehenden Konflikt Ausdruck: ›Sieg um jeden Preis.‹

Während Churchill sprach, erschien eine virtuelle Landkarte von Europa. Ein großer Teil des Kontinents stand unter der Herrschaft der deutschen Armee. Die flüchtenden britischen Soldaten wären von den Deutschen gefangengenommen oder getötet worden, wenn sie nur einen Tag länger in Frankreich ausgeharrt hätten. Nur die tapferen Anstrengungen der Royal Air Force hielten die deutsche Luftwaffe davon ab, der Rettungsmission durch Bomben und Granaten ein schreckliches Ende zu bereiten. Über zweihunderttausend britische Soldaten und mehr als hunderttausend Verbündete wurden gerettet. Der Preis für die Rettungsaktion waren etwa zweitausend Gefallene.

Es war einer der entscheidenden Wendepunkte des Krieges. Wäre die Rettungsmission von Dünkirchen gescheitert, hätte das Deutsche Reich den Zweiten Weltkrieg vermutlich gewonnen. Frankreich ergab sich den Deutschen am 16. Juni 1940.

Unvermittelt wechselten die Bilder, und die Explorer fanden sich in einer Einsatzbesprechung des britischen Oberkommandos wieder. Dann ein weiterer Wechsel, und sie waren unter den deutschen Truppen, die sich an der französischen Küste zum Invasionsangriff auf England sammelten. Schließlich waren sie wieder in der Luft, im Cockpit eines deutschen Kampfflugzeuges. Von Stützpunkten auf französischem Boden flog die Luftwaffe täglich Bombenangriffe auf britische Militäreinrichtungen. Die Luftschlacht um England hatte begonnen.

Auf dem Flug in virtuellen Bombern der Nazis über den Ärmelkanal und britischen Boden hörten die Explorer eine Übersetzung der Rede Hermann Görings an das deutsche Volk. Göring versprach, daß seine Luftwaffe Großbritannien von der Luft aus erobern werde.

Erneuter Szenenwechsel. Britische Piloten starteten mit Spitfire- und Hurricane-Kampfflugzeugen. Aus dem virtuellen Himmel warfen Schwärme von deutschen Kampfflugzeugen und Bombern den Tod über England ab. Die einzige Verteidigung gegen die nationalsozialistischen Angreifer bestand aus den zahlenmäßig und von der Bewaffnung her unterlegenen Piloten der Royal Air Force.

Erneut fanden sich die Net Force Explorer bei einer Propagandaveranstaltung der Nazis wieder. Auch diesmal hörten sie Hermann Göring, der jetzt eine himmelblaue Uniform trug und mit Orden behängt war. Er gab das Versprechen ab, daß keine Bomben auf Berlin fallen würden. Dann sprangen die Explorer in das Cockpit eines britischen Bombers, der sich auf einem waghalsigen, nächtlichen Luftangriff auf die deutsche Hauptstadt befand. Die ersten Bomben fielen auf Berlin.

Schließlich wurden die Explorer Zeuge einer Einsatzbesprechung des deutschen Oberkommandos, bei der Hitler persönlich anordnete, einen Vergeltungsschlag auf London auszuüben und die Stadt zu bombardieren. Das Programm schloß mit Geschwadern deutscher Kampfflugzeuge und Bomber, die den Morgenhimmel verdunkelten und Kurs auf London nahmen.

Nachdem das aus rasch aufeinanderfolgenden Einstellungen bestehende Programm beendet war, wurde der Unterricht für die Mittagspause unterbrochen. Jeder bekam die Möglichkeit, das Gelernte zu verarbeiten.

Als die Net Force Explorer in der Cafeteria saßen, erschien Andy Moore – blaß im Gesicht. »Ich hab' gerade den Einsatzplan für heute nachmittag gelesen«, sagte er.

»Und?« fragte David Gray.

»Wir müssen wieder gegen Dieter Rosengarten und die jungen Berliner antreten.«

Den anderen blieb der Bissen im Hals stecken. Alle drehten sich zu Andy um.

»Bist du sicher?« fragte Matt Hunter.

Andy nickte. »Laut Plan schließen wir uns einer Gruppe britischer Schüler aus dem East End von London an und treten gegen Dieter Rosengarten und Masahara Ito und die Japaner an.«

»Die auch noch!« sagte Megan stöhnend.

David sah sie an. »Warum kümmert dich das?« fragte er. »Ich wette, die Japaner haben Angst vor dir. Du bist der Kamikaze unseres Teams!«

Diese Bemerkung löste allgemeines Gelächter aus.

»Diese Typen sind auch bloß Menschen«, sagte Matt schließlich. »Wir können uns gegen sie behaupten. Uns bleibt gar nichts anderes übrig.«

Als der Unterricht am Nachmittag weiterging, wurden die Net Force Explorer gleich in eine virtuelle Simulation versetzt: Frühjahr 1940 auf einem Stützpunkt der Royal Air Force außerhalb von London. Dort warteten die britischen Schüler auf sie, um sie zu begrüßen.

In der virtuellen Realität standen die Net Force Explorer nun vor einem alten englischen Landhaus. Ein Fahnenmast mit der englischen Fahne, dem ›Union Jack‹, die in der leichten Brise wehte, ragte über das kleine Steingebäude hinaus.

Ein weitläufiger Acker war geräumt und betoniert worden. In der Ferne standen große, kegelförmige graubraune Unterkunftszelte für die Soldaten in Reih und Glied. Mehrere Hangars, eine Scheune und andere windschiefe Holzverschläge beherbergten einmotorige Propellermaschinen. Sie trugen die unverwechselbare, britische dreifarbige Markierung auf den Tragflächen und dem Rumpf.

Ein paar primitive Tanklastwagen standen über das Flugfeld verstreut. Sie enthielten Treibstoff für die Flugzeuge. Eine Gruppe von Fliegern schob die Maschinen aus den Gebäuden, tankte sie auf und lud die an den Tragflächen angebrachten Waffen mit langen Munitionsgurten. Andere Wartungsarbeiten wurden ebenfalls routinemäßig durchgeführt.

Weit in der Ferne, hinter einer Gruppe von hohen Bäumen, konnte Matt vier in Reihe stehende, hochempfindliche elektronische Kontrolltürme ausmachen. Es waren Radarstationen, die die Briten vor den Angriffen der Deutschen warnen würden. Soviel wußte Matt noch aus dem Unterricht vom Vormittag.

Die Briten hatten Ende der dreißiger Jahre das Radar

erfunden. Wahrscheinlich hatte diese technische Errungenschaft sie und die ganze Welt in der Mitte des vergangenen Jahrhunderts vor der Naziherrschaft bewahrt.

Während sich junge Piloten mit ihren Flugzeugen den Deutschen entgegenwarfen, überwachten britische Soldaten in den besten Jahren und junge Frauen von der Royal Air Force die primitiven Radarschirme auf dem Boden und hielten nach He-111-Heinkel-Bombern und Junkers Ju-87 Stukas Ausschau. Und nach ihrem Begleitschutz, den Me-109 Messerschmitts.

Letztendlich bewahrten das Radar und der Mut der britischen Flieger England vor der Eroberung. Das erinnerte daran, wie wichtig die technische Überlegenheit in der modernen Welt war.

Matt schaute sich die vor ihm liegende, friedliche Szenerie an. Es war ein heller, sonniger Frühlingsmorgen. Die Luft war frisch und roch nach neuem Leben. Nicht gerade die geeignetste Kulisse für einen mörderischen Krieg, dachte er.

Mark Gridley tippte ihm auf die Schulter und zeigte auf das Landhaus. Dann hörte Matt es auch.

Gesang.

Matt grinste zu seinem Flügelmann hinüber. »Schauen wir mal nach, wer da so viel Spaß hat«, sagte er. Die übrigen Net Force Explorer folgten seiner Aufforderung.

Als Matt die Tür des Landhauses aufstieß, schmetterte ihm der Gesang entgegen, so daß er fast zurücktaumelte. Die Briten sangen ein altes Kriegslied jener Zeit – ›Lili Marlen‹. Matt bemühte sich, die Worte zu verstehen. Offenbar ging es in dem Lied um eine Frau, die unter einer Straßenlampe darauf wartete, daß der Mann ihrer Träume vorbeikam … oder so ähnlich.

Plötzlich bemerkten die Briten die Neuankömmlinge, und der Gesang erstarb. Einer der britischen Schüler erhob sich und ging den Net Force Explorern entgegen.

Er hatte einen megakurzen Stoppelhaarschnitt und trug einen Ohrring. Über dem einen Auge prangte eine Tätowierung: eine künstlerische Darstellung eines brüllenden Löwen.

Er entsprach nicht gerade dem, was Matt erwartet hatte.

Der tätowierte Jugendliche kam näher und streckte Matt die Hand entgegen. »Pinky Brighton«, stellte er sich vor. »Du mußt Matt 'unter sein, von Net Force.«

Matt nickte. Er mußte sich bemühen, um den Jungen zu verstehen, der mit einem starken Cockney-Akzent sprach und das »H« am Wortanfang wegließ.

»Ja, ich bin Matt Hunter«, sagte er und schüttelte dem anderen die Hand.

Pinky grinste breit. »Das is' mein Flügelmann, Sadjit«, sagte er und legte einem Halbwüchsigen indischer Herkunft den Arm um die Schulter.

»Kommt rein und leistet uns Gesellschaft«, sagte Pinky Brighton und zeigte auf seine Kameraden.

Grinsend mischten sich die Net Force Explorer unter die britischen Jugendlichen. Auf dem Tisch stand etwas zu essen, ein Frühstück, das aus Tee und *Scones*, den typischen englischen Brötchen, bestand.

In diesem Moment fiel Matt sein Vater ein. Denke daran, mein Sohn, pflegte dieser zu sagen, in der virtuellen Realität kannst du zwar essen, aber es setzt nicht an. Es war seine Art, Matt daran zu erinnern, daß die virtuelle Realität eben nicht die Wirklichkeit war.

Der simulierte Einsatzraum wirkte jedoch äußerst realistisch. An den Wänden hingen Poster. Viele von ihnen zeigten das ›V‹ für ›Victory‹, das Siegeszeichen, mit dem die Briten in dieser düsteren Zeit, in der sie den Nazis allein gegenüberstanden, neue Kraft schöpften.

Noch ein anderes Poster hing an der Wand. Darauf war eine hübsche Frau namens Vera Lynne abgebildet. Ein britischer Posterstar vermutlich.

»Macht es wie wir, Leute«, sagte Pinky Brighton fröhlich. »Es wird höchste Zeit, es den Deutschen heimzuzahlen.« Die anderen Briten stimmten ihrem Anführer lautstark zu und begannen damit zu prahlen, welche Lektionen sie dem Gegner erteilen würden.

Einen Moment lang dachte Matt, die britischen Schüler würden in Gedanken immer noch den Zweiten Weltkrieg kämpfen. Aber im Verlauf des Gespräches stellte er fest, daß sich der Wunsch, es den Deutschen ›heimzuzahlen‹, auf das Fußballspiel der Weltmeisterschaft im letzten Jahr bezog. Die britische Mannschaft hatte gegen Deutschland verloren.

Matt sah sich um und beobachtete, wie sich die Net Force Explorer mit den Briten unterhielten. Andy Moore hatte viel Spaß und offensichtlich einen Draht zu diesen selbsternannten ›Fußballrowdys‹. Megan unterhielt sich mit einer zerbrechlich wirkenden jungen Frau mit aristokratischem Auftreten. Sie saß ein wenig abseits von ihrem Team und schien sich über die Witzeleien der anderen zu amüsieren, beteiligte sich aber nur selten daran.

Matt wurde inzwischen von Pinky Brighton vollgequatscht. Der Tätowierte stellte zwar Fragen, wartete Matts Antwort aber gar nicht ab.

»Kommst dir saukomisch vor, was?« fragte Pinky. Es war ein für ihn typischer Dialog. Noch ehe Matt antworten konnte, fuhr der Brite fort. »Für uns seid ihr Yankees wohlerzogene Aussies!« sagte er.

»Oder durchgeknallte Kanadier«, warf einer aus dem britischen Team ein.

Pinky nickte. »Aber ihr sprecht die gleiche Sprache wie wir, Mann«, fuhr er fort. »Also gehören wir zusammen.«

Plötzlich begann eine Sirene zu heulen, erst verhalten, dann immer lauter.

»ALARM!« brüllte Pinky Brighton und stürzte aus

dem Landhaus, die anderen Briten im Schlepptau. Matt und die anderen Net Force Explorer folgten ihnen. Alle rannten über das Feld zu einer Reihe wartender Flugzeuge, deren Motoren bereits warmliefen und die Luft mit dem Gestank verbrannten Treibstoffs erfüllten.

Matt stieg ins Cockpit der ihm zugewiesenen Spitfire. Ein Flieger half ihm beim Anlegen der Gurte und beim Aufsetzen seiner Sauerstoffmaske aus Segeltuch. Matt drehte sich um. Mark Gridley saß in dem Flugzeug rechts von ihm. Mit hochgereckten Daumen gab Matt seinem Flügelmann ein Zeichen.

Minuten später hob das virtuelle Geschwader der Royal Air Force vom Boden ab.

Als sie ihr Patrouillengebiet erreicht hatten, schauten sich die Piloten des vereinigten Geschwaders um. Tief unter ihnen glänzten die weißen Kreidefelsen von Dover in der Sonne, an denen sich die Wellen des Ärmelkanals brachen. Der Himmel war blau, die Wolken, die behutsam vorüberzogen, waren aufgeplustert und weiß. Klar glitzerte das Wasser des Kanals.

»Da sind sie«, sagte Pinky Brighton über Funk.

Angestrengt schaute Matt zum Cockpit hinaus und versuchte, den Feind auszumachen. Plötzlich tauchte er auf – ein Schwarm zweimotoriger He-111 Heinkel, in geschlossener Formation über den Himmel verteilt.

Als die Spitfire-Maschinen sich dem Feind näherten, konnte Matt mehr Einzelheiten ausmachen. Die deutschen Bomber waren einzigartig aussehende Flugzeuge. Sie hatten einen langen, runden Rumpf mit einem kegelförmigen Bug aus Glas. Die gesamte, vollverglaste Kanzel des Flugzeugs diente als Cockpit. Ein Bordschütze befand sich im Drehturm, ein anderer in der Nase der Heinkel, so daß Angriffe aus beiden Richtungen abgewehrt werden konnten. Die Bomber hatten breite, an den Spitzen abgerundete Tragflächen, auf denen schwarze Kreuze prangten. Am Heck trugen sie ein Hakenkreuz.

»Auf in den Kampf«, sagte Pinky, der plötzlich nicht mehr ganz so fröhlich war. »Haltet nach weiteren Feindmaschinen Ausschau.«

»Roger«, antwortete Matt. »Okay, Leute«, fuhr er, an sein Team gewandt, fort. »Haltet die Augen offen.«

»Viel Glück und viel Erfolg.« Pinky drehte in Richtung eines Zieles ab.

»Ich nehme mir den Bomber rechts vor«, sagte Matt.

Mark Gridleys Antwort klang äußerst aufgeregt. »Achtung, sechs Uhr!« Matts Flügelmann warnte ihn vor einer Feindmaschine, die sich seinem Heck näherte.

»Jede Menge deutsche Jäger kommen im Sturzflug auf uns zu«, meinte David Gray düster. »Bleibt cool!«

David hatte seine Warnung kaum ausgesprochen, da hagelten auch schon Geschosse aus dem Himmel. Eine oder zwei Granaten streiften Matts Tragfläche, so daß er rasch abdrehte. Eine himmelblaue einmotorige Messerschmitt sauste an seiner Kanzel vorbei.

»Den nehm' ich mir vor«, sagte Mark ruhig. »Häng du dich an die Jäger ...«

Matt kam nicht dazu zu antworten. Eine Heinkel tauchte vor ihm auf. Er brachte seine Spitfire hinter den Bomber in Position und drückte den Abzug. Obwohl er sicher war, die deutsche Maschine getroffen zu haben, konnte er beim Überholen des wesentlich langsameren deutschen Kampfbombers keinen sichtbaren Schaden feststellen.

»Mich hat's erwischt«, schrie Megan O'Malley. Matt schnellte in seinem Sitz herum, um den Himmel nach seinem Teammitglied abzusuchen. Megans Spitfire trudelte bereits in den Ärmelkanal, einen Schweif aus Rauch und Flammen hinter sich herziehend. Einer der Messerschmitts war ein Treffer in ihren Treibstofftank gelungen.

»Viel Glück, Net Force Explorer.« Megans Stimme klang ruhig, während ihr Flugzeug außer Kontrolle geriet und klatschend ins Wasser stürzte.

Sie hatten Megan verloren.

Matt riß seine Maschine herum und steuerte wieder auf die Jagdbomber zu, die das eigentliche Ziel dieser Mission waren.

Sekunden später donnerten die Spitfires durch die Jäger und lösten die deutsche Formation schon beim ersten Vorbeifliegen gewaltsam auf.

Pinky Brighton gelang fast unmittelbar darauf der erste Treffer. Seine an den Tragflächen montierten Gewehre ratterten. Der rechte Motor einer Heinkel explodierte. Trudelnd stürzte der Propeller in den Kanal. Der Bomber folgte. In einem langen, auf groteske Weise anmutigen vertikalen Bogen fiel er vom blauen Himmel herab.

Matt wählte ein Ziel aus, während Mark Gridley sich dicht neben seiner Tragfläche hielt. Dann brachte er seine Maschine hinter dem flüchtenden deutschen Jäger in Schußposition. Doch plötzlich surrten Leuchtspurgeschosse an seinem Flügel vorbei. Die nach hinten gerichtete Abwehrbewaffnung in der Glaskuppel oberhalb des Rumpfes der Heinkel hatte er völlig vergessen.

Während Matt unter den Granaten des deutschen Bordschützen hinwegtauchte, hielt er den Joystick so fest umklammert, daß seine Fingerknöchel weiß hervortraten. Er drückte den Abzug. Seine an den Tragflächen angebrachten Maschinenkanonen erschütterten die Maschine, während die Geschosse auf ihr Ziel zuflitzen. Kugeln tanzten am linken Flügel der Heinkel entlang. Matt bewegte den Joystick nach rechts, um den Projektilstrom aus seinen MGs in eine andere Richtung zu lenken.

Seine nächste Salve zerschmetterte den Rumpf der

Heinkel, so daß die Maschine auseinanderbrach. Entsetzt und völlig überrascht beobachtete Matt, wie ein Deutscher versuchte abzuspringen. Dabei wurde er von den Trümmern seiner schwer beschädigten Maschine getroffen. Leblos fiel sein Körper durch die Wolken. Der Fallschirm öffnete sich nicht.

Wieder erinnerte sich Matt an das, was er an diesem Vormittag in dem Netzprogramm gelernt hatte. »Die Briten mußten die Deutschen in einem Verhältnis von zwei zu eins abschießen, allein um ein Gleichgewicht herzustellen.« Er warf einen kurzen Seitenblick auf die unter ihm liegende Erde und stellte fest, daß sie wieder über britischen Boden flogen.

Er hatte nicht einmal bemerkt, wann sie das Land erreicht hatten.

Einige Briten griffen die deutschen Flieger an. Pinky Brigthon bohrte mit seinem Maschinengewehr Löcher in eine Messerschmitt, die brennend vom Himmel plumpste. Diesmal gelang es dem Piloten allerdings auszusteigen. Gemächlich trieb sein Fallschirm auf einen frisch gepflügten Acker zu.

Aus dem Funkgerät drang die Unterhaltung von David Gray und Andy Moore. So wie es sich anhörte, hielten sie sich nicht nur tapfer, sondern schnitten sogar ganz gut ab.

»Getroffen!« hörte Matt David sagen. Aus den Augenwinkeln sah er eine Messerschmitt, die mitten in der Luft explodierte. Ein orangefarbener Feuerball tauchte den Himmel in grelles Licht.

Andy, der an Davids Heck klebte, eröffnete ebenfalls das Feuer. In weniger als drei Sekunden hatte er einen weiteren deutschen Jagdbomber erledigt.

Allem Anschein nach schnitten die Net Force Explorer im Luftkrieg diesmal tatsächlich besser ab. Matt war sehr stolz auf sein Team.

Plötzlich schob sich Mark Gridley wieder an Matts

rechte Tragfläche heran. Matt drehte sich um und gab seinem Flügelmann mit hochgerecktem Daumen ein Zeichen.

»Wie lief's bei dir, Zwerg?« fragte Matt.

»Nenn mich nie wieder Zwerg«, antwortete Mark triumphierend. »Einen deutschen Bomber hab' ich abgeschossen und meine erste Messerschmitt vom Himmel geholt.«

»Guter Schütze«, lobte Matt.

»Langsam finde ich Gefallen daran«, sagte Mark. »Am liebsten würde ich den ganzen Tag nichts anderes mehr tun.«

»Spitze«, antwortete Matt, und seine Augen verengten sich zu Schlitzen. »Dann wirst du dich sicher freuen, daß wir wieder Gesellschaft bekommen.«

Mark lugte durch die Kanzel. In gerader Linie jagten fünf Me-109 Messerschmitts aus der Sonne in Höchstgeschwindigkeit auf sie zu …

Als Dr. Lanier den Net Force Explorern zu ihrer bisher besten Leistung in den Flugsimulatoren gratulierte, machte das Team den Eindruck, als hätte es den Krieg verloren.

Mit düsterem Gesichtsausdruck hörten sie zu, während Dr. Lanier das Ergebnis verlas. Doch auch wenn der Kursleiter ihre merkwürdige Reaktion bemerkte, kommentierte er sie mit keinem Wort – sehr zu Matts Erleichterung. Er konnte dem Lehrer sowieso nicht erklären, was los war.

Zweifellos hatten die Net Force Explorer ihre Sache gut gemacht. Matt, Mark und David hatten die Simulation bis zum Schluß überstanden. Andy hätte es auch schaffen können, wenn er nicht von Rachegedanken an Dieter Rosengarten besessen gewesen wäre. Er hatte den deutschen Flieger kurz vor Ende des Wettbewerbs entdeckt. Nachdem er David Grays Warnung einfach in den Wind geschlagen hatte, jagte er hinter ›Baron von Dieter‹ her.

Und wurde sofort abgeschossen.

Doch selbst dieser Schlag, den Andys zerbrechliches Ego einstecken mußte, verblaßte vor dem Hintergrund, daß Matt, Mark und David, als sie wieder in die Realität zurückkamen, keine guten Nachrichten zu vermelden hatten. Keine Spur von Julio Cortez oder seinem vertrauten orangefarbenen Kampfflugzeug. Auf der Suche nach ihrem Freund waren die drei über Großbritannien gekreist, bis die Simulation beendet war und sie wieder in die Realität zurückgeholt wurden.

Es sah aus, als wäre Julio spurlos verschwunden.

Als wäre er überhaupt nie dagewesen.

Neuntes Kapitel

Die Net Force Explorer machten sich auf den Heimweg, sobald das Seminar am Nachmittag beendet war. Für den Abend hatte Matt eine Besprechung anberaumt. Bis dahin hatte jeder Zeit, über das Problem nachzudenken. Alle hatten zugesagt, an der Besprechung teilzunehmen. Da der Bus überfüllt war, vermieden sie es, über Julio zu sprechen.

Auf der Fahrt zurück in die Vororte sprach Matt kaum ein Wort. Da die anderen Explorer merkten, daß er mit sich zu kämpfen hatte, bedrängten sie ihn auch nicht. Eine Weile unterhielten sie sich über unwichtige Dinge. Doch bald versanken alle in niedergeschlagenes Schweigen.

Ohne etwas wahrzunehmen, starrte Matt gedankenverloren auf die Wohnsiedlungen, die an dem Fenster vorbeihuschten. Er war von Zweifeln und Angst hin- und hergerissen. Angst um seinen Freund und um seinen Verstand.

Ich weiß, daß ich Julio in dem Simulator gesehen habe, dachte er. Warum war er dann heute nicht dort? Die ersten beiden Male können doch nicht reine Einbildung gewesen sein – verstärkt durch das chaotische Muster eines Rifts.

Schließlich hatte Mark doch genau dasselbe gesehen wie er. Zumindest bei der ersten Begegnung.

Beim zweiten Erscheinen von Julio in der Simulation der Schlacht um Midway war er allerdings allein gewesen.

Ich weiß, daß es keine Einbildung war, dachte er. Dann erinnerte er sich an die gefälschte Nachrichtenreportage über Julio und seine Familie.

In diesem Moment wurde ihm klar, daß die anderen Net Force Explorer auf seine Behauptungen so reagiert hatten, als wären sie bereits seit Tagen bewiesene Fakten. Und irgendwie stimmte das ja auch. Denn warum hätte die Regierung von Corteguay die Nachrichtensendung türken sollen, wenn Julio und seine Familie frei und wohlauf wären? Doch die Explorer hatten seinem Wort, daß Julio in Schwierigkeiten war, vertraut, lange bevor sie die manipulierte Reportage gesehen hatten.

Die Net Force Explorer vertrauen mir, dachte er. Sie haben mir geglaubt, daß etwas nicht stimmte, und darauf reagiert. Zwar stellen sie zunächst in Frage, was ich sage, und wir debattieren eine Weile, aber letztendlich schenken meine Freunde mir Vertrauen.

Augenblicklich fühlte Matt sich wieder besser. Das Wichtigste war jetzt, nicht aufzugeben. Er wußte, ihm würde etwas einfallen – und wenn nicht, dann würde einer der anderen Net Force Explorer eine Idee haben.

Denn er vertraute ihnen ebenso.

Obwohl es Matt nun etwas besserging, fühlte sich das restliche Team immer noch ziemlich mies. Als sie sich an diesem Abend an ihre Computer anschlossen und sich in der virtuellen Lounge der Net Force Explorer einfanden, war ihre Stimmung immer noch auf dem Nullpunkt. Der Raum, in dem sie diesmal zusammentrafen, war ein riesiger Bereich, der mit allen möglichen Apparaten, Spielereien und Schnickschnack vollgestopft war – was sich ein Programmierschüler der Net Force Explorer eben nur ausdenken konnte. Angefangen von Wänden, deren Form und Farbe jede Sekunde wechselten, bis hin zu schimmernden Wasserfontänen, die sich in und um die Stühle rankten, ohne die darauf Sitzenden zu berühren oder das, was jeder sehen wollte, zu stören.

Bilder, Geräusche und Gerüche vereinten sich zu einer Umgebung des Wohlbefindens, in der man sich treffen oder einfach nur nachdenken konnte. Es war ein fröhlicher, mit Leben erfüllter Ort, doch heute reichte das nicht aus, um die Net Force Explorer aus ihrer düsteren Stimmung zu reißen.

»Was nun?« fragte Megan, nachdem Matt die Besprechung für eröffnet erklärt hatte. Die anderen sahen ihn erwartungsvoll an. Er sollte entscheiden, wie sie weiter vorgehen würden.

Matt erwiderte ihren Blick. »Ich würde vorschlagen, wir versuchen weiter, mit Julio Kontakt aufzunehmen. Aber ich bin ganz Ohr, falls jemand einen anderen Vorschlag für unseren nächsten Schritt hat.«

»Ich glaube immer noch, wir sollten an die Öffentlichkeit gehen«, sagte Andy Moore erneut. Die anderen widersprachen, allerdings nicht mehr so heftig wie zuvor. Matt befürchtete, daß sie sich bald über Jay Gridleys Anweisungen, während der laufenden Untersuchungen von Net Force Stillschweigen über die Sache zu bewahren, hinwegsetzen würden.

Auch ihm kamen mittlerweile Zweifel. Zwar behielt er das für sich, aber er hatte den Eindruck, daß das Außenministerium und die Regierung von Corteguay bisher alle an der Nase herumgeführt hatten. Durch ihre Hinhaltetaktik ging wertvolle Zeit verloren – Zeit, in der Julio und seiner Familie alles mögliche passieren konnte. Vielleicht sollten die Net Force Explorer tatsächlich an die Öffentlichkeit gehen oder die Geschichte zumindest an die Presse durchsickern lassen oder etwas Ähnliches.

David Gray war offensichtlich der gleichen Meinung. Aber im Gegensatz zu Matt behielt er sie nicht für sich. »Warum alarmieren wir nicht die Medien?« fragte er. »Sicher wird uns jemand zuhören. Corteguay ist schon Nachrichtenthema; irgend jemand ist immer auf der Suche nach einer guten Story.«

»Das ist mit Risiken verbunden«, warnte Matt. »Wenn wir die Sache an die große Glocke hängen, könnte sich die Regierung von Corteguay in die Enge getrieben fühlen und dementsprechend handeln. Möglicherweise lassen sie Julio und seine Familie verschwinden, um die Wahrheit zu vertuschen.«

»Haben sie das nicht schon getan?« fragte Megan.

»Aber vielleicht nicht endgültig – zumindest bis jetzt noch nicht«, antwortete Matt.

Das stimmte alle nachdenklich.

Noch während die Net Force Explorer über die verschiedenen Möglichkeiten der Vorgehensweise diskutierten, wurden sie plötzlich von einer vertrauten Stimme unterbrochen.

»Darf ich an eurer Besprechung teilnehmen?« fragte Jay Gridley. Alle waren erstaunt. Der Leiter von Net Force kam fast nie auf dieses Level des Netzes herunter, geschweige denn in die Lounge der Explorer. Obwohl sein Ton und seine Haltung darauf schließen ließen, daß es sich nicht um einen offiziellen Besuch handelte, fühlte sich Matt, als führte sein vorgesetzter Offizier eine unangekündigte Kontrolle durch.

»Sie dürfen, Sir«, sagte Matt.

»Sehr gern«, fügte Megan O'Malley bekräftigend hinzu.

Der Leiter von Net Force setzte sich und legte ein fünf Zentimeter großes Datenskriptsymbol vor sich auf den Tisch. Matt und seine Kumpanen konnten das Logo auf dem Skript erkennen. Es war die aktuelle Ausgabe der *Washington Times*.

»Ich hatte erwartet, ihr würdet mir Bericht erstatten, sobald ihr zurück seid«, sagte Mr. Gridley.

Matt runzelte die Stirn. »Das Problem ist, es gibt nichts zu berichten.« Sie informierten ihn darüber, daß Julio in dem heutigen Simulationsprogramm nicht erschienen war.

»Laßt den Kopf nicht hängen«, sagte Mr. Gridley. »Dafür kann es viele Gründe geben.« Er tippte mit dem Zeigefinger auf das Datenskript. »Zum Beispiel diesen hier.«

Nachdem er das Skript in den Computer eingeschoben hatte, wurde die Titelseite des Nachrichtenblattes angezeigt. Glitzernd hing die Anzeige mitten in der Luft, wo alle sie sehen konnten. Gridley zeigte auf einen der Leitartikel.

Die Schlagzeile lautete: AUF DER SUCHE NACH DEM VERMISSTEN KANDIDATEN. Darunter stand: ›Wie kann Ramon Cortez ohne Wahlkampagne die Wahlen auf Corteguay gewinnen?‹

Der Artikel war von einer Journalistin namens Carrie Page verfaßt worden.

»Ist das nun gut oder schlecht?« fragte Matt.

Jay Gridley dachte etwa eine Minute lang nach, bevor er antwortete. »Damit gerät die Regierung von Corteguay unter Druck«, antwortete er. »Da besteht kein Zweifel. Dieser Druck kann positive oder negative Auswirkungen haben. Das hängt von der Regierung ab. Jetzt ist Corteguay am Zug.«

»Ich wette, damit gerät auch das amerikanische Außenministerium unter Druck«, warf Megan ein.

Verschwörerisch grinsend nickte Gridley. »Allerdings«, sagte er. »Ich habe mit Miß Page von der *Washington Times* Kontakt aufgenommen. Sie meinte, sie habe das Außenministerium vermutlich zum Handeln gezwungen.«

»Inwiefern?« fragte David Gray.

»Sie hat ein Touristenvisum beantragt, mit dem sie sich einige Monate auf Corteguay aufhalten könnte. Bisher wurde der Antrag abgelehnt. Doch nun glaubt sie, daß das Außenministerium innerhalb der nächsten Tage eine Videokonferenz arrangieren muß. Andere Pressevertreter haben ebenfalls schon ihr Interesse bekundet, und Miß Page ist äußerst hartnäckig. Um sie und einige andere Nachrichtensender, die Fragen gestellt haben, zu beruhigen, hat das Außenministerium einige diplomatische Kanäle geöffnet ... Die ersten Ergebnisse sollten sich in wenigen Stunden abzeichnen.«

»Videokonferenzen können manipuliert werden«, sagte Megan. »Denken Sie an den *Zaibatsu*-Coup in Japan. Alle sind auf den holographischen Kaiser hereingefallen, zumindest eine Zeitlang.«

»Richtig«, sagte Mark Gridley. »Aber das waren die Japaner. Die verfügen weltweit mit über die beste virtuelle Technik überhaupt. Wir sprechen hier über Corteguay. Wie sollen *die* uns was vormachen?«

»Sei nicht zu voreilig, was ihre virtuellen Qualitäten betrifft«, gab sein Vater zu Bedenken. »Sie hatten in der Vergangenheit Unterstützung – von Cuba Libre und den Asiatischen Freibeutern.«

Matt hatte von den beiden terroristischen Vereinigungen schon etwas gehört. Cuba Libre bestand aus einem Kader von Fanatikern, die immer noch Fidel Castros Krieg kämpften. Dieser hatte begonnen, nachdem Castro und seine kommunistischen Anhänger aus dem Amt entfernt und in den Iran ins Exil geschickt wurden.

Die Asiatischen Freibeuter waren noch härter. Sie verfolgten ein neues und ursprünglich politisches Programm. Nach ihrer Meinung war die Errungenschaft eines einzelnen automatisch das Eigentum von allen – daher wurden alle Urheberrechte und Handelsabkommen für ungültig und unfair erklärt.

Natürlich führte die Philosophie der Freibeuter dazu, daß sie sich sämtliche Erfindungen, an die sie herankamen, unter den Nagel rissen. Diese Art von Piraterie war schlicht und ergreifend Diebstahl – die neueste Variante der Computerkriminalität.

»Na, schön«, sagte Matt. »Wenn die Corteguaner uns

also austricksen können, wer soll sie dann daran hindern?«

Jay Gridley sah ihm direkt in die Augen. »Du«, entgegnete er.

Eine Stunde, nachdem die Versammlung der Net Force Explorer sich aufgelöst hatte, wurde Matt Hunter, der von Jay Gridley gebeten worden war, nach der Besprechung noch zu bleiben, in das Büro des Net-Force-Leiters gerufen – diesmal in der Realität. Nach einer kurzen Fahrt mit dem Bus stand er nun Jay Gridley gegenüber.

»Matt«, begrüßte ihn der Net-Force-Chef. »Ich möchte dir Mr. Walter Paulson vom Außenministerium vorstellen.«

Matt musterte den Mann kurz, schüttelte ihm die Hand und fragte sich, ob er eine Schlange berührt hatte. Von seinem Vater hatte er die Abscheu vor aalglatten Harvardtypen geerbt. Paulson war ein Musterbeispiel dieser Gattung, angefangen von der Universitätskrawatte bis hin zu seinem Tweedanzug mit lederabgesetzten Ellenbogen.

»Das Außenministerium braucht Ihre Hilfe, Mr. Hunter«, begann Paulson, nachdem sie sich gesetzt hatten. »Ich hoffe, wir können auf Sie zählen.«

»Was kann ich für Sie tun?« fragte Matt.

»Für morgen abend haben wir eine Videokonferenz mit einigen Mitgliedern der Familie Cortez arrangiert«, antwortete der Harvard-Mann. Obwohl Matts Herz vor Freude hüpfte, blieb er äußerlich ruhig. »Ramon Cortez wird mit einigen Vertretern der internationalen Presse sprechen«, fuhr Paulson fort. »Aufgrund der von Mr. Gridley zum Ausdruck gebrachten Besorgnis haben wir gleich danach noch eine zweite Videokonferenz organisiert. Eine Konferenz mit Ihnen und Ihrem Freund, Julio Cortez.«

»Und Sie wollen, daß ich mitmache«, sagte Matt.

Walter Paulson nickte. »Im Interesse Ihres Seelenfriedens«, antwortete er.

»Was ist mit meinen Freunden?« fragte Matt. »Dürfen sie auch daran teilnehmen?«

Wieder nickte Paulson. »Wenn sie sich bei ihren Fragen kurz fassen. Wir haben nur ein paar Minuten zur Verfügung.«

»Geht klar«, sagte Matt.

»Das Außenministerium hat noch eine Bitte«, begann Paulson. Gespannt warteten Matt und Jay Gridley auf den Haken bei der Sache. »Uns ist bekannt, daß Miß Carrie Page, eine Reporterin der *Washington Times*, gern an Ihrer Konferenz teilnehmen würde. Möglicherweise möchte sie Sie und die anderen Net Force Explorer hinterher interviewen.«

Matt stieß innerlich einen Stoßseufzer der Erleichterung aus. »Das ist kein Problem, Mr. Paulson«, sagte er.

Walter Paulson erhob sich und zeigte damit an, daß die Besprechung beendet war. »Bis morgen also«, sagte er. »Um sieben Uhr. Die Konferenz findet hier bei der Net Force statt. Ich freue mich darauf, Sie alle zu sehen und diese Angelegenheit ein für allemal zu erledigen ...«

Zwölf Stunden später hatten sich die Net Force Explorer vor einem der größten Konferenzräume der Verwaltungszentrale von Net Force eingefunden. Während sie in der Nähe der geschlossenen Türen warteten, fragte sich Matt, was dahinter wohl ablief.

Von Jay Gridley, der vor dem Hineingehen kurz mit ihnen gesprochen hatte, wußten sie, daß im Augenblick die erste Videokonferenz mit Ramon Cortez, Julios Vater, stattfand. Bei dieser geschlossenen Veranstaltung würde der Präsidentschaftskandidat von einigen Pressevertretern befragt werden, die ihre Protokolle dann anderen Nachrichtenmedien zur Verfügung stellten.

Der Präsidentschaftskandidat sollte auch von Lettie Hanratty, der ehemaligen US-Botschafterin auf Corteguay, befragt werden.

Keinem der Net Force Explorer war es erlaubt, dieser offiziellen Konferenz beizuwohnen. Ihre etwas weniger offizielle Unterredung mit Julio sollte nach der Hauptveranstaltung stattfinden, wann immer das sein würde.

Die erste Konferenz dauerte bereits länger, als ursprünglich vorgesehen war. Den Explorern blieb nichts anderes übrig, als zu warten, bis sie an die Reihe kamen. Langsam wurden sie ungeduldig. Besonders Matt wurde allmählich nervös. Je länger er warten mußte, um so mehr grübelte er.

Hatte er genug Grips, um eine feindlich gesinnte Regierung auszutricksen? Von dem, was er heute tat, hing unheimlich viel ab – unter anderem Julios Leben. Würde er das Opfer eines von der Regierung inszenierten Täuschungsmanövers werden? Oder würde er wirklich mit seinem besten Freund sprechen?

Ich hoffe es, dachte er seufzend. Doch es nagten immer noch Zweifel an ihm, die einfach nicht verschwinden wollten.

Auf der anderen Seite des Flures saßen Megan O'Malley und David Gray. Beide schienen im Vergleich zu Matt äußerst gefaßt. Klar, die beiden müssen ja auch bloß zuhören, dachte Matt neidisch. Sie kennen Julio nicht so gut wie ich.

Matt drehte sich zu dem jüngsten Mitglied der Gruppe um. Auch Mark Gridleys Gesichtsausdruck wirkte gespannt. Der Dreizehnjährige hatte Julio gut gekannt, wenn auch nicht so gut wie Matt. Matt hoffte, der Zwerg würde jede Täuschung wittern, die ihm selbst entging.

In diesem Moment wurden die Flügeltüren aufgestoßen, und eine Gruppe von eifrig diskutierenden Reportern kam aus dem Konferenzraum geeilt. Die Journalisten formulierten in Gedanken bereits ihre Artikel für die verschiedenen Nachrichtenmedien.

Walter Paulson tauchte mit einem Assistenten im Schlepptau ebenfalls in der Tür des Konferenzraumes auf. Obwohl er direkt an Matt vorbeiging, würdigte er ihn keines Blickes. Statt dessen konzentrierte er sich auf das Gespräch mit den Reportern und versuchte zu eruieren, welche Tendenz ihre Stories, die sie bald in Druck geben würden, hätte.

Nach dem, was Matt hören konnte, war der Paragraphenreiter des Außenministeriums auf die Richtungskontrolle aus und nicht darauf, der Wahrheit auf den Grund zu gehen. Matt blendete seine Worte aus. Er zog es vor, sich seine eigene Meinung zu bilden, vielen Dank ...

Als nächster tauchte Jay Gridley auf. Der Leiter von Net Force sprach mit einer großen, gertenschlanken Frau mit kantigen Gesichtszügen, ungebändigten grauen Haaren und intelligenten Augen. Matt erkannte sie sofort. Lettie Hanratty, die ehemalige Botschafterin auf Corteguay.

Auf dem Gesicht der Diplomatin lag ein Lächeln, während sie sprach. Matt fragte sich, ob das bedeutete, daß sie mit dem Ergebnis der Konferenz zufrieden war.

Aus den Augenwinkeln heraus bemerkte Jay Gridley die Teenager, aber er konnte sich aus Gründen der Höflichkeit nicht von Mrs. Hanratty losreißen, die sich sehr intensiv über irgendein Thema ausließ.

Plötzlich sonderte sich eine hübsche junge Frau mit kurzen roten Haaren aus der Menge der Reporter ab. Sie trug einen hautengen schwarzen Overall und hochhackige Stiefel aus modernem Kunstleder. Sich einen Weg durch die Menge bahnend, steuerte sie geradewegs auf Matt zu. Direkt vor ihm blieb sie stehen.

»Du mußt Matt Hunter von den Net Force Explorern sein«, sagte sie mit einer lieblichen und überraschend mädchenhaften Stimme. »Mein Name ist Carrie Page. Ich bin von der *Washington Times.*«

Sie streckte ihm die Hand entgegen. Matt ergriff sie und schüttelte sie. Ihr Griff war fest, aber dennoch weiblich, und diese Kombination beeindruckte ihn. Ihre leuchtendgrünen Augen starrten ihn intensiv an, so als versuchte sie, jedes Detail seiner Erscheinung aufzunehmen, um es später aus ihrem Gedächtnis abrufen zu können. Matt schätzte sie auf Anfang Zwanzig – nicht viel älter als er selbst.

Nach einer Weile begann er sich unter ihrem intensiven Blick unwohl zu fühlen. Hoffentlich wurde er nicht rot …

Carrie Page strich sich ein paar Haare aus der Stirn und hob ihren Computer. »Wie lange kennst du Julio Cortez schon?« fragte sie und kam damit ohne Umschweife zur Sache.

Als Matt antwortete, war er sich darüber im klaren, daß jedes seiner Worte von dem Datenpad, das sie trug, aufgezeichnet wurde. Verdammt gründlich, dachte er bewundernd. Das gefiel ihm bei Frauen …

Fünfzehn Minuten später führte Walter Paulson die Net Force Explorer, Jay Gridley und Carrie Page zurück in den Videokonferenzraum. Aufgrund der außergewöhnlichen Vorschriften, die für Kontakte mit der Presse auf Corteguay galten, würde für dieses Interview keine virtuelle Technik verwendet werden. Nur zweidimensionale Übertragungsverfahren waren erlaubt. Daher war ihnen der ungewohnte Anblick eines großen, flachen Monitors vergönnt, der die gegenüberliegende Wand beherrschte. Alle Stühle im Raum wiesen in diese Richtung.

Ein Techniker saß am Steuerpult und wartete auf das

Stichwort, die Verbindung mit Corteguay wiederaufzunehmen.

Bevor es soweit war, trat Walter Paulson vor die Anwesenden, um kurz zu ihnen zu sprechen. »Dieser Anruf wird nur etwa fünf Minuten dauern«, erklärte er. »Mateo Cortez hat nur für einen begrenzten Zeitraum Zugang zur Videoeinrichtung seiner Regierung, und die erste Konferenz hat schon erheblich länger gedauert, als er eingeplant hatte.«

Matt hörte äußerlich gelassen zu, aber in seinem Inneren tobte es. Rechts neben ihm saß Mark Gridley, links Carrie Page. Während Paulson sprach, ignorierte die Journalistin den Bürokraten und machte sich ständig Notizen auf dem Datenpad ihres Computers. Die Nähe zu dieser anziehenden Frau verstärkte Matts Nervosität, aber er versuchte, sich davon so wenig wie möglich beeinflussen zu lassen.

Schließlich beendete Paulson seine Ansprache und nickte dem Techniker zu. Der Mann am Steuerpult zollte dem Papierschieber aus dem Außenministerium offene Mißachtung und blickte fragend zu seinem eigenen Boß hinüber. Nachdem Jay Gridley ihm ebenfalls zugenickt hatte, machte sich der Techniker ans Werk.

Einen Augenblick später wurde der Flachbildschirm durch einen Wirbel von Farben zum Leben erweckt. Schneller, als alle es erwartet hatten, tauchte das grinsende Gesicht von Julio Cortez auf dem Schirm auf.

Das Bild war ziemlich klar, aber die Darstellungsart erschien Matt und seinen Freunden, die im Zeitalter holographischer, dreidimensionaler Übertragungen aufgewachsen waren, befremdlich. Der Ton war jedoch absolut einwandfrei, und die Gruppe konnte sogar hören, wie sich Leute im Hintergrund, außerhalb des Kamerabereichs, unterhielten.

Unter seiner ledernen Bomberjacke trug Julio ein blaues Seidenhemd. Als die Verbindung stand, richtete er seinen Blick auf Matt, der in der ersten Reihe saß.

»Matt, *mi hombre*«, sagte er augenzwinkernd. »Wie geht's?« Noch ehe Matt antworten konnte, ließ Julio seinen Blick schweifen. »Ah, der Zwerg!« rief er aus und zeigte auf Mark Gridley. »Wie ich sehe, bist du nicht besonders gewachsen. Meine Schwester Juanita kann es immer noch mit dir aufnehmen, Kleiner!«

Mark lächelte, sagte aber nichts. Wie Walter Paulson angeordnet hatte, wartete er, bis er an der Reihe war.

»Mir geht's gut, Julio«, sagte Matt schließlich zurückhaltend. »Und wie steht's mit dir? Wie ist es auf Corteguay?«

»Echt interessant«, antwortete Julio. »Es gibt positive und negative Seiten. Wie überall, würde ich sagen.«

Aus den Augenwinkeln sah Matt, wie Mark Gridley auf den Monitor starrte. Aber der Zwerg lächelte immer noch, offensichtlich war er davon überzeugt, daß sie wirklich mit Julio Cortez sprachen.

»Du solltest die Computer sehen, die sie hier haben, Mann«, fuhr Julio fort und verdrehte beim Sprechen die Augen. »Gestern hab' ich einen Macintosh gesehen mit einer von diesen völlig antiquierten Mäusen. Mit diesem vorsintflutlichen Gerät hat tatsächlich jemand gearbeitet, kannst du dir das vorstellen? Der Mac stand keineswegs in einem Museum. Er war immer noch in Gebrauch!«

Einige der Net Force Explorer kicherten.

»Ich hab' sogar ein altes Textverarbeitungsprogramm gesehen«, berichtete Julio weiter. »Den Typ, der das Ding benutzt hat, hab' ich gefragt: ›He, Mann, warum nehmen Sie keine Schreibmaschine?‹ Er hat ganz ernst geantwortet, daß eine im anderen Zimmer steht, aber die benutzt er heute nicht!«

Julios Bild auf dem riesigen Schirm schüttelte ungläubig den Kopf. Matt erkannte darin eine typische Geste seines Freundes.

»Aber es gibt auch angenehmere Dinge«, fuhr der Teenager fort. »Die Mädels hier sind äußerst beeindrukkend. Und da mein Vater für das Präsidentschaftsamt kandidiert, behandeln sie mich wie einen Popstar!«

Dann verengten sich Julios Augen, und sein Blick fiel auf Carrie Page. »Wie ich sehe, bist du auch nicht gerade tatenlos gewesen, Matt«, sagte er etwas neidisch. »Stell mich der Dame neben dir vor.«

Matt, der um ein Haar errötet wäre, machte Julio mit Miß Page bekannt. Sie nickte grüßend mit dem Kopf, sagte aber nichts, um Matt und den Net Force Explorern die gesamte kostbare Konferenzzeit zu lassen, wie der Vertreter des Außenministeriums es gefordert hatte.

»Du fehlst uns, Julio«, sagte Matt.

»Ihr fehlt mir auch«, antwortete Julio. »Aber sobald mein Vater zum Präsidenten gewählt wurde, bekommen wir hier in Adello ein paar virtuelle Geräte, und dann können wir alle wieder zusammen spielen.«

»Hast du zur Zeit keine Möglichkeit, in die virtuelle Realität einzusteigen?« fragte Megan O'Malley aus der zweiten Reihe.

Julio grinste. »Hi, Megan«, sagte er. »Ich hab' dich da hinten gar nicht gesehen ...«

»Genau«, fiel Mark Gridley ein. »Wie lebt es sich ohne die virtuelle Realität?«

Julio schüttelte den Kopf. »Es ist hart, das kann ich dir sagen. Mir fehlen die Flugsimulatoren.«

»Du verpaßt den Wettbewerb ›Hundert Jahre militärische Luftfahrt‹«, fuhr Mark fort. »Wir könnten dich dabei gut gebrauchen ...«

»Ich wette, ihr kommt auch ohne mich zurecht«, antwortete Julio bescheiden. »Sogar du, Zwerg!«

Mark grinste. »Ich hab' gestern eine Messerschmitt runtergeholt«, verkündete er stolz.

»Gut gemacht!« lobte Julio begeistert.

»Wir kämpfen und brüllen dabei deinen Rufnamen, Julio«, sagte Matt mit neutraler Stimme. »Vor deinem Umzug wußten wir immer, wen wir rufen konnten, wenn wir in echten Schwierigkeiten steckten.«

»Keine Sorge«, sagte Julio und drehte sich mit dem Rücken zur Videokamera, so daß die Net Force Explorer die Leuchtschrift auf seiner Jacke lesen konnten. »Das Top-As wird bald wieder fliegen.«

In diesem Moment erstarrte Matt zu Eis. Auch Mark neben ihm stockte der Atem, aber der Zwerg beherrschte sich. Matt tat es ihm gleich, auch wenn es ihm schwerfiel.

Plötzlich lehnte sich Carrie Page auf ihrem Stuhl nach vorn. »Ist das dein Rufname?« fragte sie gelassen. »Top-As?«

Das Bild auf der Leinwand nickte. »Ja, das bin ich!« sagte es.

Für Matt war das Bild jetzt nur noch ein *es* – ebenso wie die anderen Net Force Explorer wußte er jetzt, daß die Übertragung manipuliert war. Das Bild auf der Leinwand war nicht ihr Freund. Julios Rufname lautete *Jefe,* nicht ›Top-As‹. Derjenige, der den Schwindel inszeniert hatte, hatte einen Fehler begangen und sich von dem Schriftzug auf Julios Jacke irritieren lassen.

Wer immer das sein mochte, mit dem sie da sprachen – ihr Freund Julio Cortez war es mit Sicherheit nicht …

Zehntes Kapitel

Mateo Cortez wurde, unmittelbar nachdem die Farce der Videokonferenz mit der nordamerikanischen Presse beendet war, zu dem Gebäudekomplex im Dschungel gerufen. Der Zeitpunkt war ungünstig. Mateo hatte in Adello so viel zu tun, daß er es sich eigentlich nicht leisten konnte, seine Zeit für die Fahrt zu verschwenden. Es war ihm ein Rätsel, warum sein Herr ihn schon so bald wieder zu sehen wünschte.

Aber Mateo Cortez war dahingehend konditioniert worden, keine Fragen zu stellen, sondern einfach zu gehorchen. Wenn man ihn rief, kam er.

Zur Vorsicht nahm Mateo wieder den uralten, verbeulten Jeep statt des moderneren und bequemeren Militärfahrzeugs. Und diesmal fuhr er selbst. Für sein Gefühl wußten bereits zu viele Soldaten in der Hauptstadt über diesen Ort Bescheid. Er hielt es für unklug, durch zuviel Aktivität Aufmerksamkeit auf die Einrichtung zu lenken.

Überall waren Spione, und die *Yanquis* verfügten über äußerst wirkungsvolle Satelliten. Aber um sie richtig einsetzen zu können, mußten die *Norteamericanos* erst einmal halbwegs wissen, wonach sie suchten.

Mateo bezweifelte, daß sie auch nur die geringste Ahnung hatten.

Nachdem er entsprechende Vorsichtsmaßnahmen getroffen hatte, war es für Mateo beinahe ein Schock, als er auf der holprigen Dschungelstraße um die Ecke bog und einen großen, modernen Transportlastwagen vor dem Betonbunker parken sah. Noch erstaunter war er allerdings, als er eine Gruppe von Technikern bemerkte, die einige hochmoderne Computer aus Kisten auspackten und sie in den geöffneten Frachtaufzug luden.

Die meisten der Männer in den weißen Laborkitteln waren Asiaten. Die Asiatischen Freibeuter gewannen zunehmend an Einfluß auf Corteguay. Bald würden sie ebenso viel Ärger verursachen wie die Amerikaner, orakelte Mateo.

Als er sich dem Tor näherte, winkten ihn die wachhabenden Soldaten – Exilkubaner, wie er wußte – durch, ohne seinen Ausweis zu prüfen. Ebensowenig überprüften sie, ob sich auf dem Rücksitz oder im Kofferraum ausländische Agenten verborgen hielten.

Nachlässig, dachte Mateo und schüttelte verärgert den Kopf. Verdammt nachlässig.

Die Wachen machten einen fertigen und abgestumpften Eindruck – Mateo schloß daraus, daß dieser Lastwagen nicht der erste war in den letzten Tagen. Der Gedanke beunruhigte ihn. Er fluchte, als er seinen Jeep parkte und dabei die Reifenspuren mehrerer Lastwagen im zerdrückten Gras bemerkte.

Wenigstens wurde er von dem Kubaner, der ihn in den Bunker einließ, gründlich durchsucht und auf seine Identität geprüft. Außerdem durfte er erst in den Aufzug steigen und abwärts fahren, nachdem er das Ergebnis des Netzhautabtasters abgewartet hatte.

Als die Tür des Aufzugs im tief unter der Erde liegenden Trakt des Bunkers aufglitt, erwartete Mateo eine weitere Überraschung. Der einst so geräumige Tunnel, der durch Auspumpen eines unterirdischen Flusses entstanden war, war nun vollgestopft mit glänzenden neuen Computern, die zu einem Netzwerk verbunden waren.

Die sieben Tische, auf denen die verkabelten Gefangenen lagen, standen immer noch an ihrem Platz. Doch auf der gegenüberliegenden Seite der Höhle hatte man eine völlig neue Kontrollstation errichtet.

Von der verlotterten Frau, die die Gefangenen versorgte, war keine Spur zu sehen. Aber wie Mateo feststellen konnte, waren die Geiseln gewaschen worden und hatten frische Laken und Decken bekommen. In der Nähe der neuen Kontrollstation lungerten zwei Männer herum. Neugierig ging Mateo zu ihnen hinüber.

Einen der Männer erkannte er sofort. Sein Name war Sato. Seine Tätowierungen – und ein fehlender kleiner Finger an der linken Hand – wiesen den Japaner als Yakuza aus. Der Akte nach, die man Mateo zu lesen gegeben hatte, war Sato ein Verbrecher aus Osaka, ein bezahlter Killer, der seine Opfer über das Netz erledigte – so unwahrscheinlich das auch klang.

So erzählte man sich zumindest.

Der Kleidung nach war der andere Mann wahrscheinlich Kubaner, aber Mateo kannte ihn nicht. Gegen den Hauptrechner gelehnt, redete der Mann mit gelangweiltem Gesichtsausdruck lakonisch auf Sato ein. Als der Gelangweilte den Kopf drehte, konnte Mateo erkennen, daß er ein Drex-Dream-Süchtiger und an ein Injektionssystem angeschlossen war, das die Droge direkt in seine Großhirnrinde spritzte. Der Behälter aus Metall und Lexan, der an seiner Schädeldecke befestigt war, glitzerte im künstlichen Licht.

Mateo schauderte.

Irgendwann am Anfang des Jahrhunderts, als sich Geschäft und Vergnügen dieser Welt immer mehr im Netz abzuspielen begannen, hatten einige medizinische Forscher eine Supergelegenheit gewittert, Profit zu machen. Computer dachten schneller als Menschen, und im Jahre 2010 wurde das Netz nur noch vom schwächsten Glied der Kette – den menschlichen Benutzern – gebremst. Die Forscher hofften, die Bill Gates des neuen Jahrhunderts zu werden, wenn sie eine Droge erfinden und patentieren lassen würden, die die geistige Aktivität ohne körperliche Nebenwirkungen beschleunigte.

Geschäftsleute, Händler, Menschen, die professionell oder hobbymäßig Spiele im Netz spielten – eigentlich jeder, der das Netz regelmäßig nutzte – waren bereit, jede Summe für eine Droge zu bezahlen, die ihnen einen Wettbewerbsvorteil einbrachte.

Drex-Dream war das Ergebnis dieser Forschungsarbeit. Im Gegensatz zu den meisten anderen Drogen, die eine Wirkung auf die Fähigkeit des Gehirns, Informationen zu verarbeiten, hatten, führte Drex-Dream zu einer drastischen Verbesserung der neuralen Übertragungsgeschwindigkeit, des Begriffsvermögens, der Konzentrationsfähigkeit und des Gedächtnisses. Und alles, ohne die Herzfrequenz und den Blutdruck zu beeinträchtigen oder irgendeine andere negative Nebenwirkung aufzuweisen.

Eines der ersten der in kleinem Rahmen mit Menschen durchgeführten Experimente war vielversprechend angelaufen. Dann endete das Experiment. Zwei der freiwilligen Testpersonen starben bei dem Versuch, in das Labor einzudringen – sie wollten an die Droge kommen. Drei weitere wurden verrückt. Alle Testpersonen litten mehr oder weniger stark unter Entzugserscheinungen. Die meisten waren ohne eine kontinuierliche Versorgung mit Drex-Dream nicht mehr in der Lage, in der realen Welt zu funktionieren. Daher verweigerte das amerikanische Gesundheitsministerium die Zulassung der Droge, so daß die Forscher sich anderen Dingen zuwandten. Doch einer der Hersteller von Drex-Dream beschloß, reich zu werden. Er ging mit der Droge in den Untergrund.

Das Drex-Dream-Experiment war mit kontrollierten, klinischen Dosierungen durchgeführt worden. Als Drex-Dream von einigen handverlesenen kriminellen Drogenhändlern auf der Straße verkauft wurde, waren diese Dosierungsgrenzen nicht mehr gültig. Diejenigen, die Drex-Dream in der illegal gehandelten Dosis nahmen, sprachen von einem unbeschreiblichen Rausch. Aber schon nach einer Dosis waren sie der Droge rettungslos verfallen.

Die meisten Drex-Dream-Abhängigen starben schnell an ihrer Abhängigkeit. Während des Rausches nahmen sie sich nicht die Zeit, zu essen, zu trinken oder zu schlafen. Sie verhungerten oder verdursteten, häufig in unmittelbarer Reichweite von den Dingen, die sie hätten retten können.

Wie Mateo bemerkte, hatte der süchtige Kubaner eine Zeituhr an seiner Injektionsspritze, eine digitale Uhr mit rot blinkenden Zahlen, durch die die Droge automatisch in bestimmter Menge und zu vorgegebenen Zeiten eingegeben wurde. Das war eine Möglichkeit, wie die Drex-Dream-Abhängigen ihre Sucht kontrollieren konnten, aber es war nur eine vorübergehende Lösung. Irgendwann, wahrscheinlich in nicht allzu ferner Zukunft, würde der Kubaner der Versuchung erliegen und die Droge unkontrolliert fließen lassen. Unter Drogeneinfluß würde er im Netz übermenschlich flink sein, und seine Gedanken und seine Reaktionszeit wären übermenschlich schnell. Einige Wochen später würde er an selbst herbeigeführter Austrocknung oder Hunger sterben.

»Wie ich sehe, haben Sie Ihre neuen Verbündeten bereits kennengelernt«, ertönte die Stimme seines Herrn hinter Mateo. Er fuhr herum.

Der Mann, der ihn beherrschte, lächelte ihn an. »Wie war die Konferenz?« fragte er.

»Auf den holographischen Ramon sind sie alle hereingefallen, sogar diese Frau, die Hanratty«, berichtete Mateo. »Bei der Holographie von Julio ... bin ich mir nicht so sicher.«

»Sie meinen, diese *Teenager* haben unsere Täuschung durchschaut?« fragte sein Herr ungläubig.

Mateo hielt einen Augenblick inne, bevor er antwortete. »Ich … ich glaube, sie hatten ihre Zweifel«, antwortete er schließlich. »Aber nichts Konkretes und keine Beweise. Dafür waren wir zu gründlich.«

»Das überrascht mich nicht.«

Mateo hatte seinen Blick wieder auf die beiden Fremden gerichtet. Er fürchtete sich davor, über ihre Funktion nachzudenken, war andererseits aber zu eingeschüchtert, um zu fragen. Er schaute seinen Herrn wieder an. Dieser lächelte, und das machte Mateo nervös.

»Ich habe Ihnen bei Ihrem letzten Besuch schon gesagt, daß ich Julio verdächtige, entkommen zu sein«, sagte der Mann. »Glücklicherweise hat das automatische Sicherheitsprogramm sein Gehirn außer Kraft gesetzt. Doch leider konnte das Programm keine Auskunft darüber geben, wohin er gegangen ist oder wie er hinauskam.« Sein Herr blickte Mateo durchdringend an. »Wohin, glauben Sie, ist Ihr Neffe geflohen, Mateo?« fragte er.

Der Jüngere blinzelte und zuckte mit den Schultern. »Ich bin mir nicht sicher. Zu den Computern des Außenministeriums möglicherweise. Zu den Medien. Vielleicht sogar zu Net Force oder dem FBI.«

»Ich denke, er wollte diese Teenager aufsuchen«, überlegte sein Herr. »Seine Freunde von den Net Force Explorern.«

»Dann war die Konferenz möglicherweise ein Fehler«, sagte Mateo. »Vielleicht haben diese Kinder jetzt Verdacht geschöpft …«

»Das hatten sie vorher schon«, antwortete der andere. »Ihr Neffe Julio hat mit ihnen Verbindung aufgenommen, da bin ich mir ganz sicher.«

Mateo blickte wieder auf die beiden Fremden.

Der Japaner starrte weiterhin ausdruckslos ins Leere, von seiner Umwelt nahm er keine Notiz. Der andere Mann stützte sich auf das Rechnergehäuse und betrachtete eingehend etwas, was nur er sehen konnte.

»Sind diese Mörder deshalb hier?« fragte Mateo.

Sein Herr hob die Hand und tätschelte Mateo die Schulter, als wäre er ein besonders intelligenter Hund. »Wie ich es Ihnen beim letztenmal versprochen habe«, sagte er und zeigte auf die beiden Fremden. »Diese Männer sind hier, um sich um Julios Verbündete in der Außenwelt zu kümmern.« Wieder lächelte der Herr. Es war das Grinsen eines grausamen Raubtiers. »Virtuelle Mörder«, flüsterte er sanft. »Die besten, die unsere Sponsoren für Geld kaufen konnten.«

Der Mann, der an das Drex-Dream-Injektionsgerät angeschlossen war, stöhnte plötzlich auf, dann begann er zu kichern, als wäre er irrsinnig.

Nach der Konferenz blieben die Net Force Explorer noch lange in der Lounge und diskutierten unermüdlich, wie sie weiter vorgehen wollten. Ihre Versuche, den Erwachsenen zu erzählen, daß irgend etwas total faul war, wurden von niemandem ernstgenommen. Nur Jay Gridley hatte versprochen, der Sache nachzugehen, wobei er allerdings keine konkreten Schritte in Aussicht stellte. Besonders abweisend hatten die Vertreter des Außenministeriums reagiert. Einer ging sogar soweit, den Net Force Explorern vorzuwerfen, aus der Aufmerksamkeit, die die Medien Julio und seiner Familie schenkten, Kapital schlagen zu wollen. Für sie stand eindeutig fest, daß nur die Explorer und sonst niemand davon überzeugt waren, daß ihr Freund in Schwierigkeiten steckte. Damit irgend etwas unternommen werden konnte, müßten sie stichhaltige Beweise und genügend Informationen bringen, um Julio zu retten. Doch jeder hatte eine andere Vorstellung davon, wie sie am besten an diese herankamen.

Während sie diskutierten, schaltete Megan O'Malley ab und versank in tiefe Gedanken.

Wo wurde Julio festgehalten? Wie könnte er befreit wer-

den? Was würde nach den Wahlen auf Corteguay passieren? Was würde sich ändern, wenn Ramon Cortez verlor, was, wenn er gewann?

Das waren nur einige Fragen, die Megan durch den Kopf gingen, während sie den anderen mit einem Ohr zuhörte.

Obwohl sie in den ersten Stunden ihrer improvisierten Zusammenkunft mögliche Pläne durchdiskutiert hatten, stand eine Entscheidung über konkrete weitere Schritte noch aus.

Als wären sie schon auf Julios Trauerfeier, begannen Matt und Mark kurz darauf, über die Freundschaft, die sie mit ihm verband, zu sprechen und über seine Leidenschaft für Flugsimulatoren. Schließlich konzentrierte sich die Unterhaltung auf den Wettkampf im Rahmen ›Hundert Jahre militärische Luftfahrt‹, bei dem Julio ein Jahr zuvor zweiter geworden war. Erst bei dieser Gelegenheit erfuhr Megan, daß Julio damals als einziger Net Force Explorer teilgenommen hatte. In diesem Jahr war das anders, dank Julios Vorreiterrolle. Matt wünschte, er hätte mit seinem Freund zusammen teilnehmen können, aber da er im letzten Sommer mit seiner Familie verreist war, war ihm das nicht möglich gewesen.

Mark ›der Zwerg‹ Gridley wäre auch gern mit von der Partie gewesen, aber er hatte das Mindestalter noch nicht erreicht.

»War Dieter Rosengarten letztes Mal auch dabei?« fragte Andy Moore.

»Glaub' ich nicht«, sagte Matt und schüttelte den Kopf. »Aber ein Russe namens Sergej hat allen das Leben schwergemacht. Er war fast so gut wie Pawel Iwanowitsch, der Sieger!« Matt lachte vor sich hin. »Sergej war zwar gut, aber längst nicht so gut wie Julio«, erinnerte er sich. »Fast am Ende des Wettbewerbs, im Bosnien-Szenario, vermasselte Julio Sergejs ausgezeichneten Punktestand, indem er ihn abschoß. Der einzige, der dann noch die volle Punktzahl hatte, war Iwanowitsch, also hatte Julio Sergej um die Top-As-Trophäe gebracht. Iwanowitsch wurde erster. Julio und Sergej hatten jeweils einen Verlustpunkt, aber da Julio Sergej abgeschossen hatte und nicht umgekehrt, wurde er zweiter, Sergej dritter.«

Megan grinste. »Ich wette, Julio hat auch den Japanern in Pearl Harbor ganz schön zugesetzt«, schaltete sie sich wieder in die Unterhaltung ein.

Matt schüttelte den Kopf. »In der Pearl-Harbor-Simulation ist er letztes Jahr nicht angetreten«, erklärte er. »In der Schlacht von Großbritannien übrigens auch nicht.«

Plötzlich machte es klick in Megans Kopf. Abrupt richtete sie sich auf. »Bei welchen Simulationsprogrammen war er letztes Jahr dabei?« fragte sie. »Wie viele verschiedene Simulationen hat er ausprobiert?«

Matt kannte den Ausdruck in Megans Gesicht. Sie wollte auf irgend etwas hinaus. Deshalb überlegte er sich seine Antworten sorgfältig. »In den ersten Runden trat er in fünf Szenarien an«, sagte er. »Zunächst ›Roter Baron‹, dann ›Schlacht um Midway‹, ›Luftkrieg in Europa‹, ›Bosnienkrise von 2007‹ und ›Südafrika 2010‹.«

»Und diesmal tauchte Julio im ›Roten Baron‹ und der ›Schlacht um Midway‹ auf …«, dachte Megan laut.

Matts Augen weiteten sich.

»Und *nicht* in Pearl Harbor oder der ›Schlacht von Großbritannien‹!« rief er aus. »Meinst du damit …«

»Ich meine, daß Julio nur in den Simulationsprogrammen auftaucht, die er schon ausprobiert hat!« erklärte Megan. »Deshalb haben wir ihn neulich nicht zu Gesicht bekommen … Die ›Schlacht von Großbritannien‹ kannte er nicht.«

»Das ist es!« rief Mark Gridley. »Das muß der Grund sein. Denkt mal nach. Ihr wißt doch, wie es ist, wenn man ein virtuelles Programm zum erstenmal ausprobiert, es ist wie alles, womit man noch keine Erfahrung hat. Man macht Fehler, nutzt nicht alle vorhandenen Möglichkeiten, manchmal fliegt man sogar aus dem Programm, weil man irgendwas Dummes gemacht hat – man braucht immer eine Weile, bis man damit vertraut ist ...«

»Aber sobald man den Dreh raus hat, wird es immer leichter, bis es einem in Fleisch und Blut übergeht«, beendete David Gray den Gedankengang. »Julio hat schon genug, womit er fertig werden muß, deshalb vermeidet er es, sich diesen Streß zusätzlich aufzuladen. Das muß es sein. Soviel Zufall kann es gar nicht geben.«

Plötzlich verzog Matt das Gesicht. Megan fiel das sofort auf. »Was ist los?« fragte sie.

»Für den ›Luftkrieg in Europa‹ sind wir nicht aufgestellt worden«, sagte Matt. »Wir müssen als nächstes in ›MIG Alley‹ antreten, einer Simulation des Koreakrieges.«

»Was ist mit den beiden anderen Simulationen, an denen Julio in den ersten Runden teilnahm?« fragte Andy. »Bosnien und der Nord-/Südafrikanische Krieg?«

Matt nickte. »Bei der Bosnien-Simulation sind wir dabei. Und alle Teilnehmer müssen die afrikanischen Kriege mitmachen«, erklärte er. »Bei dem Afrikakrieg sind die modernsten High-Tech-Nahkampfjäger dabei, Maschinen wie die Joint Strike Fighters.«

»Gut, dann müssen wir einen Weg finden, in die Simulation des Luftkriegs in Europa zu kommen«, sagte Megan.

Aber Matt schüttelte den Kopf. »Geht nicht«, sagte er. »Die Gegner im Wettkampf wurden im voraus festgelegt. Wir *müssen* in der Simulation des Koreakrieges antreten, sonst werden wir disqualifiziert – was bedeutet, daß wir überhaupt keinen Zugang mehr zu den Simulationsprogrammen haben.« Matt zuckte die Schultern. »Es gibt keine Änderungen, es sei denn, sie werden vom Personal des Instituts vorgenommen. Wir können da jedenfalls nichts machen.«

»Aber was ist, wenn irgendwas Seltsames passiert?« fragte Mark mit einem teuflischen Grinsen. »Irgendwas, das seltsam genug ist, um die Simulation des Koreakrieges so durcheinander zu bringen, daß wir sie nicht benutzen können?«

Andy Moore schaute den Zwerg an. »Hast du den Mut, so ein Ding zu drehen?« fragte er.

»Nein«, erwiderte Mark. »Bin ja nicht blöd. Und du hast doch gehört, was mein Vater gesagt hat.«

Andy nickte.

»Aber ich kenne jemanden, der die notwendigen Voraussetzungen hat – und noch mehr«, erklärte Mark. »Und wenn wir sie richtig nett darum bitten, macht sie vielleicht sogar mit.«

Während Mark Joanna Winthrop von den Schlußfolgerungen der Net Force Explorer berichtete, stand für ihn fest, daß sie ihre Sorgen ernst nahm. Sie gab sogar zu, daß sie ihre Begründungen für überzeugend hielt, in Anbetracht aller Unbekannten und Variablen, die in Julios merkwürdigem Fall eine Rolle spielten.

Nachdem die Net Force Explorer Joanna ihre Gründe erklärt hatten, ließ Mark Gridley die Katze aus dem Sack – oder besser: Er ließ die Bombe platzen. »Wir haben uns gefragt«, sagte er in seiner unschuldigsten und gewinnendsten Art, »ob wir vielleicht eine Möglichkeit finden könnten, das Simulationsprogramm des Koreakrieges zum Absturz zu bringen.«

»Genau«, schaltete sich Matt Hunter ein. »Nichts allzu Dramatisches. Nur so, daß das Programm ein oder zwei Tage ausfällt …«

»Dann würden wir wahrscheinlich für die Simulation

›Luftkrieg in Europa‹ eingeteilt werden«, fügte David Gray hinzu.

»Und ich bin sicher, daß wir Julio dort finden werden«, beendete Megan den Gedankengang.

Joanna musterte die eifrigen Gesichter und begriff, daß sie überstimmt und überlistet worden war. »Das gefällt mir nicht«, sagte sie. »Das gefällt mir überhaupt nicht ...«

»Bitte«, bettelte Mark. »Bittebittebitte ...«

Er war so komisch dabei, daß Joanna Winthrop in Gelächter ausbrach, ebenso wie die anderen Net Force Explorer. Mark spielte mit Absicht den Clown. Hatte er Joanna erst einmal zum Lachen gebracht, dann war sie leicht herumzubekommen.

»Na schön, aber ich weigere mich, irgendeinen dauerhaften Schaden anzurichten«, erklärte sie schließlich. »Und ihr müßt mir helfen!«

»Sagen Sie einfach Bescheid«, sagte Matt. »Jeder von uns ist bereit zu helfen.«

»Ich brauche nur einen von euch«, erwiderte Joanna.

»Wen denn?« fragte Mark neugierig.

»Dich, Mark«, antwortete Joanna. »Sag mir alles, was du über das System weißt. Und dann möchte ich, daß du mir bei der Entwicklung eines relativ harmlosen Computervirus hilfst. Irgendein Programm mit eingebauter Zeitschaltuhr, so daß nach einer bestimmten Zeit alles wieder in den Normalzustand zurückkehrt. Wenn ich den Simulator knacken soll, brauche ich zuerst alle verfügbaren Informationen, und am Schluß möchte ich ihn wieder intakt hinterlassen.«

Mark Gridley schluckte zwar, aber er nickte.

Mark hielt inne und wartete gespannt auf Joanna Winthrops Reaktion. Er hatte ihr gerade erklärt, wie er den Virus entwickelt hatte und was dieser mit den Flugsimulatoren anstellen würde. Daß er die ganze Nacht durchgearbeitet hatte, um die Cyberkrankheit auszutüfteln, und daß es die bislang schwierigste Aufgabe in seinem Leben gewesen war, hatte er ihr aber nicht erzählt.

»Dich möchte ich in einem Cyberkrieg nicht zum Gegner haben«, sagte Joanna nach einer Weile.

Ihre einfache Bemerkung ließ Mark vor Stolz strahlen. Ein größeres Kompliment war von Joanna nicht zu bekommen, und Mark sonnte sich in ihrer Anerkennung.

»Bist du bereit, den Virus ins System einzubringen?« fragte sie.

Mark nickte.

Sie gab dem Computer einen leisen verbalen Befehl. Mitten im virtuellen System erschien ein Symbol, das Bild einer Injektionsspritze. Mark und Joanna schauten zu, wie die ›Spritze‹ das Virusprogramm aufzog, bis sie rot war. Das bedeutete, daß der gesamte Virus in das System heruntergeladen war.

Vor ihren Augen blinkte das Wort ›AKTIV‹.

»Nun müssen wir nur noch den Firewall des Instituts umgehen«, erklärte Joanna. »Damit habe ich mich heute früh schon beschäftigt.«

Mark stellte fest, daß sie eine Hintertür gefunden hatte, die von dem ursprünglichen Entwickler des Systems eingebaut worden war. Sie gab die Namen der Kinder und Haustiere des Mannes in einer bestimmten Reihenfolge ein – erstaunlich, was man mit ein bißchen Recherchieren herausfinden konnte –, und die Schutzvorrichtung brach vor ihren Augen zusammen. Fast unmittelbar danach wurde die Menüseite der Simulatoren des Instituts aufgerufen. Jede Simulation war ein separates Softwareprogramm, was den beiden ihre nächste Aufgabe erheblich erleichterte.

Da Joanna befürchtete, daß man ihren Aktivitäten womöglich auf die Spur kam, lud sie rasch die Simulation des Koreakrieges und öffnete sie. Dann zielte sie mit dem Spritzensymbol mitten ins Zentrum des Flugsimulatorprogramms. »Es wird kein dauerhafter Schaden entstehen, oder?« fragte sie.

Mark schüttelte den Kopf. »Der Virus zerstört sich in weniger als vierundzwanzig Stunden selbst«, entgegnete er stolz. »Mein Dad hat ihn überprüft und für gut befunden.«

»Wie die Vierundzwanzig-Stunden-Grippe.« Joanna lachte. Mark nickte. »Also, schießen wir los!« sagte Joanna. Sie sah ihm in die Augen. »Probier das zu Hause nicht aus, es sei denn, dein Dad ist dabei, verstanden?« warnte sie ihn.

Der Junge nickte. Nur zu gut war ihm der Gesichtsausdruck seines Vaters in Erinnerung, als er herausbekam, was sein Sohn kürzlich angestellt hatte.

Joanna führte die Spitze der Nadel in die Simulation ein und injizierte den Virus in die Software. Dann beendete sie das Programm und begann, das Verzeichnis des Simulationscomputers zu durchsuchen.

»Was machen Sie da, Joanna?« fragte Mark.

»Nur ein paar kleine Fallen legen. Wir wollen doch nicht, daß sie eine funktionierende Version dieser Simulation aus den gesicherten Datenskripts laden können, oder?« Mit einem Lächeln im Gesicht, das dem einer Katze glich, die sich in ein Vogelhaus verirrt hatte, widmete sie sich wieder ihrer Arbeit.

Als die Net Force Explorer am nächsten Morgen im Unterrichtsraum des Instituts erschienen, wurden sie von einem düster dreinblickenden Dr. Lanier begrüßt.

»Es tut mir außerordentlich leid«, sagte er mit aufrichtigem Bedauern. »Aber wir haben ein neues Problem. Diesmal in der Simulation des Koreakrieges.«

»O nein«, sagte Andy Moore mit überraschend aufrichtiger Enttäuschung in der Stimme. »Sie meinen, wir können sie nicht benutzen?«

Dr. Lanier nickte. »Leider nicht«, sagte er. »Wir stehen vor einem echten Problem, an dessen Lösung wir bereits arbeiten. Der Hersteller lädt heute abend eine neue Version der Software herunter«, fuhr der Seminarleiter fort. »Aber ich glaube, ich habe eine Lösung gefunden, die bis dahin genügen wird.«

Dr. Lanier drückte auf eine Taste an seinem Podium, und das Licht wurde schwächer. Ein riesiges Panoramahologramm einer Formation von viermotorigen Bombern, mit Begleitschutz im Schlepptau, füllte den Raum über ihnen. »Ich glaube, unsere Ersatzsimulation wird euch gefallen«, sagte er hoffnungsvoll. »Es geht um die kühnen Bombenangriffe auf Nazi-Deutschland ...«

Elftes Kapitel

»1943 begann die in England stationierte Eigth Air Force der Vereinigten Staaten, mutige und schwere Bombenangriffe bei Tag auf Deutschland zu fliegen.« Dr. Lanier hielt den Net Force Explorern aus dem Stegreif einen Vortrag, ohne ein Lehrprogramm aus dem Netz zur Verfügung zu haben.

Statt dessen wurden an der Wand hinter ihm erschütternde Bilder dramatisch zum Leben erweckt. Schwarzweißaufnahmen von riesigen, viermotorigen, propellerbetriebenen B-17-Flying-Fortress-Bombern, die, buchstäblich zu Hunderten, in Formation über europäischem Boden flogen.

»Tausende von Flugzeugen, sowohl schwere Bomber als auch ihr Begleitschutz, flogen jeden Tag Einsätze, sofern das Wetter es zuließ. Und bei jedem Einsatz warfen sie tonnenweise Spreng- und Brandbomben auf deutsche Fabriken, Militäreinrichtungen, Bahnschienen und deutsche Klein- und Großstädte ab«, fuhr Dr. Lanier fort. »Bomber wie die B-17 Flying Fortress und die B-24 Liberator flogen über feindliches Gebiet. Häufig waren sie an der Grenze ihrer Belastbarkeit. Sie wurden mit feindlichem Flakfeuer und Schwärmen von Feindflugzeugen konfrontiert.«

Der Flachbildschirm zeigte eine B-17 mit brennenden Tragflächen, die schließlich auseinanderbrach und vom Himmel stürzte.

Weitere Aufnahmen folgten. Von deutschen Jagdflugzeugen, die, aus dem Nichts auftauchend, amerikanische Flugzeuge unter Beschuß nahmen. Von explodierenden amerikanischen Bombern. Von zerschossenen Flugzeugen, die ausbrannten, die meisten, ohne daß sich Fallschirme aus ihrem zerstörten Inneren entfalteten.

Eine andere Aufnahme einer B-24, die mit brennender Kanzel außer Kontrolle geriet, veranschaulichte drastisch die Gefahren, denen die Männer, die beim Army Air Corps dienten, ausgesetzt waren. Dieser Name war auf die Zeit zurückzuführen, bevor ein separater Zweig dieser Truppengattung unter der Bezeichnung United States Air Force dauerhaft eingerichtet wurde.

»Die Verluste bei den Flugzeugbesatzungen gingen in astronomische Höhen«, sagte Dr. Lanier düster. »Jedes Kampfflugzeug, das über feindlichem Gebiet abstürzte, bedeutete zehn gefallene oder in Kriegsgefangenschaft geratene Männer.«

Es folgten Aufnahmen von alliierten Gefangenen hinter Stacheldrahtzäunen und ein erschütterndes Bild von einem Besatzungsmitglied eines Bombers, das neben den zertrümmerten Überresten seiner B-17 lag.

»Umfassende Angriffe auf spezielle Ziele – die vom alliierten Militärkommando als ›Big Weeks‹ bezeichnet wurden – konnten zu einem Verlust von über hundert Flugzeugen in einem Zeitraum von fünf bis sieben Tagen führen.« Dr. Lanier legte eine Pause ein. »Das sind über tausend tote oder gefangene Soldaten«, sagte er ruhig.

Megan rutschte unruhig auf ihrem Stuhl herum, während sie die Aufnahmen betrachtete und Dr. Lanier zuhörte. Obwohl sie oft davon träumte, ähnliche Einsätze in großem Rahmen zu planen, hatte sie selten den Verlust an Menschenleben mit einkalkuliert, den solche gigantischen Unternehmen kosteten. Doch nun wurde sie abrupt daran erinnert, daß es Männer und Frauen aus Fleisch und Blut waren – nicht Zahlen auf einem Einsatzplan –, die diese Pläne tatsächlich ausführten. Wenn sie ihre beruflichen Träume je verwirklichen würde, würden viele von denen, die sie in die Gefahr hinausschickte, verletzt zurückkehren – andere würden überhaupt nicht wiederkommen.

»Über eine halbe Million US-Flieger dienten im Zweiten Weltkrieg in England«, teilte Lanier ihnen mit. »Viele dieser Männer kamen nie nach Hause zurück.«

Matt, Mark, Megan, David und sogar Andy Moore schwiegen betroffen bei einer Aufnahme von scheinbar endlosen Reihen weißer Kreuze – amerikanische Gräber auf einem französischen Feld. Weiteres erschütterndes Bildmaterial zog über den Flachbildschirm.

Beim Zuschauen dachte Matt an seine Mutter, die in seiner Kindheit die meiste Zeit von der Familie getrennt verbracht und Jagdbomber vom Deck eines Flugzeugträgers aus geflogen hatte. Matt und sein Vater hatten sie beide fürchterlich vermißt. Doch war das Opfer, das Marissa Hunter brachte, nur klein im Vergleich zu den Männern, die in der Mitte des vergangenen Jahrhunderts ihr Leben im Kampf gegen die Diktatur gaben, in einem der längsten und kostspieligsten Kriege in der Geschichte der Menschheit.

Matt wurde auch bewußt, daß seine Mutter, wie die Piloten im Zweiten Weltkrieg, jeden Tag mit dem sicheren Wissen lebte, daß auch sie einberufen werden konnte – und vielleicht nicht zurückkehren würde. Ein furchtbarer Gedanke. Matt drehte sich zu seinem Freund und Net Force Explorer Andy Moore um.

Andy lebt jeden Tag mit der Trauer, dachte er und versuchte, den Ausdruck auf dem Gesicht seines Freundes zu lesen, während dieser dem Vortrag zuhörte.

Tatsächlich war Andy Moore von den dramatischen Bildern tief berührt, aber er paßte auf, daß man es seinem Gesichtsausdruck nicht anmerken konnte. Er wollte nicht, daß die anderen ihn für schwach hielten.

Bis zu diesem Moment war das Seminar der ›Hundert Jahre militärische Luftfahrt‹ für ihn nur ein Spiel gewesen. Andy genoß den Wettkampf, aber der pädagogische Aspekt des Seminars war für ihn weit weniger interessant.

Doch der Anblick der entsetzlichen Bilder vom Himmel stürzender Flugzeuge und die Gewißheit, daß die Männer in diesen Maschinen den sicheren Tod vor Augen hatten – oder was manchmal viel schlimmer war, ein Leben in Kriegsgefangenschaft –, erinnerte Andy daran, daß es Männer aus Fleisch und Blut waren, die vor fünfundachtzig Jahren im Kampf gegen die Nationalsozialisten ihr Leben gegeben hatten.

Und an noch etwas wurde er durch die Filme erinnert: an das sehr reale Opfer, das sein Vater für sein Land erbracht hat. Andy wollte nicht darüber nachdenken. Es nützte schließlich nicht viel, sich darüber Gedanken zu machen, was hätte sein *können*.

Doch manchmal, wenn er Mark mit dessen Vater, Jay Gridley, sah oder Matt Hunter mit dessen Dad erlebte, empfand Andy den Verlust seines Vaters, den er kaum gekannt hatte, als sehr schmerzhaft.

Sein Vater, der sein Leben für seine Heimat geopfert hatte.

Es geschah während des unsicheren Waffenstillstandes nach dem Südafrikanischen Krieg von 2010 bis 2014. Eine Gruppe der US-Friedenstruppe wurde außerhalb von Mandalatown von Rebellen angegriffen, die ihr den Rückzug abschnitten. Rettungshubschrauber wurden entsandt, und ein junger Colonel namens Robert Moore überwachte die Evakuierung unter unerbittlichem feindlichem Beschuß. Dann erfuhr Colonel Moore, daß ein Zug der US-Ranger in der Falle saß und die Ranger umzingelt waren. Also führte er eine Gruppe von Soldaten in das Gebiet, um sie herauszuholen.

In einem mörderischen Kampf wurden die Ranger zwar gerettet, aber der Widerstand war so heftig, daß jemand zurückbleiben mußte, um den Rückzug zu decken.

Dieser Jemand war Colonel Robert Moore, Andys Vater. Er starb an jenem Tag auf dem blutigen Schlachtfeld in Afrika.

Der Tod seines Vaters hatte eine Leere in Andys Leben hinterlassen, die nichts füllen konnte. Alle sagen, daß mein Dad sich so um das Leben der anderen gesorgt hat, daß er sein eigenes Leben gegeben hat, um sie zu retten, dachte er traurig. Aber Mom und ich waren ihm wohl egal ... Warum ist er sonst dafür gestorben, einen Haufen Soldaten zu retten, die er noch nicht einmal kannte?

Wie kann ein Vater sich mehr um Fremde sorgen, als um die eigene Familie? fragte er sich.

Plötzlich bemerkte Andy, daß Matt Hunter ihn anschaute. Er schob seine Gedanken rasch beiseite, bevor sich Schmerz und Trauer auf seinem Gesicht widerspiegeln konnten.

Mühsam lenkte Andy seine Aufmerksamkeit wieder auf Dr. Laniers Unterricht.

»1943 hatte sich der Kriegsverlauf in Europa gewendet, und die alliierten Jäger und Bomber flogen nicht mehr allein gegen die feindlichen Maschinen«, sagte Dr. Lanier. »Sie hatten ihre ›kleinen Freunde‹, die ihnen halfen ...«

Auf dem Flachbildschirm sauste ein einmotoriges Kampfflugzeug, aus allen Rohren feuernd, vorbei. Die Bilder wechselten jetzt schneller. Von auf den Flügeln angebrachten Kameras geschossene Aufnahmen huschten in dramatischer Stille über den riesigen Monitor: deutsche Flugzeuge, die vom Himmel geholt wurden. Der Pilot wurde manchmal in der allerletzten Sekunde aus der Kanzel geschleudert.

»Das erste Jagdflugzeug, das auf der europäischen Bühne erschien, war die P-47 Thunderbolt«, sagte Lanier, während der Bildschirm ein kurzes, stumpfnasiges

Flugzeug mit einer Vierblattluftschraube zeigte. »Die Thunderbolt war zwar robust und effizient, ihre Reichweite aber aufgrund des Treibstoffverbrauchs begrenzt. Deshalb konnten die Jäger die Bomber nicht bis zum Ziel begleiten. Denkt daran«, erinnerte Dr. Lanier die Anwesenden, »das war vor der Zeit der Luftbetankung ...«

Wieder ein Bildwechsel, und Matt, David und Andy erkannten sofort den polierten, gepflegten Silbervogel auf dem Schirm.

»Die P-51 Mustang veränderte den Verlauf des Krieges«, erklärte Lanier. »Aufgrund ihrer großen, an den Tragflächen angebrachten Treibstofftanks und den Zusatztanks im Rumpfbug konnte die P-51 von Großbritannien nach Polen fliegen. Diese Reichweite entsprach in etwa der der Bomber, für die sie Begleitschutz flog.«

Eine neue Aufnahme erschien auf dem Schirm – ein riesiges Geschwader von Flugzeugen. Alle trugen schwarze Kreuze auf den Tragflächen und Hakenkreuze am Heck.

»Das Deutsche Reich tat, trotz der überwältigenden gegnerischen Übermacht, alles, um sich gegen die Bedrohung des Bombardements rund um die Uhr durch die Alliierten zur Wehr zu setzen. Nachts attackierten die Briten das Deutsche Reich, tagsüber warfen die Amerikaner ihre Bomben ab.«

Auf dem Bildschirm war nun ein schnittiger, deutscher Jäger zu sehen. »Als die Focke-Wulf FW 190 Würger 1941 eingeführt wurde, hätte sich der Verlauf des Krieges beinahe wieder geändert. Sie war ebenso schnell und wendig wie die Mustang, hatte aber eine schwächere Bewaffnung. Als die Focke-Wulf nicht den gewünschten Erfolg brachte und die Flut von amerikanischen und britischen Kampfflugzeugen nicht eindämmte, wurden extremere Bauarten zum Einsatz gebracht. Allerdings völlig ohne Erfolg.«

Ein kurzes Raketenflugzeug erschien auf dem Bildschirm. In der kleinen Kanzel saß ein einziger deutscher Pilot, der unsicher in die Kamera winkte. Es war kaum zu glauben, daß diese Aufnahmen vor fast hundert Jahren gemacht worden waren. Der Pilot hatte den gleichen nervösen Ausdruck im Gesicht, den Matt auch bei den Net Force Explorern gesehen hatte, bevor sie in die Simulatoren einstiegen.

Der Krieg hat ein menschliches Gesicht, sinnierte Matt. Und es ist immer das gleiche, egal ob dieses Gesicht zu einem Freund oder Feind gehört.

»Die Messerschmitt-163 Komet gehörte zu den extremsten Bauarten«, erklärte Dr. Lanier. »Ein Raketenflugzeug mit begrenzter Reichweite und Flugzeit. Es wurden über 700 Kometen produziert, obwohl der mitzuführende Treibstoff so gefährlich und aggressiv war, daß viele der Flugzeuge bei der Landung in die Luft gingen. Die Piloten verbrannten bei der Explosion, die durch das Treibstoffgemisch verursacht wurde. Nur wenige Flieger haben überlebt und können über ihre Erfahrungen mit dieser Maschine berichten ...«

Wieder ein Szenenwechsel. Das neue Flugzeug, das auf dem Bildschirm erschien, erkannte Matt als eine der wichtigsten technischen Neuerungen, die der Zweite Weltkrieg hervorgebracht hatte. Eine Erfindung, die den Luftkrieg für immer verändern sollte.

»Als sich der Konflikt in Europa dem Ende näherte, mußten die Mustangs mit ihrer gefährlichsten Bedrohung fertig werden«, fuhr Lanier fort. »Die Me-262 Messerschmitt war eine bahnbrechende Innovation – das erste Düsenflugzeug, das im Luftkampf eingesetzt wurde.«

Szenenwechsel. Eine Me-262 zog an einer Formation von B-24-Maschinen vorbei. Einer der Bomber explodierte, nachdem seine Tragfläche unter dem Beschuß aus den sechs Bugwaffen des deutschen Jagdflugzeuges abgeknickt war.

»Wow«, sagte David Gray. »Welche Chancen hatten Propellermaschinen mit Kolbenmotoren gegen Düsenflugzeuge?«

»Die Mustang konnte mithalten«, erklärte Dr. Lanier. »So gerade eben zumindest. Doch in dieser Phase des Krieges konnten die Deutschen glücklicherweise nur wenige Düsenjäger produzieren. Ihr Nachteil war, daß sie schwieriger und zeitaufwendiger zu warten waren und sich noch schwerer fliegen ließen.«

Das Bild auf dem Schirm verschwand, und die Lichter schalteten sich wieder ein.

»Und zu eurem Glück werdet ihr es heute nur mit Focke-Wulf-Maschinen zu tun bekommen«, sagte Lanier. »Im Gegensatz zum wirklichen Krieg müssen *wir* fair sein.«

Alles atmete hörbar und erleichtert auf.

»Doch es wird einige Überraschungen geben, das kann ich euch versichern«, fügte er unheilverkündend hinzu.

»Ich möchte gleich vorausschicken, daß diese Simulation eine der zermürbendsten und schwierigsten am Institut ist«, sagte er. »Der Einsatz wird in Echtzeit geflogen – das heißt kein Zeitraffer in diesem Programm.«

Megan rang nach Luft. David Gray verdrehte die Augen. Und Matt erinnerte sich an Julios Beschreibung der Tortur. Diesen Aspekt der Simulation hatte er wohlweislich verdrängt.

»Die Simulation kann bis zu drei Stunden dauern«, erklärte Lanier. »Ich schlage vor, ihr verschwindet vorher alle noch mal.«

Alles kicherte.

»Für den Fall, daß euch die Sache zuviel wird, habt ihr die Paniktasten«, erinnerte Lanier die Anwesenden. »Es ist keine Schande, wenn ihr davon Gebrauch macht ...«

Die Net Force Explorer tauschten bedeutungsvolle

Blicke aus. Ihnen war klar, daß die Paniktaste bei dieser Mission keine Option darstellte. Zumindest nicht, wenn sie Julio finden wollten.

»Aber jetzt«, sagte der Kursleiter abschließend, »ab in die Simulatoren, ich drück' euch die Daumen.«

Auf dem Weg zum virtuellen Simulatorraum blieb Andy Moore vor dem Einsatzplan stehen. Blaß drehte er sich zu den Net Force Explorern um. »Dreimal dürft ihr raten ...«, begann er.

»Sag's nicht«, antwortete David Gray. »Wir müssen wieder gegen Dieter Rosengarten und die Berliner antreten.«

Andy nickte.

»Na ja«, sagte Megan. »Was habt ihr erwartet? Sie sind in dieser ersten Runde ziemlich eng mit uns verbunden, entweder auf unserer oder auf gegnerischer Seite.«

»Ich weiß, was ich erwarte«, sagte Andy Moore. »Ich werde Dieter abschießen. Ich bin gut. Ich bin stark. Dieter ist geliefert. Unweigerlich geliefert.«

Matt drehte sich zu Mark um, der bei diesem Flugeinsatz wieder sein Flügelmann sein würde. »Bleib dicht neben mir«, sagte er. Dann wandte er sich an Andy. »Vergiß bloß nicht, warum wir das Ganze machen.«

Nach fast anderthalb Stunden in der virtuellen Realität hatten die Net Force Explorer ziemlich stark mit der Langeweile zu kämpfen. Es war ein bewölkter Tag, allerdings flogen sie oberhalb der niedrig hängenden Wolken in der Sonne. Die Wolkendecke versperrte ihnen häufig die Sicht auf die unter ihnen liegende Landschaft, so daß sie ihre Zeit nicht damit verbringen konnten, nach Anzeichen feindlicher Flugzeuge oder Bewegungen auf dem Kontinent Ausschau zu halten. Der eine oder andere Explorer wäre vielleicht vor Langeweile eingedöst, wenn es nicht noch einen anderen Faktor gegeben hätte.

Die Simulation war unbequem. *Äußerst* unbequem. Im Cockpit der P-51 Mustang war ihnen kalt, trotz ihrer erstklassigen ledernen Bomberjacken. Außerdem saßen sie auf ihren Fallschirmen, was sehr unangenehm war und Kreislaufstörungen hervorrufen konnte, wenn sie nicht aufpaßten. Keiner konnte schlafen, selbst wenn sie gewollt hätten.

Schlimmer war allerdings, daß sie angewiesen worden waren, den Funkkontakt untereinander auf ein Minimum zu reduzieren. Zuviel Gerede könne den ›Feind‹ auf sie aufmerksam machen und einen frühzeitigen Angriff heraufbeschwören.

Also blieb den Net Force Explorern nichts anderes übrig, als ihre Maschinen zu fliegen, ihre Treibstoffanzeige im Auge zu behalten und den Himmel nach feindlichen Flugzeugen abzusuchen. Und nach Julio.

Matt Hunter warf einen prüfenden Blick auf seine Tragfläche. Mark Gridley klebte immer noch an seiner Seite, und zwar in geschlossener Flugformation mit David Gray und Megan O'Malley, die sich über und hinter ihnen befanden.

Andy Moore flog den anderen weit voraus. Er hatte die einsame Aufgabe, bei diesem Einsatz die Führung zu übernehmen.

Matt warf einen Blick über seine Schulter und entdeckte David Grays auffällige Mustang. David hatte sich aus dem breiten Sortiment, das für diese Simulation zur Verfügung stand, eine Maschine mit hellrot angestrichenem Heck ausgesucht. Es war das Erkennungszeichen der Tuskeegee- Flieger, einer Gruppe afroamerikanischer Piloten, die in einem nur aus Farbigen bestehenden Geschwader Angriffe auf die Deutschen flogen.

Dicht neben Davids Tragfläche steuerte Megan ihre

Maschine. Ihr Heck trug ebenfalls einen roten Anstrich, und für den Bug ihres Jägers hatte sie ein buntes Muster gewählt. Es zeigte einen böse grinsenden Clown mit einem Maschinengewehr in der Hand.

Matt konnte die Bellytanks erkennen, die unter den Rümpfen der Mustangs montiert waren. In den Tanks befand sich Treibstoff, der die Reichweite der Mustangs erhöhte. Der Kraftstoff in diesen Tanks wurde zuerst verbraucht, so daß die hohlen Metallzylinder abgeworfen werden konnten, sobald sie leer waren – oder wenn sie in einen Kampf gerieten. Die außenliegenden Tanks erhöhten nicht nur den Luftwiderstand der Flugzeuge, sondern waren eine Explosionsgefahr, wenn sie von feindlichen Granaten getroffen wurden.

Matts und Marks Mustangs waren weniger eindrucksvoll. Sie hatten sich für Standardmodelle entschieden, ohne verschönernden Anstrich. Schließlich waren sie zum Arbeiten hier, nicht zum Spielen. Ihre Aufgabe war es, die Simulation lange genug durchzuhalten, bis sie Julio Cortez fanden und – falls es ihnen gelänge – mit ihm sprechen konnten. Mit diesem Ziel im Auge hatten sie ihre Energie weniger darauf verwendet, das Aussehen ihrer Flugzeuge zu verändern, als vielmehr ihre Fähigkeiten zu trainieren.

Unter ihnen im virtuellen Himmel näherte sich das Geschwader brauner B-17 Flying Fortress Bomber seinem Ziel: einer deutschen Fabrik, in der Jagdflugzeuge hergestellt wurden. Die Aufgabe der Net Force Explorer bestand darin, diese Bomber vor Dieters Jagdflugzeugen zu schützen. Doch bisher war alles ruhig gewesen.

Das änderte sich plötzlich.

Rauchwolken begannen überall um sie und die Bomber herum zu explodieren. Die winzigen Explosionen, die wie Wattebäuschchen aussahen, deuteten auf Flakfeuer von Bodengeschützen hin.

War das Sperrfeuer erst einmal eröffnet, würde es vermutlich den ganzen Weg zum Ziel und wieder zurück anhalten. Es war gefährlich, und sie waren dem Zufall ausgeliefert. Jeden Moment konnte eine Granate ihre Flugzeuge treffen und sie zum Absturz bringen. 1944, das wußte Matt, wurden 3501 amerikanische Flugzeuge durch Flakfeuer vom Himmel geholt – fast 600 Maschinen mehr, als durch deutsche Jagdflugzeuge zerstört wurden.

Und sie hatten keine Möglichkeit, sich zur Wehr zu setzen.

Doch es konnte sogar noch schlimmer kommen, wie Dr. Lanier gewarnt hatte. Wenn das Flakfeuer plötzlich eingestellt wurde, war das ein sicheres Zeichen dafür, daß die deutschen Jäger unterwegs waren. Sie befanden sich in einer aussichtslosen Situation, in der sie nur verlieren konnten. So jedenfalls sah Matt die Lage.

Er warf einen prüfenden Blick auf seine Treibstoffanzeige. Diese Einsätze brachten die Mustangs bis an die Grenze ihrer Reichweite, selbst dann, wenn alles gut lief. Falls sie jetzt in einen ausgewachsenen Luftkampf verwickelt werden würden, würde keiner von ihnen genügend Treibstoff haben, um die Bomber bis an ihr Ziel zu begleiten und dann mit ihnen bis zum Stützpunkt zurückzukehren – in den Simulatoren war das kein Problem, in einem richtigen Krieg schon.

Als er feststellte, daß der Zusatztank leer war, betätigte Matt den entsprechenden Hebel, um ihn abzuwerfen. Der an seiner Tragfläche klebende Mark Gridley tat dasselbe.

Ohne die Tanks ließen sich die Mustangs etwas besser fliegen. Andy Moore, der an der Spitze flog, hatte ebenfalls seinen überflüssig gewordenen Treibstofftank abgeworfen.

Gut, dachte Matt erleichtert. Sieht aus, als hätte Andy alles voll im Griff …

»Bandit bei drei Uhr!« David Grays Ruf riß Matt aus seinen Gedanken. Doch bevor Matt sich nach rechts umdrehen konnte, um den Himmel nach deutschen Feindflugzeugen abzusuchen, ertönte Megan O'Malleys Stimme in seinen Kopfhörern.

»Bandit bei neun Uhr!« warnte sie.

Unter ihnen mußte das Bombengeschwader bereits die ersten Treffer einstecken. Deutsche Focke-Wulf-Jäger, die sich in der niedrigen Wolkendecke verborgen hatten, waren plötzlich wie Blitze aus den Wolken hervorgeschossen und feuerten aus auf dem Kanzeldach angebrachten 20-Millimeter-Kanonen von unten auf sie. Aus dieser Richtung hatten die Flugzeuge den Angriff am wenigsten erwartet. Die vernichtende Taktik, die vor allem für Nachtjagden verwendet wurde, wurde als *schräge Musik* bezeichnet, die damalige deutsche Beschreibung des Jazz.

»Bandit bei zwölf Uhr«, kam Andy Moores verzweifelte Stimme von der Spitze der Formation. Unaufhaltsam näherten sich die deutschen Jagdflugzeuge.

Eingekreist! dachte Matt. Was nun?

»Gehe runter zum Feindangriff«, sagte Andy und löste sich aus der Formation. Matt beobachtete, wie seine Mustang im Sturzflug auf das Heck einer angreifenden deutschen Maschine zuschoß.

»David, Megan«, sagte Matt. »Nehmt euch die Maschine in neun Uhr vor! Mark und ich kümmern uns um die anderen.« Noch während er sprach, kippte Matt über seine Sturmbordtragfläche und brach nach rechts weg, um sich die bei drei Uhr herannahende Maschine vorzuknöpfen.

»Und looos geht's!« brüllte Mark, während er mit seiner P-51 Kurs auf die Feindmaschinen nahm, die durch die Wolkendecke gebrochen waren und nun direkt auf sie und die Bomber, die sie verteidigen sollten, zukamen.

Zwölftes Kapitel

Colonel Stegar stand auf einem flachen Hügel, ganz in der Nähe der Männer, die er beobachtete. Dennoch blieb er weit genug entfernt, um sich einen Überblick zu verschaffen. Zwischen niedrig hängenden Ästen halb verborgen, beobachtete der Marine Corps Colonel mit seinem Universalkampfvisier, dessen digital verstärkten Vergrößerungsmodus er aktiviert hatte, das Team der Navy-SEALs, die er bald in den Kampf führen würde.

Bis jetzt war er mit dem, was er sah, zufrieden.

Die sieben Navy-SEALs waren immer noch so ausgeruht wie acht Stunden zuvor, als er sich von ihnen getrennt hatte. Trotz des zweistündigen Fluges in einem militärischen Transportraumfahrzeug vom Dulles Airport in Washington D.C. aus bis zu einem kleinen Militärflugplatz an der Westküste. Und trotz des darauffolgenden, langen Fußmarsches durch ein umweltgeschütztes Gebiet der unerschlossenen Küste des Staates Washington.

Obwohl die Männer wußten, daß sie auf einem harmlosen ›Spaziergang‹ waren, hatte Stegar dafür gesorgt, daß sie für den Fußmarsch mit voller Montur, Ersatzmunition und allen Rationen, die sie für einen zweiwöchigen Einsatz brauchten, ausgestattet wurden.

Colonel Stegar wollte, daß die Männer trainierten, und dies war vorerst ihre letzte Gelegenheit, körperlich aktiv zu werden. Das nächstemal, wenn diese ›Tintenfische‹ an Land gingen, würde es auf feindlichem Boden sein.

Nachdem Stegar den Vergrößerungsfaktor an seinem Visier erhöht hatte, stellte er fest, daß die SEALs den routinemäßigen Marsch sehr ernst nahmen. Wie er angeordnet hatte, marschierten sie mit der geladenen Waffe im Anschlag. Im Stiefelschaft trugen sie außerdem Kampfmesser, und an ihrer Montur hing ein Sortiment von Granaten.

Eines der sieben Teammitglieder trug sogar ein Startgerät für HAWKEYE-Luftabwehrflugkörper auf seinem breiten Rücken. Eine nette Idee. Offensichtlich hatte Lieutenant Sam Knappert, Stegars Stellvertreter bei dem auf Corteguay geplanten Einsatz, das angeregt. Knappert nahm die Aufgabe sehr ernst, was auch die anderen Männer motivierte.

Colonel Stegar hatte darauf bestanden, daß die SEALs auf dem Marsch volle Montur und Kampfanzüge trugen, obwohl er sicher war, daß sie sich dies lieber für den eigentlichen Einsatz aufgespart hätten. Doch sie sollten wissen, daß er ernstzunehmen war, ein unerbittlicher Marine-Corps-Kommandeur, bevor sie den Fuß auf feindlichen Boden setzten.

Nun, sinnierte der Colonel, sie müssen mich nicht mögen, sie müssen mir nur gehorchen.

Ein dicker, unbequemer Kampfanzug, ›intelligente‹ Waffen und vollständig computerisierte und vernetzte Helme mit Heads-up-Display auf einem Marsch zu tragen, der nur das Durchhaltevermögen trainieren sollte, war nicht wirklich notwendig. Aber Stegar hielt es für wichtig. Er wußte, daß sie es gewohnt waren, die störende, vom Kopf bis zu den Füßen reichende Uniform und Ausrüstung stundenlang zu tragen. Jetzt wollte er, daß sie sich daran gewöhnten, sie auf seinen Befehl zu tragen.

Dem Colonel war außerdem bewußt, daß die hochtechnischen DuPont/Rockwell-D-1B-Kampfanzüge für den Erfolg des Unternehmens *Raptor* von entscheidender Bedeutung waren. Deshalb ließ er die Männer die Anzüge heute tragen und hatte selbst auch einen angelegt.

Die Kampfanzüge, die als ›Smartsuits‹ bezeichnet wurden, bestanden aus Verbundmaterial in Form einer biegsamen Hülle aus kugelsicherem Kunststoff und konnten praktisch alles unbeschadet abweisen, mit Ausnahme eines direkten Treffers durch schwere Artillerie. Die Soldaten, die in den Anzügen steckten, wurden dadurch vor den üblichen Kampfverletzungen geschützt. ›Smartsuits‹ waren die besten Kampfanzüge, die es gab. Allerdings wollte Colonel Stegar ihre Effizienz nicht unbedingt testen, sofern es sich irgendwie vermeiden ließ. Die Anzüge boten außerdem ausgezeichneten Schutz gegen chemische und biologische Waffen.

›Smartsuits‹ waren in verschiedenen Tarnmustern erhältlich, die je nach der Umgebung, in der die Soldaten eingesetzt wurden, ausgewählt werden konnten. Mit dem bloßen Auge waren sie schwer auszumachen. Ein unbeweglich stehender Soldat sah im grellen Tageslicht aus wie ein Schatten, und bei Nacht sah man den Anzug und den Mann, der drinsteckte, so gut wie gar nicht.

Doch der größte Vorteil des Anzugs waren nicht der Schutz oder die Tarnung, die er ermöglichte. Die Stärke des Anzugs bestand in den Vorzügen, die er den Soldaten auf dem Schlachtfeld bot. Eine drahtlose Zentraleinheit und verschiedene digitale Kommunikationsgeräte waren in den Anzug integriert worden. Außerdem ein GPS-Positionsgeber, Wärme- und Bewegungssensoren, Trägervorrichtungen für verschiedene Waffen sowie winzige 360-Grad-Kameras verschiedener Art für die Nachtsicht und den infraroten und ultravioletten Bereich. Der Helm des Anzugs zeigte Ansichten von jeder einzelnen Kameralinse in einem Head-up-Display im Visier an. Er konnte diese Bilder auch in jedem Maßstab mit Landkarten des Schlachtfeldes, die computergeneriert waren oder aus Echtzeit-Satellitenaufnahmen bestanden, überlappen lassen. Dazu kamen Symbole für die Positionen der anderen in der Gruppe sowie für die Standorte feindlicher Personen und Aktivität.

Die Waffen, die Teil des Anzugs waren, konnten entweder manuell ausgerichtet oder ferngesteuert werden, und zwar durch die Ausrüstung des Soldaten, durch Satellitenverbindungen oder Befehle vom vernetzten Hauptquartier. Die Soldaten hatten eine reiche Waffenauswahl – angefangen von Teilchenstrahlwaffen über eher primitive Gewehre bis hin zu zur Grundausstattung gehörenden Kampfmessern, die den Soldaten seit Jahrhunderten vertraut waren.

Manche Dinge ließen sich einfach nicht verbessern.

Wenn ein Soldat den Anzug trug, hatte er unter allen Bedingungen – im Dunkeln, im Nebel oder bei strömendem Regen – in alle Richtungen einen weitreichenden Blick. Er wußte genau, wo sich die anderen Mitglieder seines Teams gerade aufhielten, und konnte sowohl mit den Soldaten im Feld als auch mit den Offizieren im Hauptquartier kommunizieren. Seine Waffen konnte er präzise abfeuern, um den Feind zu vernichten, ohne sein Ziel sehen zu müssen. Außerdem brauchte er sich keine Gedanken über die Risiken zu machen, versehentlich jemanden aus den eigenen Reihen abzuschießen.

Trotz des Unbehagens, von Kopf bis Fuß in die Kunststoffhülle eingewickelt zu sein, betrachteten amerikanische Soldaten den ›Smartsuit‹ als eine der größten Errungenschaften der Menschheit seit der Erfindung des Rades.

Als die SEALs sich einer Bodensenke im Wald näherten, die wahrscheinlich von einem ausgetrockneten Flußbett herrührte, stoppte der Mann an der Spitze die Truppe durch ein Handzeichen. Diese Schlucht wäre perfekt für einen Hinterhalt, und Colonel Stegar war erleichtert, als er sah, daß das Team gemäß seiner Ausbildung zunächst Gefahren aufzuspüren versuchte.

Er beobachtete, wie der Anführer und ein weiterer

SEAL geräuschlos von einer Seite des Grabens zur anderen schlichen und sich dann durch den Wald schlängelten, bereit, jeden möglicherweise wartenden Angreifer aus dem Hinterhalt zu überfallen.

Stegar stellte sein Visier wieder auf die normale Sicht ein und fand bestätigt, daß seine SEALs in dem Wald fast unsichtbar waren, obwohl er wußte, wonach und wo er Ausschau halten mußte.

Ohne Spezialausrüstung war die Chance, seine Männer zu entdecken, etwa so groß, wie in der Wüste Gobi einen Schneeball zu finden. Aber unabhängig davon, wie gut die SEALs ausgebildet und vorbereitet waren, fragte Colonel Stegar sich, ob sie dem Einsatz, der vor ihnen lag, gewachsen waren. Wie bei jedem Spezialeinsatz wurde er in dieser Phase wieder einmal von Zweifeln geplagt.

Haben sie in der Ausbildung alles gelernt, was sie wissen müssen? fragte er sich. Sind sie gut genug, die Mission zu erfüllen? Und sind sie bereit?

Plötzlich spürte Colonel Stegar, wie ein Pistolenlauf nicht gerade sanft in seinen Nacken gedrückt wurde.

Hinter ihm flüsterte eine ruhige Stimme: »Parole, Sir?« Der Frage wurde durch etwas zusätzlichen Druck mit dem Pistolenlauf Nachdruck verliehen.

Der Colonel lächelte. Ihm war klar, daß man ihn völlig überrascht hatte. »Grünes Tamburin«, flüsterte er.

Der Pistolenlauf verschwand. Colonel Stegar drehte sich um. Vor ihm stand Lieutenant Samantha ›Sam‹ Knappert, die ihre Waffe senkte und bequem stand. Ihre blauen Augen blitzten hinter ihrem Visier, aber ein triumphierendes Lächeln kam nicht über ihre Lippen.

»Schön, Sie zu sehen, Colonel«, sagte sie, als wären sie sich zufällig im Einkaufszentrum an der Ecke begegnet.

Ja, dachte Stegar voller Zufriedenheit. Sie sind bereit …

Matt Hunter brachte seine P-51 in eine steile Tonnenrolle und ging im Sturzflug zwischen die deutschen Jagdflugzeuge. Die Maschine schraubte sich durch die Luft wie ein Korkenzieher. Mark Gridley klebte an seiner Tragfläche und machte jedes Manöver mit. Am Ende der Rolle brach Matt mit seinem Jäger nach rechts weg, während Mark, sein Flügelmann, nach links abdrehte.

Im Kampftumult und dem Durcheinander von Jägern und Bombern verloren sich Mark und Matt rasch aus den Augen – ein Riesenfehler, weil ein aus zwei Maschinen bestehendes Team im Luftkampf wesentlich effektiver war als eine einzelne Maschine. Aber Matt wußte, daß das im Moment nicht zu ändern war.

Er ging wieder in die Horizontale. Fast im selben Augenblick entdeckte er eine Focke-Wulf, die eine B-17 beschoß. Nachdem er seine Sechs-Uhr-Position überprüft hatte, um sicherzustellen, daß niemand hinter ihm war, drückte Matt den Leitungshebel nach vorn.

Er erreichte die Focke-Wulf erst, als der Deutsche sein Ziel vernichtet hatte. In einer feurigen, sich aufbauschenden Wolke aus brennendem Treibstoff explodierte der Flügel der B-17 und brach ab. Der Bomber kippte weg und stürzte buchstäblich fast senkrecht vom Himmel auf die virtuelle Landschaft zu.

Als der Deutsche von dem abgeschossenen Bomber abdrehte, geriet er ungewollt mitten in Matts Flugbahn. In allerletzter Sekunde bemerkte der deutsche Pilot, daß Matts Mustang auf ihn zujagte. Er riß seine Maschine hoch, wobei er den empfindlichen Rumpfbug seiner Focke-Wulf Matts Maschinengewehren preisgab.

Ohne zu zögern betätigte Matt den Abzug. Die deutsche Maschine detonierte bei der ersten Salve. Ein Teil der Tragfläche löste sich, danach ein Rad und eine Strebe. Matt riß sein Flugzeug zur Seite und sauste nur knapp an den Trümmern vorbei.

Einer weniger, dachte er grimmig. Je mehr Deutsche wir abschießen, um so eher können wir mit Julio sprechen.

Mark Gridley jagte inzwischen einer anderen deutschen Maschine nach. Er feuerte eine Zwei-Sekunden-Salve ab, verfehlte aber sein Ziel.

Plötzlich brachen hinter ihm Leuchtspurgeschosse aus dem Himmel. Ein Geschoß schlug ein Loch in die Tragfläche seiner Mustang. Durch die Maschine ging ein Rütteln, als sich ein Stück Aluminium löste und vom Sog weggerissen wurde. Eine Sekunde lang zögerte Mark. Hastig zog er den Joystick zurück, verblüfft aufgrund des Überraschungsangriffs.

Diese eine Sekunde Zögern rettete Mark. Als seine Mustang langsamer wurde, gelang es dem Deutschen vor ihm zwar, abzudrehen und zu entkommen. Aber die Focke-Wulf an seinem Heck raste geradewegs an ihm vorbei, da der Pilot annahm, Mark wäre manövrierunfähig. Jetzt hatte sich das Blatt gewendet. Der Jäger wurde zum Gejagten.

Ohne Rücksicht auf seine lädierte Maschine drückte Mark den Leitungshebel bis zum Anschlag durch und jagte dem Deutschen hinterher. Als das Jagdflugzeug in Sicht kam, feuerte Mark.

Seine Kugeln donnerten am Rumpf entlang und schlugen im Treibstofftank ein. Die Focke-Wulf schien sich in eine rollende Rauch- und Feuerwolke aufzulösen. Mark flog geradewegs durch die Trümmer und kam auf der anderen Seite herausgeschossen.

Der Himmel vor ihm war frei. Als er wendete, stellte er fest, daß er sich von der Formation entfernt hatte. In einem Looping kehrte er um und steuerte wieder auf den Luftkampf zu. Aus den Augenwinkeln bemerkte er dabei einen Sonnenstrahl, der an einer Flugzeugkanzel reflektiert wurde.

Mark blinzelte gegen die Sonne. Was dort im Sturzflug auf ihn zukam, ließ ihm das Blut in den Adern gefrieren.

Das kann nicht sein! schrie er lautlos.

Dann hatten sie ihn erreicht ...

Megan hatte einen ihrer besten Tage in den virtuellen Simulatoren.

Obwohl sie David, ihren Flügelmann, rasch aus den Augen verlor, griff sie die Deutschen im Alleingang mutig an. Als sie sah, wie zwei Focke-Wulfs einen Bomber unter Beschuß nahmen, steuerte sie ihre Maschine genau in die Fluglinie. Dem Bomber, bei dem aus einem Dutzend Einschußlöchern der Rauch quoll, konnte sie zwar nicht mehr helfen. Aber es ermutigte sie, daß es den Deutschen nicht gelungen war, so viel Schaden an der B-17 anzurichten, um sie zum Absturz zu bringen. Mit brennendem Motor scherte der Bomber aus der Formation aus und kehrte zum Stützpunkt zurück.

Das bedeutete, daß die B-17 auf Megan zukam. Sie lächelte wie ein Raubtier auf Beutezug. *Wenn die Deutschen mordlüstern sind, folgen sie der angeschlagenen Maschine, um ihr den Garaus zu machen. Junge, werden die überrascht sein, wenn sie feststellen, daß sie schon erwartet werden ...*

Zu Megans Bedauern drehte einer der deutschen Jäger von dem lädierten Bomber ab. Der andere setzte die Verfolgung aber fort. Megan ging unter dem Rumpf des amerikanischen Bombers in Deckung – sie hoffte, die virtuellen Bordschützen in der B-17 würden ihre Mustang für einen Freund und nicht für einen Feind halten.

Glücklicherweise war es so.

Als sich der Deutsche im Sturzflug auf den angeschlagenen Bomber, den er für leichte Beute hielt, herabstürzte, stieß unter dessen Tragfläche unvermittelt ein

Angreifer hervor. Megan eröffnete das Feuer mit dem Bugmaschinengewehr der Mustang.

Weniger als drei Sekunden später trudelte die deutsche Maschine auf die Erde zu. Der Pilot, soviel konnte Megan sehen, öffnete das Kanzeldach und sprang heraus. Unkontrolliert wirbelte er in der Luft herum, bis sich sein Fallschirm über ihm entfaltete.

Was für ein Verrückter! sagte Megan sich, doch sie bewunderte den Mut des deutschen Schülers. *Ich hätte einfach die Paniktaste gedrückt.* Sie flog eine Wende und beobachtete das abgeschossene Flugzeug.

Obwohl ein vom Himmel fallender Jäger ein anmutiger und beeindruckender Anblick ist, sollte man ihm nicht allzu lange nachschauen, wie Megan bald feststellte. Den Jäger, der sie abschoß, hatte sie nicht einmal kommen sehen.

In einem Moment saß Megan O'Malley in ihrem Cockpit und flog über Europa. Im nächsten fand sie sich verwirrt blinzelnd im virtuellen Simulationsraum wieder.

»Von dem deutschen Schüler, der dich abgeschossen hat, soll ich dir folgendes ausrichten: Er war sehr beeindruckt von deiner Schießkunst«, sagte Dr. Lanier.

Aber Megan, die in ihrer eigentlichen Mission gescheitert war, reichte das nicht. Der Stachel, es nicht bis zum Schluß der Simulation geschafft zu haben, saß tief.

David Gray sah Megans Maschine explodieren, während er versuchte, sie einzuholen. Den Jäger, der sie abschoß, sah auch er nicht – zumindest zunächst nicht. Doch dann, als die Trümmer ihrer P-51 in einem brennenden Feuerball vom Himmel stürzten, jagte eine Focke-Wulf an dem Wrack vorbei auf einen Bomber darunter zu.

David hatte keine Zeit, Megans Maschine nachzutrauern. Er hatte versucht, sie zu retten, aber es nicht geschafft – so einfach war das. Soweit er wußte, war er der einzige Net Force Explorer, der sich noch in der virtuellen Realität aufhielt. Er wollte so lange wie möglich durchhalten, damit Julio Cortez Gelegenheit bekam aufzutauchen.

So weit, so gut, dachte er. Aber als er seine Tragfläche neigte und in einen steilen Sturzflug überging, um den Deutschen zu jagen, fiel ihm gerade noch ein, seine Sechs-Uhr-Position zu checken.

Zum Glück, denn eine himmelblaue Focke-Wulf mit einem auf den Bug gemalten, wilden Tigergesicht kam direkt auf sein hellrotes Heck zu. Den Anstrich auf dem deutschen Jäger erkannte er sofort. Er glich dem Muster, das derselbe Pilot auf seinem Fokker-Dreidecker hatte.

Dieter Rosengarten ist mir auf den Fersen, dämmerte es David.

Verzweifelt suchte er nach einem Ausweg, diesen virtuellen Dämon abzuschütteln. Schon fast in Panik, steuerte er seine Maschine auf die in Formation fliegenden Bomber zu. Dabei hoffte er, zwischen den größeren Maschinen untertauchen zu können, so daß der Deutsche sein Heck verlor.

Doch als David um eine B-17 herumflog, geriet eine andere, von einem deutschen Jäger getroffene genau in seine Flugbahn. Er riß den Leitungshebel zurück und sauste nur knapp an dem Bomber vorbei. Dieser stürzte vom Himmel, einen Schweif aus brennenden Motorteilen hinter sich herziehend.

Wie durch ein Wunder war die Focke-Wulf, von der Megan abgeschossen worden war, immer noch vor ihm. Zweifellos war dies der Deutsche, der die Flying Fortress, die David vor einem Augenblick fast gerammt hätte, erledigt hatte.

David vergaß Dieter Rosengarten. Er drückte den Abzug. Seine Mustang wurde durchgeschüttelt, während er die Munitionssalven aus den in den Flügelwurzeln montierten MGs jagte. Der deutsche Jäger vor ihm kippte zur Seite, seine Tragfläche hing in Fetzen.

Dann wurde Davids Mustang plötzlich von Granaten aus Dieter Rosengartens Focke-Wulf durchsiebt. Geschosse trommelten auf seine Heckflosse und tanzten am Rumpf entlang, während David damit kämpfte, seine abstürzende Maschine wieder in den Griff zu bekommen …

Nachdem Matt den zweiten Deutschen heruntergeholt hatte, stieg er über die Bomber hinauf und suchte den Himmel nach seinem Flügelmann ab.

Als er sah, was geschah, hielt er entsetzt den Atem an.

In einiger Entfernung wurde Mark Gridleys Mustang von zwei deutschen Jägern angegriffen – Messerschmitt Me-262-Düsenflugzeuge.

Das ist nicht vorgesehen! dachte Matt. Irgendwer schummelt hier! Plötzlich wurde ihm klar, daß die deutschen Schüler mit der Anwesenheit der Düsenjäger wahrscheinlich gar nichts zu tun hatten.

Die mysteriösen Jäger kommen vielleicht von demselben Ort wie Julio, dachte er mit wachsender Panik. Virtuelle Wachhunde, die in das System eingedrungen sind, um ihren Gefangenen zurückzuholen.

Matt schob den Leitungshebel nach vorn. Dabei warf er zum erstenmal seit einigen Minuten wieder einen kurzen Blick auf die Treibstoffanzeige.

Reicht nicht, dachte er düster. Ich schaffe es nie und nimmer bis zum Stützpunkt zurück. Aber vielleicht gelingt es mir, Mark zu retten!

Mark Gridley traute seinen Augen immer noch nicht. Erst als die Bugkanone einer der 262er-Messerschmitts Blei spuckte, reagierte er. Zunächst verfluchte er seinen Fehler.

Er wich aus und riß seine Mustang himmelwärts, um den deutschen Düsenjägern zu entkommen. Der erste zog direkt an ihm vorbei, so daß er die merkwürdigen und unkonventionellen Markierungen auf der Maschine erkennen konnte. Sie trugen keine Kreuze oder Hakenkreuze wie die Deutschen auf der schwarzen Me-262. Doch auf ihrer Heckflosse erkannte Mark das Symbol der terroristischen Vereinigung Cuba Libre.

In diesem Moment wurde ihm klar, daß irgend etwas oberfaul war. Er ging sofort an das Funkgerät und unterbrach die Funkstille.

»Mayday! Mayday! An alle Net Force Explorer. Es sind Feinde im Simulator. *Richtige* Feinde!«

Im selben Augenblick donnerte die zweite Messerschmitt Me-262 auf ihn zu. Der Pilot dieser Maschine zielte wesentlich besser. Mark spürte, wie seine Mustang durchgeschüttelt wurde, dann wurde der Propeller zerschmettert.

Genau in diesem Augenblick hörte Mark Matts Antwort auf seine verzweifelte Warnung und seinen Hilferuf. »Bin unterwegs«, sagte Matt.

Mark betätigte sein Funkgerät. »Zu spät ...« Dann war er verschwunden.

Wie Megan fand sich Mark unvermittelt in der wirklichen Welt wieder. In der virtuellen Realität brach seine Maschine gerade auseinander.

Andy Moore sah, wie Davids Maschine explodierte. Den Bruchteil einer Sekunde später erspähte er auch den Übeltäter, der für den Abschuß seines Freundes verantwortlich war.

Dieter Rosengarten!

Jetzt hat Dieters letztes Stündlein geschlagen, entschied Andy. Er wendete seine Maschine und brachte sie in Messerfluglage. Dann flog er genau auf die himmelblaue Focke-Wulf zu. Da er sich bereits oberhalb und hinter Rosengartens Jäger befand, gelang es Andy ohne viel Mühe, sich an das Heck des Deutschen zu klemmen.

Im selben Augenblick hörte Andy Moore Marks rätselhaften Funkspruch. Aber er hatte jetzt keine Zeit, darüber nachzudenken. Er hatte sich fast in Schußposition gebracht.

Er warf einen kurzen Blick durch sein MG-Visier. Ruhig und überlegt drückte er den Abzug. Leuchtspurgeschosse zuckten über den Himmel und schlugen in Dieters Tragfläche ein.

Andy ärgerte sich darüber, daß er den Deutschen nicht gleich an Ort und Stelle abgeschossen hatte. Doch er wurde entschädigt, als er die offensichtliche Panik des anderen bemerkte. Rosengarten neigte seine Maschine auf und ab, da er nicht genau wußte, woher der Angriff kam. Andy konnte mühelos jede Drehung und Wende des Deutschen mitmachen.

Doch als Dieter Rosengarten eine Sekunde lang wieder in die Querlage ging, sah Andy Moore an der Focke-Wulf des Deutschen vorbei und entdeckte einen weiteren, sehr viel ernsteren Luftkampf, der dort im Gange war.

Hilflos mußte Matt Hunter zuschauen, wie Mark Gridleys Flugzeug vom Himmel gepustet wurde. Unmittelbar danach formierten sich die beiden Me-262er, so daß er die fremden Maschinen genauer in Augenschein nehmen konnte.

Es waren tatsächlich 262er. Die Maschinen wiesen die typischen Dreiecksflügel der frühen Düsenjäger auf sowie zwei große zylindrische Motoren, die unter den Tragflächen angebracht waren, die Strahltriebwerke.

Eine der Maschinen war ganz schwarz. Die andere war weiß mit roten Streifen am Rumpf und auf den Tragflächen. Matt stellte erschrocken fest, daß der Anstrich dem traditionellen Bild der ›Aufgehenden Sonne‹

entsprach, dem Symbol des imperialistischen Japans während des Zweiten Weltkriegs. Kaum hatte Matt diese Einzelheiten in sich aufgenommen, da flogen die beiden Jäger eine scharfe Wende und steuerten direkt auf ihn zu.

O nein, dachte er. Was nun?

Andy blieb weniger als eine Sekunde, um eine Entscheidung zu fällen. Sollte er Dieter Rosengarten abschießen oder Matt vor den beiden Düsenjägern retten, die direkt auf ihn zusteuerten?

Zu seiner eigenen Überraschung zögerte er kein bißchen. Er drehte von Dieters Focke-Wulf ab und stellte sich den beiden Messerschmitts in den Weg. Sein Angriffswinkel war schlecht, stellte Andy fest, und die Düsenjäger kamen viel zu schnell auf ihn zu. Er hatte keine Zeit, seinen Bug herumzureißen und seine Waffen auf sie zu richten.

Er biß die Zähne zusammen und drehte den Joystick.

Als der schwarze Düsenjäger drohend vor der Frontscheibe seines Cockpits auftauchte, hatte Andy Moore gerade noch Zeit, einen Schrei der Wut und der Frustration auszustoßen.

Matt konnte nicht glauben, wieviel Glück er hatte. Eben schien er noch geliefert zu sein, angesichts von zwei Düsenjägern, die in Formation direkt auf ihn zuflogen. Und im nächsten Augenblick erschien eine Mustang aus dem Nichts und rammte den schwarzen Jäger. Die Explosion war gewaltig – sie erschütterte Matts Maschine so, daß er sich mit aller Kraft bemühen mußte, sie unter Kontrolle zu halten.

Die Wucht war stark genug, um auch den zweiten Düsenjäger mitzureißen. Auch diese Maschine explodierte, und ihr Treibstoff bot dem sich ausbreitenden Feuer am Himmel zusätzliche Nahrung.

Matt wußte, daß er dem entsprechenden Net Force Explorer Dank schuldete.

Vorsichtig brachte er seine Maschine wieder in die Horizontale und überprüfte seine Treibstoffanzeige. Er würde bald aussteigen müssen. Die Mustang hatte nur noch einen Vorrat von weniger als einem halben Tank. Sorgfältig suchte Matt den Himmel nach Julio ab – er hoffte, sein Freund würde sich blicken lassen.

Plötzlich hörte er die vertraute Stimme in seinen Kopfhörern.

»Matt, *mi amigo*«, sagte Julio Cortez. »Ich bin wieder da.«

Matt Hunter neigte die eine Tragfläche, dann sah er Julio. Sein Freund flog eine orangefarbene zweimotorige P-38 Lightning mit Tigerstreifen.

»*Jefe!*« sagte Matt. »Wir müssen reden!«

Dreizehntes Kapitel

»Die Zeit wird knapp, mein Freund«, sagte Julio Cortez zu Matt. Seine Stimme klang schwach und gequält.

Sie flogen mit ihren virtuellen Flugzeugen Seite an Seite im Simulator. Links und hoch über ihnen begannen die B-17-Bomber ihre Bombenlast auf einen Bahnbetriebshof tief unter ihnen abzuwerfen. Explosionen schossen aus dem Boden wie Pilze.

Matt wußte, daß er in seiner Wachsamkeit nicht nachlassen durfte – nach dem Zwischenfall mit den beiden Düsenjägern, war ihm klar, daß sich weitere in der Simulation aufhalten konnten, die es auf ihn abgesehen hatten. Trotzdem drehte er sich zu seinem Freund um. Julio war hinter dem Glas der Kanzel seiner P-38 deutlich zu sehen. Er wirkte mitgenommen und müde, so, als würde es ihn größte Mühe kosten, sich zu zeigen.

Das ist kein Rift, dachte Matt. Julio war real – und Matt entschlossen, alles in seiner Macht Stehende zu tun, um seinem Freund und dessen Familie zu helfen. »Wie bist du hierhergekommen, *Jefe*?« fragte er. »Wie ist so was möglich?«

Julio schüttelte den Kopf. »Ich weiß es nicht, Matt«, antwortete er. »Der Ort, an den man uns gebracht hat, ist ein virtuelles Gefängnis. Unsere Gedanken und unsere Körper sind gefangen. Erinnerst du dich an die russischen Schlafprogramme, über die wir in der Schule einmal gelesen haben? Ende des letzten Jahrhunderts wurden sie dazu verwendet, politische Gefangene einer Gehirnwäsche zu unterziehen. Ich glaube, die Leute, die uns gefangennahmen, haben beschlossen herauszubekommen, ob sie funktionieren. Um ihre linke Tour am Wahltag wie geplant abzuziehen, sind sie auf die Kooperation meiner Familie angewiesen. Deshalb versuchen sie, uns nach ihrem Willen hinzubiegen.«

»Wie ist dir dann die Flucht gelungen?« fragte Matt.

»Zuerst war es ziemlich schwierig«, erwiderte Julio. »Als wir an die Computer angeschlossen wurden, waren meine Gedanken ein einziges Chaos. Die Computerverbindungen, die man uns aufzwang, versuchten, mein Bewußtsein zu überwältigen. Ich konnte keinen zusammenhängenden Gedanken fassen; einfache mentale Aufgaben waren unmöglich. Aber dann ...«

»Was dann, Julio?« hakte Matt nach. »Sag's mir!«

»Ich ... ich dachte ans Fliegen, Matt«, sagte Julio. »An das, was ich auf der Welt am liebsten mag. Allmählich kam ich wieder zu mir. Dann fielen mir die Simulatoren ein, und mir kam es so vor, als wüßte ich, wo du sein würdest oder was du tätest. Die Regierung sendete stündlich aktualisierte Fassungen der Wahlberichte an die UN. Ich wußte, wenn ich Zugang zu diesen Signalen finden konnte, konnte ich mich an sie anhängen und sie dazu verwenden, in das System des Instituts einzudringen. Die Systeme und Simulatoren kannte ich, deshalb war ich sicher, daß wir reden können, sobald ich in eine Simulation eingedrungen bin.

Ich wußte, daß du der einzige bist, der mir zuhören und glauben würde, ohne eine so bizarre Geschichte in Frage zu stellen. Meine Gefängniswärter hatten mich an ein neurales Netz angeschlossen. Ich mußte ihre Waffe nur zu meiner eigenen machen. Das schlimmste Problem, vor dem ich stand, war, daß die Computer, an die man uns für die Gehirnwäsche angeschlossen hatte, dedizierte Systeme waren. Sie waren nicht ans Netz angeschlossen. Dann wurde mir etwas klar. Zu dem Gefängnis waren keine Telefonleitungen verlegt. Direkter Funkkontakt mit der Hauptstadt wurde durch Corteguays Berge unmöglich gemacht. Die Wachen mußten also eine andere Möglichkeit haben, mit ihren Chefs in

Adello zu kommunizieren. Schließlich fand ich einen Weg, mich an das Kommunikationssignal anzuhängen, das sie an einen Satelliten senden, der es weiterleitet.

Irgendwie schien diese Entdeckung den Einfluß, den die Gehirnwäsche auf mich hatte, aufzuheben. Ich begann, klarer zu denken. Schließlich ist es mir einmal gelungen, in die Simulation zu dir und den anderen Net Force Explorern einzusteigen.«

»Und dann kamst du immer wieder«, flüsterte Matt.

»Jedesmal wurde es leichter«, fuhr Julio fort. »Ich hatte Schwierigkeiten, in Systeme einzudringen, die ich vorher nicht kannte. Aber in einem mir vertrauten System habe ich euch fast immer gefunden.«

»Kannst du mir dabei helfen, jemanden von unserer Regierung von der Gefahr für dich und deine Familie zu überzeugen?« fragte Matt. »Wir brauchen handfeste Beweise – mit offiziellen Vertretern der Regierung haben wir schon versucht zu sprechen, aber wir haben nichts erreicht. Sie glauben uns erst, wenn wir hieb- und stichfeste Beweise vorlegen. Allerdings entscheiden sie selbst, was ›hieb- und stichfest‹ heißt.«

»Ob ich diese Art von Beweis liefern kann, weiß ich nicht.« Julio machte eine Pause. »Ich kann dir höchstens mehr darüber erzählen, wo meine Familie und ich gefangengehalten werden, wenn dir das weiterhilft.«

Julio beschrieb die Einrichtung, die Funktionen und den Standort in allen Einzelheiten. Matt bemühte sich, jedes Detail zu behalten.

»Bist du sicher?« fragte Matt, als Julio fertig war.

»So sicher, wie ich nur sein kann, Matt«, antwortete sein Freund. »Ich habe einen virtuellen Rundgang durch das Gefängnis unternommen. Von außen habe ich es durch das Überwachungssystem gesehen. Auch die virtuellen Gitter meines Gefängnisses habe ich erforscht. Ich habe die Wachen gesehen. Und einmal beobachtete ich, wie mein Onkel, Mateo, durch die Gefängnistore fuhr. Den Leiter des Gefängnisses habe ich allerdings nie zu Gesicht bekommen.«

»Dann sag' ich der Net Force Bescheid. Und dem Außenministerium«, schlug Matt vor. »Das Militär soll eine Rettungsaktion organisieren!«

»Nein!« rief Julio.

»Warum nicht?« fragte Matt völlig verwirrt.

Julio machte eine Pause. »Es würde für mich und meine Familie den sicheren Tod bedeuten«, erwiderte er. »Die vorläufige Zusammenschaltung, die uns gefangenhält, verfügt über ein Fail-Safe-System. Die Aufseher können durch einen einfachen Tastendruck jederzeit Tausende von Volt durch unsere Körper jagen. Diese Funktion kann auch automatisch aktiviert werden, sobald das Sicherheitssystem des Gefängnisses unterbrochen wird ... Niemand erreicht uns rechtzeitig, um uns zu retten.«

»Was können wir dann tun ... Was kann *ich* tun, *Jefe*?« fragte Matt.

»Ich glaub', ich kann das Computerprogramm, das uns gefangenhält, ausschalten«, sagte Julio. »Außerdem sollte es möglich sein, das Überwachungssystem und die computergesteuerten Schlösser zu deaktivieren.«

»Großartig!« antwortete Matt. »Ich geb' das alles so weiter. Wir holen euch da raus. Hör zu, Dr. Lanier wird diesem Simulator wahrscheinlich bald den Saft abdrehen, daher bleibt uns nicht mehr viel Zeit, Julio«, fuhr er fort. »Eine Frage habe ich noch: Wer sind die Typen in den Düsenjägern?«

»Gefängniswärter«, antwortete Julio. »Sie versuchen, mir auf die Spur zu kommen, sobald ich online gehe. Das letztemal hat ein Sicherheitsprogramm die Impulse für die Gehirnwäsche erhöht, so daß ich ins Gefängnis zurückgeholt wurde. Aber sie haben nie herausbekommen, wie ich entkommen bin. Deshalb konnten sie mich dieses Mal auch nicht aufhalten – und das nächstemal hoffentlich auch nicht.«

»Aber es war doch kein Überwachungsprogramm hinter dir her!« warf Matt ein. »Die Düsenjäger wurden von Menschenhand gesteuert.«

»Da hast du recht, Kumpel«, erwiderte Julio. »Der Kerl, der uns gefangenhält, hat einen anderen Weg gefunden, mich zu quälen. Irgendwie, vielleicht durch Onkel Mateo, hat er herausgefunden, wohin ich gehe. Und jetzt schickt er diese Männer, damit sie uns überwältigen, bevor wir reden können.«

»Was kann ich tun?« wiederholte Matt seine Frage. »Sag's mir.«

»Finde heraus, ob eure Leute, also das Militär, eine Rettungsaktion planen«, antwortete Julio. »Wenn ich den Zeitpunkt kenne, kann ich ins Gefängnis zurückkehren und die Programme deaktivieren. Ich befreie meine Familie und lasse die Retter ins Gefängnis, indem ich das Überwachungssystem ausschalte. Dann haben sie es nur noch mit menschlichen Wachen zu tun.«

»Aber …«

»Eine andere Möglichkeit gibt es nicht! Und es muß bald passieren, Matt. Die Zeit wird knapp.«

Matt lugte durch sein Cockpitfenster. Sein Flugzeug war nun eine ganze Zeitlang weitergeflogen, aber das Simulationsprogramm konnte jeden Moment zu Ende sein. Für uns alle wird die Zeit knapp, dachte er verzweifelt. »Warum ist es bei dir so eilig?« fragte Matt.

»Meine Schwester, Juanita … Sie ist sehr krank. Sie hat Fieber. In dem Gefängnis bekommt sie keine Pflege.«

O nein! Matt dachte an das kleine Mädchen, das Julio oft auf den Wecker ging und Matt auch, wenn er seinen Freund besucht hatte. »Du kannst auf mich zählen«, versprach er. »Ich werde dafür sorgen, daß ein Rettungsteam zusammengestellt wird, und ich werde alle nötigen Informationen über die Art der Rettungsaktion sammeln. Aber wie kann ich dir Bescheid sagen, was ich herausgefunden habe?«

Zum erstenmal, seit er in der virtuellen Realität erschienen war, grinste Julio. »Ich finde dich«, sagte er zuversichtlich. »Die Bosnien-Simulation ist als nächstes dran, oder?«

Auch Matt grinste nun. »Dann treffen wir uns im Bosnien-Szenarium, *Jefe*«, sagte er. »Wir werden dort sein. Aber komm etwas früher, wenn's geht.«

»Bis dann, Kumpel«, sagte Julio. Seine Stimme verhallte schnell.

Matt sah Julios Flugzeug verblassen. »Warte!« rief er. Er ließ seinen Freund nur ungern ziehen. Aber er konnte nur noch zuschauen, wie die orangefarbene P-38 verschwand.

Matt lenkte seine Aufmerksamkeit wieder auf sein eigenes Flugzeug. Als er aus dem Cockpitfenster blickte, stellte er fest, daß seine Konzentration auf Julio ihn fast sein virtuelles Leben gekostet hatte. Er befand sich in einem Sturzflug, den er vermutlich nicht mehr abfangen konnte. Der Boden kam rasch näher. Obwohl er den virtuellen Tod vor Augen hatte, ließ ihn das fast unberührt. Seine Gedanken waren ein einziges Chaos.

Wie kann ich das Versprechen, das ich Julio gegeben habe, halten? fragte er sich. Und was passiert, wenn ich versage?

Kurz bevor die P-51 Mustang auf dem Boden aufschlug, sah Matt Dieters ramponiertes Flugzeug. Es flog zwar noch, leitete aber keine Manöver ein, um ihn zu vernichten – vermutlich, weil Matt selbst dafür sorgte. Er drückte auf die Paniktaste und verschwand.

Mateo war sofort klar, daß etwas nicht stimmte, als er sich in seinem zerbeulten Jeep dem Tor des Gefängniskomplexes näherte. Die kubanischen Wachen waren diesmal sehr wachsam. Statt das Tor zu öffnen und ihn hindurchzuwinken, kam der kubanische Sergeant, der für die Sicherheit zuständig war, durch die schmale Pforte im Zaun heraus, um Mateos Fahrzeug persönlich zu überprüfen.

Als Mateo sich erkundigte, was los sei, zuckte der Kubaner nur die Schultern und ließ ihn passieren. Die Wachen innerhalb des Komplexes schienen unter Druck zu stehen und wirkten gehetzt. Mateo stellte alle Abstufungen zwischen Besorgnis und Panik fest.

Als er den Fahrstuhl im Haupttrakt des unterirdischen Gebäudekomplexes verließ, kam es Mateo so vor, als hätte er einen neuen, ultramodernen Kreis in Dantes Hölle betreten. Aber nicht einmal der berühmte italienische Dichter hätte sich die alptraumhafte Szene vorstellen können, die Mateo erwartete.

Das erste Geräusch, das er hörte, war ein furchtbares, irres Stöhnen – ein langgezogener Laut schrecklicher Todesangst. Als Mateo sich umdrehte, fiel sein Blick auf den kubanischen Killer. In schmutziger und zerfetzter Kleidung lag er auf dem Boden. An seinem Kopf klebte Blut aus einer klaffenden Wunde. Der Mann hielt einen Gegenstand schützend an seine Brust gepreßt. Vorsichtig trat Mateo näher an den Unglücklichen heran. Der Kubaner hatte seinen Drex-Dream-Behälter an sich gedrückt. Oder besser gesagt, das, was davon übrig war. Jemand hatte ihn zertrümmert – und den Schädel des Kubaners beinahe auch.

Mateo wandte sich ab und fuhr erschreckt zusammen.

Den Yakuza-Killer hatte er gar nicht bemerkt. Doch der Mann war da, saß im Halbschatten im Lotossitz. Sein Gesicht war unbeweglich, wie immer, aber auf Gesicht und Hals zeichneten sich Spuren von Schlägen ab.

Wieder ein Stöhnen von dem Mann auf dem Boden. Mateo schaute nicht hin. Statt dessen durchquerte er den unterirdischen Raum, um nach den Gefangenen zu sehen.

Er stolperte fast über einen anderen Körper auf dem Boden. Dieser rührte sich nicht mehr und gab auch keine Geräusche von sich. Mateo bückte sich zu der leblosen Gestalt zu seinen Füßen.

Es war die verlotterte Frau, die sich um die körperlichen Bedürfnisse der Gefangenen gekümmert hatte. Sie war tot.

»Hier gab es einen kleinen Zwischenfall, während Sie in der Hauptstadt waren, mein Freund«, ertönte die Stimme seines Herrn hinter ihm.

Mateo drehte sich um. Sein Herr blickte ihn durchdringend an. Diesmal lächelte er nicht.

»Ihr Neffe hat wieder versucht zu fliehen«, sagte er. »Ich habe meine Killer auf ihn angesetzt.« Mateos Herr warf einen eiskalten Blick auf den am Boden liegenden, stöhnenden Verletzten und auf den Japaner, der in der Ecke meditierte. »Beide haben versagt«, erklärte er. »Dafür mußte ich sie bestrafen.«

Mateo hörte den Kubaner wimmern. Er versuchte den Klang nackter, menschlicher Todesangst, der durch die zerschlagenen Lippen des Killers drang, auszublenden.

»Zumindest zeigte der Yakuza Reue«, fuhr sein Herr fort. »Er bot mir als Wiedergutmachung seinen kleinen Finger an. Das ist *giri* – seine Pflicht.« Er lachte. Mateo ging dieses Lachen durch und durch. »Ich habe ihm gesagt, er soll seinen Finger behalten. Ich habe ihn gewarnt, daß ich mir bei seinem nächsten Versagen ein wichtigeres Körperteil holen werde ... Sein Herz vielleicht.«

Mateos Herr warf nun einen Blick auf den wimmernden Kubaner und deutete mit dem Finger auf ihn. »Dieses Schwein hatte allerdings noch nicht einmal genug Ehre im Leib, um sich zu entschuldigen«, sagte er und versetzte dem am Boden liegenden Mann einen Fußtritt. Der Kubaner zog sich, laut stöhnend, wie ein Wurm zusammen. »Also habe ich sein kleines Spielzeug kaputt gemacht.«

Von dem Spektakel angewidert, wandte Mateo den Blick von den beiden Killern ab. »Gibt es Neuigkeiten über einen bevorstehenden Überfall?« fragte er.

Sein Herr nickte. »Es besteht kein Zweifel«, antwortete er. »Sie werden kommen. Aber meinen Informationsquellen zufolge denken die *Norteamericanos* immer noch, daß sich Ihr Bruder und seine Familie in dem Konzentrationslager befinden. Hierher werden sie nicht kommen.«

Mateo wollte darauf hinweisen, daß die Amerikaner das eigentliche Gefängnis aufgrund der erhöhten Aktivität und der Lastwagen, die täglich von Adello herkamen, durchaus bemerkt haben konnten. Aber er sagte nichts. Er war so gut gedrillt, daß er das Urteil des Mannes, dessen Besitz er war, nicht in Zweifel zog.

»Der Überfall wird bald stattfinden, Mateo«, sagte sein Herr, ins Leere starrend. »Und ich habe eine Falle für sie ausgelegt ... Corteguay ist nur ein winziges Land. Dennoch werden wir die Amerikaner mit Hilfe meines Genies beschämen und noch mehr ihrer Agenten des Aufstands und des Chaos töten oder gefangennehmen.«

»Aber was ist mit dem Jungen?« fragte Mateo. »Hat er versucht, Kontakt zu seinen Freunden bei den Net Force Explorern aufzunehmen?«

»Was kann er ihnen schon erzählen, selbst wenn er es getan hat?« konterte sein Herr. »Daß er gefangengenommen wurde? Das wissen die *Norteamericanos* bereits, obwohl sie beschlossen haben – aus welchen Gründen auch immer –, unser kleines Spiel mitzuspielen. Selbst wenn Julio Kontakt mit seinen Freunden aufgenommen hat, wer würde ihnen schon glauben? Was kann er ihnen erzählen? Woher soll er wissen, wo er gefangengehalten wird? Wie könnte er sich oder seiner Familie denn helfen?« Grinsend schüttelte er den Kopf. »Machen Sie sich keine Sorgen, Mateo«, schloß er. »Für Ihren Bruder und seine Familie gibt es keine Hoffnung. Nicht die geringste.«

Plötzlich hörte Mateo noch ein Geräusch. Das Weinen eines kleines Kindes, das vor Schmerzen oder Unwohlsein jammerte.

Er drehte sich um und schaute zu den Gefangenen hinüber. Sie lagen immer noch auf den Implantationstischen und waren an die Computer angeschlossen, die sie unter Kontrolle hielten.

Mateo trat an die Tische heran.

Die amerikanischen Soldaten befanden sich nach wie vor in einem tranceähnlichen Zustand und schienen völlig friedlich.

Die können froh sein, daß sie nicht wissen, wie sie stinken, dachte Mateo, während er sich ein Taschentuch vor den Mund preßte. Oder wie ihre Körper durch die fehlende Bewegung immer mehr verfallen.

Dann schaute Mateo nach seinem Bruder und dessen Frau. Sie schienen ebenfalls ruhig zu sein, aber ihre Körper waren schmutzig und wiesen die ersten Anzeichen von Schwund auf.

Anschließend wandte sich Mateo seiner Nichte und seinem Neffen zu. Julio kämpfte gegen etwas an, sofern sein angespannter Gesichtsausdruck nur annähernd darauf schließen ließ, was sein Gehirn mitmachte. Er schien permanent Widerstand gegen das Programm zu leisten, was ihn schwach und ausgezehrt aussehen ließ.

Dann fiel Mateos Blick auf das Mädchen. Juanita war ihr Name. Der Körper des Kindes war mit einem dünnen Schweißfilm bedeckt und ihre normalerweise blasse Haut gerötet. Mateo legte die Hand an ihren Hals.

Ihre Haut brannte, und die Vibrationsmatratze unter ihr war heiß.

Mateo drehte sich wieder zu seinem Herrn um. »Die Kleine ist krank«, sagte er.

Sein Herr wandte sich, verärgert über die Störung, zu Mateo um. »Das spielt keine Rolle«, sagte er und schritt, mit zwei Wachen im Schlepptau, hinüber in einen anderen Teil des Komplexes.

Mateo war mit der Familie seines Bruders allein – und mit seinem Gewissen.

Komisch, dachte er, während er das kranke Kind anschaute. Ich dachte, ich hätte mein Gewissen schon vor langer Zeit verloren. Suchend blickte er sich um. Sein Blick fiel auf die Metallschüssel, mit der die tote Frau ihre Schützlinge gewaschen hatte. Er wandte sich an den japanischen Killer. »Du!« bellte er. »Steh auf.«

Der Japaner drehte den Kopf. Dann erhob er sich langsam und kam zu den Gefangenen herüber. Mateo drückte ihm die Schüssel in die Hand. »Bring mir kaltes Wasser und einen Schwamm«, befahl er.

Als der Killer ein paar Minuten später zurückkam, reichte er Mateo die mit Wasser gefüllte Schüssel und einen sauberen Schwamm. Während Mateo begann, das fiebernde Kind zu waschen, begab sich der Japaner wieder in seine Ecke, wo er seine Meditation im Lotossitz wiederaufnahm – blind und taub für seine Außenwelt.

Colonel Stegar, Lieutenant Knappert und die übrigen SEALs waren unter Deck gebracht worden. Die Mannschaft des ›Frachters‹ hatte es ihnen in dem engen Raum so bequem wie möglich gemacht.

Das Team befand sich an Bord eines alten Containerschiffes – so schien es zumindest –, das zwischen der süd- und mittelamerikanischen Küste und den Inseln der Karibik verkehrte. Regelmäßig fuhr das Schiff mit einer Ladung billiger Konsumwaren aus den Vereinigten Staaten nach Lateinamerika, wo die Waren an Großhändler im ganzen Land verkauft wurden. Auf dem Weg nahm es örtliche Handelswaren auf. In Kürze würde es die Insel Corteguay passieren, die sich an die Pazifikküste Südamerikas schmiegte.

Der Frachter mit dem Namen *Misty Water* war ein vertrauter Anblick entlang der Küste, und die Marine Corteguays – falls man die paar Mann so bezeichnen wollte – nahm kaum Notiz von ihm. Schon seit Monaten war das Schiff nicht mehr von Patrouillenbooten, die die sozialistische Regierung ausschickte, angehalten worden.

Der Kapitän war sicher, daß die Corteguaner den Kahn vergessen hatten, da er durch seine regelmäßigen Fahrten an ihrer Küste vorbei ein Teil der Landschaft geworden war.

Was die Corteguaner nicht wußten, war, daß die *Misty Water* mehr als ein Frachter war. In Wirklichkeit war sie ein Geheimdienstschiff der US-Navy, ausgerüstet mit hochentwickelten elektronischen Spionage- und Überwachungsgeräten und bemannt mit einer Besatzung von hervorragend ausgebildeten und engagierten Soldaten.

Im Inneren des künstlich ›verrosteten‹ Rumpfes befanden sich Unterwasserdruckschleusen, die für verdeckte Operationen verwendet wurden. Das Schiff konnte gemächlich an der Küste des Feindes vorbeipflügen, während es heimlich Einsatzkommandos aussandte, die die Küstenverteidigungssysteme sabotierten – wie es bei der letzten Fahrt an der corteguanischen Küste vorbei vor einigen Wochen geschehen war.

Die *Misty Water* eignete sich auch dazu, SEAL-Truppen in die Nähe ihres Zielgebietes zu bringen und sie abzusetzen, ohne daß ein Beobachter etwas bemerkte. Darin bestand auch bei diesem Einsatz ihre Aufgabe.

Colonel Stegar und Lieutenant Knappert befanden

sich unter Deck in dem Bereich, den sie für die Einsatzplanung nutzten. Neben der Landkartenstation, den Satellitenschaltungen und den Computern war nicht mehr viel Platz vorhanden.

In diesen engen und muffigen Quartieren nahm der Colonel seine SEALs in die Zange und ging die Mission immer wieder mit ihnen durch. Er gab sich erst zufrieden, als er sicher war, daß sie ihre Aufgabe auswendig kannten und wirklich darauf vorbereitet waren.

Eine dieser Einsatzbesprechungen hatte gerade geendet. Colonel Stegar entschied, daß sie die letzte sein würde. Es wurde Zeit, daß er seinen Leuten eine Pause gönnte. Er warf einen prüfenden Blick auf die Einsatzuhr an seinem Handgelenk. In weniger als vier Stunden würden sie das Schiff durch die Unterwasserschleusen verlassen und mit der High-Tech-Unterwasserausrüstung im Dunkel der Nacht zur Küste Corteguays hinüberschwimmen.

Es würde ein gefährliches Unterfangen werden. Die Verteidigungssysteme, die während der letzten Reise sabotiert worden waren, könnten ohne ihr Wissen repariert worden sein. Oder ein Hobbyfischer, der am Strand vorbeistrich, bemerkte sie, wenn sie aus dem Ozean auftauchten … Stegar wußte, daß tausend Sachen schiefgehen konnten.

Und das war erst die Anfangsphase des Unternehmens *Raptor* …

Vierzehntes Kapitel

Die Besprechung mit Dr. Lanier nach dem virtuellen Flugeinsatz war gnädigerweise kurz.

Soweit den Net Force Explorern bekannt war, hatte keiner der anderen Teilnehmer die mysteriösen Düsenjäger in der Simulation gesehen. Und selbstverständlich erwähnte keiner der Explorer die Sache außerhalb ihrer Gruppe. Es blieb ihr Geheimnis.

Wie zuvor hatte sich ein Rift gebildet und den Simulator zum Absturz gebracht. Deshalb waren Dr. Lanier und seine Techniker zu sehr damit beschäftigt herauszufinden, was mit ihrem Computer los war, als daß sie sich um Matt und seine Freunde kümmern konnten.

Nach der Einsatzbesprechung besuchten die Deutschen die Net Force Explorer holographisch im Besprechungsraum des Instituts. Dabei fiel Matt auf, daß Dieter Rosengarten ihn irgendwie merkwürdig ansah. Hat Dieter was gesehen? fragte er sich. Wie zum Beispiel ungewöhnlich angestrichene Me-262-Messerschmitts, die dort eigentlich nichts zu suchen gehabt hätten, oder ein mysteriöses, orangefarbenes Flugzeug?

Als Matt und Dieter sich schließlich holographisch gegenüberstanden, war Dieter zwar höflich, aber Matt spürte, daß eine Frage zwischen ihnen im Raum stand. Eine Frage, die der Deutsche hoffentlich nicht stellen würde.

Nach der Besprechung und dem Empfang für die Deutschen kehrten die Net Force Explorer wieder in die Lounge des Instituts zurück. Matt hatte eine Sondersitzung einberufen.

In der Lounge angekommen, nahm Matt zunächst mit dem Büro des Net-Force-Leiters Kontakt auf. Er erhielt die Auskunft, Jay Gridley sei in einer Besprechung mit dem Sprecher des Repräsentantenhauses, werde aber in Kürze zurückerwartet.

Matt beschloß, die Sitzung ohne den Net-Force-Chef abzuhalten. Mit seiner ersten Handlung zu Beginn der Sitzung überraschte er alle. Er wandte sich an Andy Moore und legte ihm die Hand auf die Schulter. »Was immer auch als nächstes passiert«, sagte er, »wir haben es dir zu verdanken, Andy.«

Keiner der anderen Net Force Explorer hatte irgendeine Ahnung davon, was passiert war, nachdem sie aus dem Wettkampf ausgeschieden waren. Also erzählte Matt ihnen, wie Andy seine Chance, Dieter Rosengarten abzuschießen, freiwillig hatte sausen lassen, um Matt zu Hilfe zu kommen. Und wie Andy die mysteriösen Düsenjäger rammte, um sie zum Absturz zu bringen, und daß er selbst dabei ausschied.

»Hättest du das nicht getan, dann hätte ich nicht mit Julio sprechen können«, erläuterte Matt. »Du hast die Sache gerettet, Andy.«

»Wow«, entfuhr es David Gray, der Andy anerkennend auf den Rücken klopfte. »Ich weiß, wie du darauf gebrannt hast, Dieter Rosengarten abzuschießen. Gut gemacht, Mann!«

»Das ist wahre Größe – sich zum Wohl eines anderen zu opfern«, fügte Megan O'Malley hinzu.

»Ich glaub's einfach nicht, daß Dieter Rosengarten vor dir geflüchtet ist!« sagte Mark Gridley.

Doch die Worte, die Andy das Gefühl gaben, etwas Besonderes zu sein, kamen erst noch – von Megan. Nachdem die anderen ihm gratuliert hatten, baute sie sich vor ihm auf und schaute ihm in die Augen. »Dein Vater wäre sehr stolz auf dich«, sagte sie schlicht.

Andy verschlug es vor Überraschung die Sprache. Mit ungewohnter Bescheidenheit nahm er das Lob und Megans aufrichtige Worte an. Er wurde sogar rot. Der häufig aggressive Andy war es nicht gewohnt, gelobt zu werden. Deshalb wußte er nicht, wie er damit umgehen sollte.

Kurze Zeit später wurde er von seiner unbehaglichen Position als Held erlöst. Net-Force-Leiter Jay Gridley erschien mit einem weiteren Agenten im Schlepptau. »Entschuldigt die Verspätung«, sagte er und kam sofort zur Sache. »Was habt ihr herausgefunden?«

Matt holte tief Luft und schloß die Augen. Also los, dachte er. Dann erzählte er alles, was er in Erfahrung gebracht hatte …

Mit der Antwort des Net-Force-Leiters war Matt jedoch überhaupt nicht zufrieden. Er hatte dem Net-Force-Chef sowie den anderen Net Force Explorern alles berichtet, was Julio in dem virtuellen Simulator gesagt hatte. Während er die Geschichte erzählte, versuchte er, sich jedes winzige Detail ins Gedächtnis zurückzurufen. Jay Gridley zeichnete alles auf.

Nachdem Matt fertig war, sah er Gridley erwartungsvoll an. Er hoffte, der Net-Force-Chef hätte einen Lösungsvorschlag für diese schwierige Situation. Bedauerlicherweise wurde seine Erwartung nicht erfüllt.

Statt Lösungen anzubieten, bestand Gridley darauf, daß sie weiter am Seminar des Instituts teilnahmen und die Strategie beibehielten, die sie bisher verfolgt hatten. Die Net Force Explorer sollten Stillschweigen bewahren und abwarten, bis er Kontakt mit dem Außenministerium, dem Militär, oder wer sonst informiert werden mußte, aufgenommen hatte.

Das war die Antwort eines Bürokraten – und keine, die Matt Hunter hören wollte.

Nachdem Jay Gridley alle noch einmal ermahnt hatte, sämtliche Informationen geheimzuhalten, verließ er die Lounge. Kurz darauf erklärte Matt die Sitzung für beendet.

Während alle aufbrachen, kam Mark zu Matt herüber. »Was wirst du jetzt tun?« fragte er.

Matt seufzte. »Ich weiß es noch nicht genau«, antwortete er vage. Wenn er sich Jay Gridleys Wünschen widersetzen würde, durfte er dessen Sohn nicht in irgendwelche krummen Sachen verwickeln. Er wollte den Jüngeren schützen.

Mark schien das ohne lange Erklärung zu verstehen. Er nickte. »Ich wollte dir nur sagen, daß ich hinter deiner Entscheidung stehe«, erklärte er, »als Net Force Explorer und als Freund. Egal wie sie ausfällt.«

Matt war für den Vertrauensbeweis äußerst dankbar, aber er wußte, daß er den nächsten Schritt im Alleingang gehen mußte.

»Matt!« rief seine Mutter, als sie nach Hause kam. »Es ist schon nach Mitternacht, warum bist du so spät noch auf?«

Matt fing ihren Blick auf. »Ich muß mit dir reden, Mom«, sagte er. Marissa Hunter blinzelte kurz, und Matt gewann den Eindruck, daß sie sich nicht wohl in ihrer Haut fühlte. Erneut kam ihm der Verdacht, daß sie etwas zu verbergen hatte.

»Es geht um Julio«, sagte Matt, und dann sprudelten die Worte nur so aus ihm heraus. »Ich hab' ihn wieder gesehen. In der virtuellen Realität.«

Marissa Hunter wurde blaß, was Matts Verdacht bestätigte.

Ich muß ihr gegenüber aufrichtig sein, entschied Matt. Das ist der einzige Weg. Ich kann nicht von ihr erwarten, daß sie mir die Wahrheit sagt, wenn ich ihr gegenüber nicht alles zugebe.

Er holte tief Luft und setzte sich seiner Mutter gegenüber. Dann erzählte er ihr die ganze Geschichte, von Anfang an.

Als er geendet hatte, saßen beide schweigend da.

Matt spürte, daß er seine Mutter irgendwie in eine Zwickmühle gebracht hatte. Allerdings wußte er nicht genau, inwiefern. Was er allerdings wußte, war, daß sie etwas unternehmen konnte, um Julio zu retten. Schließlich arbeitete sie im Pentagon. Sie war Matts letzte Hoffnung ...

Seine Mutter zögerte, als wäre sie zwischen nicht miteinander zu vereinbarenden Treuepflichten hin- und hergerissen oder nicht in der Lage, sich für ein geeignetes Vorgehen zu entscheiden. Dann, ganz plötzlich, entspannte sie sich. Was auch an ihr genagt hatte, sie hatte endlich einen Entschluß gefaßt, wie sie damit umgehen konnte.

Sie griff nach seiner Hand. »Ich muß dir etwas sagen, Matt«, begann sie.

Zur gleichen Zeit glitten Tausende von Meilen entfernt neun Taucher aus dem Pazifischen Ozean und robbten über den dunklen Strand von Corteguay.

Einer nach dem anderen kamen die SEALs aus dem kühlen Ozean, große, wasserfeste Bündel mit Waffen und Ausrüstung in den Händen. Nachdem Colonel Stegar seine Ausrüstung an Land gezerrt und in einer Baumreihe Deckung gesucht hatte, warf er einen prüfenden Blick auf seine digitale Armbanduhr. Als er die schwach leuchtenden Zahlen der Anzeige sah, fluchte er innerlich.

Sie lagen schon sechzehn Minuten hinter dem Zeitplan zurück.

Die Verspätung war nicht zu vermeiden gewesen. Das SEAL-Team hatte unter Wasser bleiben müssen, weil ein schwerbewaffnetes corteguanisches Patrouillenboot auf die *Misty Water* zusteuerte. Als der Colonel sah, wie der Kapitän des Bootes dem Frachter Zeichen gab, geriet er in Sorge.

Den Kopf knapp über der Wasserlinie, verstärkte er

mit Hilfe des High-Tech-Tauchhelms die Stimmen der Männer auf den Schiffen. So bekam er alles, was sich abspielte, mit. Er beobachtete das Geschehen und fragte sich, ob die Patrouille noch länger in Strandnähe herumstreifen würde, so daß sie ihre Rettungsmission abbrechen mußten.

Erleichtert atmete Stegar auf, als ihm klar wurde, daß das Patrouillenboot darauf aus war, Schwarzmarktwaren mit der Besatzung der *Misty Water* zu tauschen. Er hörte, wie die Besatzung des Frachters auf spanisch mit den Männern auf dem Patrouillenboot herumstritt. Am Ende wechselten ein paar Waren und echtes Geld – keine elektronischen Transaktionen – ihren Besitzer.

Dann drehte das Patrouillenboot ab und verschwand in die Nacht, wahrscheinlich auf der Suche nach weiteren Kunden für Schwarzmarktgüter. Sobald es außer Sicht war, führte Stegar seine Leute an Land. Die *Misty Water* dümpelte in der Ferne vor sich hin.

In dieser Phase der Mission war vorgesehen, daß sie sich ihrer Taucheranzüge entledigten. Ein Besatzungsmitglied der *Misty Water*, ebenfalls ein SEAL, war mit ihnen an Land gegangen. Seine Aufgabe bestand darin, die Taucherausrüstungen zurück aufs Schiff zu schaffen. Wenn aus irgendeinem Grund eine Evakuierung von See aus erforderlich werden würde, statt der geplanten Hubschrauberaktion, würde er sie auf ihr Zeichen hin zum Strand zurückbringen. Dadurch hatten die SEALs mehrere Fluchtmöglichkeiten, und ihre Chancen, unentdeckt zu bleiben, stiegen.

Die Männer legten die Kampfanzüge an und bereiteten ihre Ausrüstung und Waffen für den langen Marsch durch den Dschungel vor. Indessen verstaute der Matrose die Taucherausrüstung für den Rücktransport in wasserfesten Taschen.

»Viel Glück, Colonel«, flüsterte der Soldat, als er fertig war. »Ich wünschte, ich könnte Sie begleiten.«

Stegar schüttelte ihm die Hand. Dann ließ sich der Matrose, die Ausrüstung hinter sich herziehend, wieder ins Wasser gleiten. Es dauerte nur wenige Sekunden, dann war er unter den Wellen verschwunden, ohne daß diese sich auch nur im geringsten kräuselten und seine Anwesenheit verrieten.

Das SEAL-Team war abmarschbereit. Stegar erhob sich aus dem Sand. »Also los«, flüsterte er. »Knappert, Connolly. Sie bilden die Spitze.«

Geschlossen nahmen die Soldaten ihre Positionen ein und verschmolzen mit dem dunklen Urwald.

Matt hörte zu, während seine Mutter ihm von der *Raptor*-Akte erzählte.

Das SEAL-Team ist also bereits auf Corteguay, dachte er. Die Besorgnis, die ihn erfaßt hatte, seit er Julio zum erstenmal im Simulator gesehen hatte, erreichte ihren Höhepunkt. Er wandte sich an seine Mutter.

»Gibt es eine Möglichkeit, den Angriff zu stoppen oder ihn einen oder zwei Tage zu verschieben?« fragte er.

Seine Mutter schüttelte den Kopf. »Jede Sekunde auf feindlichem Gebiet bedeutet Gefahr für die Männer«, klärte sie ihren Sohn auf. »Sie können das Unternehmen abbrechen, wenn sie es müßten, aber das wäre unweigerlich das Ende. Der Einsatz wird jetzt durchgeführt, vor den Wahlen auf Corteguay, oder überhaupt nicht«, schloß sie.

Dann ist jetzt der Zeitpunkt gekommen, dachte Matt. »Können wir mit ihnen sprechen, ihnen eine Nachricht übermitteln?«

»Ich weiß es nicht. Eher nicht, würd' ich sagen. Vermutlich werden sie während des gesamten Einsatzes Funkstille halten, aber ich kann das herausfinden, wenn es für dich wichtig ist.«

»Das wäre gut«, antwortete Matt. Er ging den Zeitplan des Angriffs noch einmal durch. Nachdem er alles durchgerechnet hatte – unter Berücksichtigung der Zeitverschiebung zwischen Washington und Corteguay –, wußte er, daß etwas Zeit bleiben würde, um Julio zu warnen. Allerdings nicht viel.

Doch falls es ihm oder einem der anderen Explorer nicht gelang, in dem Bosnien-Szenario Kontakt zu Julio aufzunehmen, würde der Überfall auf das geheime Gefängnis ohne dessen Wissen stattfinden. Nach Julios Worten würde das seinen Tod und den Tod seiner Familie bedeuten.

Die Verantwortung war erdrückend.

Und es blieb nicht genug Zeit, um alles vernünftig vorzubereiten!

Wenn das Institut kooperierte, könnte Matt oder irgendein offizieller Vertreter allein in das Simulationsprogramm einsteigen, um Julio zu warnen, ohne dabei von einem Haufen von Leuten gestört zu werden, die Kriegsspiele spielten.

Aber wenn die letzte Woche beispielhaft dafür war, wie diplomatische Verhandlungen abliefen, dann war eine solche Kooperation ein unerfüllbarer Traum.

Die Net Force oder Matt und seine Freunde konnten die Simulatoren zum Absturz bringen. Das hatten sie zuvor schon getan. Aber sie konnten sie ohne Zustimmung des Instituts nicht verwenden. Und da Matt seit mehr als einer Woche versuchte, die Welt dazu zu bringen, ihm zuzuhören, war er sicher, daß nicht einmal die gesamte amerikanische Regierung diese Zustimmung rechtzeitig erwirken konnte.

Wenn sie sie nicht bekamen, mußte er tun, was er die vergangenen zwei Wochen schon getan hatte: den Unterricht besuchen, Weltklasse-Konkurrenz schlagen und hoffen, Julio zu finden. Aber diesmal hingen Julios Leben und das Leben jedes Gefangenen in dem virtuellen Gefängnis von ihm ab.

Wenn der Net Force kein Wunder gelang, kam es auf Matt an. Auf Matt und die anderen Net Force Explorer.

Wenn wir wieder in den Simulator steigen, ist es real, begriff er. So real, wie ein Krieg nur sein kann. Wenn wir versagen, werden Menschen sterben.

Seine Mutter trat von hinten an ihn heran und legte ihm die Hand auf die Schulter. »Ich habe nie gedacht, daß du eines Tages in dieser Lage sein würdest«, sagte sie. »Mein ganzes Leben habe ich daran gearbeitet sicherzustellen, daß du nie in einen offenen Krieg hineingezogen wirst. Dir kann in dem Simulator zwar nichts passieren, aber Julio steckt in fürchterlichen Schwierigkeiten. Das gefällt mir ganz und gar nicht.«

»Ich weiß«, antwortete Matt.

»Ich habe dich die ganze letzte Woche beobachtet. Dein Freund befand sich in Gefahr, und du hast alles getan, um ihm zu helfen. Auch wenn ich dachte, daß du falsch liegst, bei dem was vor sich geht, ist mir deine Entschlossenheit aufgefallen, mit der Situation fertig zu werden. Und wie einfallsreich du bist. Ich bin sehr stolz auf den jungen Mann, zu dem mein Sohn geworden ist.«

»Ach komm, Mom …«

»Geh jetzt ins Bett«, sagte sie. »Sieh zu, daß du ein bißchen schläfst. Du wirst es brauchen.«

Matt wünschte ihr eine gute Nacht und ging in sein Zimmer. Er hatte alles getan, was er tun konnte.

Matt schlief in dieser Nacht kaum. Unruhig wälzte er sich im Bett hin und her. Ihm war klar, daß er, wenn die Sonne wieder aufging, die anderen Net Force Explorer in eine richtige Schlacht führen mußte. Während sich die Stunden bis zum Anbruch des Tages endlos hinzogen, kämpfte er in der Dunkelheit mit seiner Angst und seinen Zweifeln.

»Die Bosnienkrise, die im Jahre 2007 aufloderte, war der erste größere Krieg im einundzwanzigsten Jahrhundert. Sie begann ähnlich wie der Erste Weltkrieg im zwanzigsten Jahrhundert«, erklärte Dr. Lanier den Anwesenden zu Beginn des Geschichtsunterrichts vor der Flugsimulation an diesem Morgen. »Eine Reihe von Bündnissen, die von den Vereinten Nationen und einzelnen europäischen Staaten vermittelt wurden, führten zu einem Dominoeffekt.«

Während Dr. Lanier sprach, erschien hinter ihm eine dreidimensionale Landkarte von Europa. »Als sich die internen Streitigkeiten zwischen den bosnischen Serben und ihren moslemischen Nachbarn zuspitzten, stellten die alten NATO-Staaten fest, daß sie mit der russischen Regierung und deren osteuropäischen Verbündeten nicht einer Meinung waren«, fuhr der Seminarleiter fort.

Die Net Force Explorer hörten der Einführung des Lehrers voller Spannung und Sorge zu. Kurz vor Unterrichtsbeginn hatte Matt mit ihnen gesprochen. Über das Unternehmen *Raptor* durfte er nichts verlauten lassen, aber er hatte ihnen gesagt, daß Julios Leben und das seiner Eltern und Schwester davon abhingen, wie sie heute abschneiden würden.

Die Net Force Explorer waren entschlossen, nicht zu versagen.

»Für zwei Länder, Japan und Deutschland, war dies der erste Krieg, abgesehen von einigen gemeinsamen UN-Aktionen, an dem sie seit dem Zweiten Weltkrieg aktiv teilnahmen«, erklärte Dr. Lanier. »Eine Vielzahl von Faktoren, angefangen von den verheerenden langfristigen Auswirkungen des Dayton-Friedensabkommens bis hin zur Weigerung des Westens, die Russen in die NATO aufzunehmen, führte zu dem kurzen, aber blutigen Konflikt. Aber wir sind nicht hier, um die politischen Entscheidungen zu diskutieren, die den Konflikt ausgelöst haben.«

An der Wand hinter dem Seminarleiter erschien eine weitere Landkarte, diesmal von Südosteuropa. Rote Linien waren über Griechenland eingeblendet. Sie führten in einem Bogen nach Bosnien.

»Streitkräfte aus den Vereinigten Staaten und der Bundesrepublik Deutschland patrouillierten durch ein Gebiet, das später als der ›Sarajewo-Korridor‹ bezeichnet wurde«, erklärte Dr. Lanier. »Jäger und Bomber von Stützpunkten in Griechenland und von Flugzeugträgern im Mittelmeer flogen täglich Einsätze nach Bosnien. Ein zweiter Korridor durch Rumänien wurde von den Briten, Franzosen und Japanern überwacht«, erklärte Dr. Lanier, während ein grüner Pfeil erschien, der dieses Patrouillengebiet nachzeichnete.

»In diesen Korridoren standen den Alliierten zum einen die kleine serbische Luftwaffe mit ihren alten MiG-23 Flogger und MiG-29 Fulcrum gegenüber. Zum anderen hatten sie es aber auch mit der modernen russischen Luftwaffe zu tun, die mit den hervorragenden Mikojan 1-42 und MiG-33 ausgestattet war.« Während der Ausführungen des Seminarleiters erschienen hinter ihm schematische Darstellungen der Flugzeuge, die sich drehten, so daß man sie aus jeder Perspektive betrachten konnte.

»Da die Alliierten und Russen nicht gewillt waren, Bodentruppen in großer Zahl einzusetzen, wurde die Bosnienkrise einerseits zu einem Luftkrieg mit Luftangriffen und Gegenschlägen zwischen den Supermächten und andererseits zu einem Zermürbungskrieg zwischen den ursprünglichen Gegnern«, erklärte Lanier.

Der Flachbildschirm an der Wand füllte sich mit Bildern von Jägern, die durch den Himmel schossen, und Flugkörpern, die von Tragflächenstreben aus auf Bodenziele abgefeuert wurden. Dann folgte allgemeines Bildmaterial, das amerikanische Piloten bei Einsätzen mit ihren F-15E Strike Eagle, F-16 Fighting Falcon, F-22 Lightning II und F-117 Stealth Fightern zeigte.

»Dieser Luftkrieg wurde bald zu einer Kraftprobe, bei der Maschine gegen Maschine kämpfte, völlig anders also als die Wettbewerbe, an denen ihr bisher teilgenommen habt. Die meisten der alliierten Flugzeuge, die im Kampf abstürzten, wurden von bodenstationierten Boden/Luft-Flugkörpern, den sogenannten SAMs, heruntergeholt. Sie wurden sowohl von festen militärischen Anlagen als auch von mobilen Plattformen aus gestartet. Damit die Piloten der Jäger und Bomber ihre Einsätze durch das Kriegsgebiet fliegen konnten, war es die höchste Priorität der alliierten Streitkräfte, die SAM-Stellungen zu zerstören. Aber es stellte sich als schwierig heraus, sie zu finden.

Zum Teil wurden die Daten für taktische Einsätze über Satellit gesammelt, unterstützt durch Echtzeit-Überwachungsvideos von unbemannten Drohnen«, erklärte Lanier.

Um sie herum tanzten Hologramme der kleinen funkgesteuerten Flugzeuge in der Luft.

»Neben ihrer Funktion, Daten zu sammeln, dienten die Drohnen aber auch als Abschußrampen für diverse kleine Geschosse und wiesen Lenkflugkörpern den Weg zum Ziel.«

Getarnte, von Flakgeschützen umgebene Raketenabschußrampen erschienen vor ihren Augen, umrahmt von den kleinen Drohnen. Vor den Augen der Net Force Explorer sauste eine präzisionsgesteuerte modulare Gleitbombe, scheinbar aus dem Nichts kommend, über einem Ziel durch die Luft. Die Bombe schlug auf dem Boden auf und brachte die SAM-Anlage zur Explosion.

»Durch den Einsatz dieser Ziel- und Aufklärungsdrohnen wurde die den Alliierten zur Verfügung stehende Luftmacht erhöht, indem Flugzeuge und Piloten von risikoreichen Einsätzen befreit wurden. Die Drohnen waren einfach und billig in der Produktion, während teure Kontroll- und Überwachungsgeräte sicher hinter den feindlichen Linien blieben. Daher konnten sie in großer Zahl eingesetzt werden, und hohe Verluste waren zu verschmerzen.

Zum Teil mußten geheime Daten allerdings immer noch auf herkömmliche Art und Weise gesammelt werden. Dies galt insbesondere für die Standorte von Boden/Luft-Raketen. Die Drohnen waren als Ziele häufig nicht interessant genug, um diese Raketen zu aktivieren. Am besten waren die Abschußrampen aufzufinden, indem das Radar- oder Infrarotsignal angesteuert wurde, mit dem ihre Raketen ans Ziel gebracht wurden. Dann wurde ein HARM-Radarbekämpfungsflugkörper oder ein IRST-Infrarot-Such- und Ortungsflugkörper darauf gestartet. Aber sie schalteten erst auf diese Signale auf, wenn sich lohnenswerte Ziele innerhalb ihrer Reichweite befanden. Das war die Spezialität von Piloten, die als ›Wild Weasels‹ ausgestattete F-15, auch SAM-Angriffsflugzeuge genannt, flogen. Sie flogen Begleitschutz für Angriffsjäger. Wenn die Boden/Luft-Raketengeschütze den Abschuß ihrer tödlichen Waffen in den Himmel vorbereiteten, zerstörten die Wild Weasels sie, indem sie Raketen aus nächster Entfernung abfeuerten. Dabei mußten sie den Boden/Luft-Raketen ausweichen, und häufig flogen sie ungeachtet des Begleitfeuers. Es war einer der gefährlichsten Einsätze des Krieges. Sobald die SAMs unbrauchbar waren, konnten die Bomber und Jäger ihren Zielanflug fortsetzen. Diese Taktik wurde ursprünglich von F-100- und F-105-Maschinen in Vietnam Ende der sechziger Jahre des zwanzigsten Jahrhunderts geflogen, später, 1991, von F-4G-Maschinen im Golfkrieg.

Angriffsjäger waren neben der Unterstützung durch die Wild Weasels aber noch von vielen anderen Flugzeugen abhängig, wenn sie ihre Missionen erfolgreich erfüllen wollten. Luftbetankung durch Tankflugzeuge erhöhte die Reichweite und Flugdauer aller Flugzeuge auf dem Kriegsschauplatz. Darüber hinaus lieferten Radarplattformen im Luftraum, die, wie die E-3 Sentry, mit leistungsfähigen Radar- und Kommunikationssystemen, kurz AWACS genannt, ausgestattet waren, Langstreckenzielerfassung und -zielerkennung. Zudem boten sie den alliierten Streitkräften Möglichkeiten der Kontrolle, Koordination und Kommunikation untereinander. Dank der Sentry-Maschinen wußte jeder Pilot der Alliierten, wo sich die anderen Flugzeuge in der Luft gerade befanden und wer Freund und wer Feind war.

Von Anfang an hatten die westlichen alliierten Streitkräfte einen technologischen Vorsprung. Dennoch waren sie weder bereit, ausreichende Bodentruppen zu entsenden, um das Gefechtsfeld unter ihre Kontrolle zu bringen, noch aus der Luft die Anzahl an Toten unter der Zivilbevölkerung und so starke Schäden an Objekten anzurichten, die notwendig gewesen wären, um den Krieg vollständig zu beenden. Dadurch herrschte ein relatives Gleichgewicht der Kräfte. Bis kurz vor Ende des Krieges ...«

Seine Stimme verhallte, während ein verschwommenes Hologramm, eine der bemerkenswertesten militärischen Waffen, die je gebaut worden waren, in dreidimensionaler Darstellungsform vor ihren Augen aufleuchtete. »In den letzten Monaten des Krieges führten die Russen dieses technische Meisterstück, die MiG-44, ein. Schneller und manövrierfähiger als alles, was die Alliierten ins Feld schicken konnten, war sie bewaffnet mit einer 30-mm-GSh-301-Kanone und 16 Flugkörperstartcontainern mit einer Tragfähigkeit von 10 000 Kilogramm Lenkbomben, Flugkörpern und Raketen. Damit war sie eine wesentlich bessere Plattform als alles, was die Alliierten flogen.«

Die Net Force Explorer wurden plötzlich nervös. Niemand wollte gegen dieses Flugzeug antreten müssen.

Dr. Lanier drehte sich um, damit er die unglaubliche Maschine bewundern konnte.

»Die MiG-44 wurde von einem Technikerteam des ›A. I. Mikojan wissenschaftlich-industriellen Komplexes für Luftfahrt‹ handmontiert, das von dem genialen Flugzeugbauer Igor Nikolajew geleitet wurde. Sie hätte den Lauf des Krieges beeinflussen können, sofern sie früher und in größerer Zahl eingeführt worden wäre.«

Dr. Lanier wandte sich wieder zu den Anwesenden um. »Glücklicherweise war das nicht der Fall. Nur elf Muster wurden gebaut. Die MiG-44 wurde von Piloten ferngesteuert, die mit vollständiger virtueller Technologie an das Cockpit angeschlossen waren. Auf diese Weise gab es keine physikalischen Einschränkungen, wie sie den meisten bemannten Flugzeugen auferlegt sind. Sie konnten steilere Sturzflüge und schärfere Wenden fliegen sowie Manöver in größerer Geschwindigkeit ausführen. Manöver, die auch von den meisten herkömmlichen Düsenjägern geflogen werden konnten, aber Gravitationskräfte freisetzten, die den Piloten töten würden. Die MiG-44 konnten ihre volle Leistungsfähigkeit und das Potential der Maschinerie ausschöpfen, ohne daß ihnen durch die Anwesenheit von Piloten irgendwelche Grenzen gesetzt waren.«

Dr. Lanier hob seine Stimme, um die Bedeutung seines nächsten Satzes zu unterstreichen. »Die elf MiGs waren für fast fünfundzwanzig Prozent der Luft/Luft-Abschüsse der Bosnienkrise verantwortlich«, erklärte er. Dann lächelte er, um Zuversicht zu vermitteln. »Selbstverständlich«, fuhr er fort, »wird das russische Team, gegen das ihr antretet, im Interesse der Fairneß nicht mit MiG-44-Maschinen ausgerüstet sein.«

Klar, dachte Matt düster. Me-262-Messerschmitts sollte es auch nicht geben!

»Der Luftkampf von 2007 war völlig anders als die Einsätze, die ihr bisher in diesem Wettkampf geflogen habt, und zwar aus verschiedenen Gründen. Die Art von Luftkampf mit enger Feindberührung, die ein charakteristisches Merkmal früherer Kriege war, war im Bosnienkonflikt nicht mehr durchführbar. Man verfügte jetzt über computergesteuerte Waffen mit großer Reichweite. In den meisten Fällen wurden sie auf das Ziel aufgeschaltet und abgefeuert, ohne daß der Pilot Sichtkontakt hatte«, erläuterte Dr. Lanier. »Die Einsätze der Wild Weasel bildeten dabei allerdings die große Ausnahme. Das werdet ihr selbst herausfinden. In dieser Simulation werden einige von euch F-15-Maschinen fliegen, ausgerüstet für Wild-Weasel-Missionen. Die anderen fliegen die F-22-Maschinen, deren Begleitschutz sie sind. Bis später in den Kampfsimulatoren.«

Die Net Force Explorer versammelten sich um den Einsatzplan am beleuchteten Schwarzen Brett.

»Ihr könnt euch glücklich schätzen, Dieter ist diesmal auf unserer Seite«, sagte David Gray.

›Erleichtert‹ trifft's wohl eher, dachte Matt. Er überflog die Namen der russischen Teilnehmer. »O nein!« Er schnappte nach Luft.

»Was ist?« fragte Mark.

»Der Typ, der letztes Jahr Dritter war, Sergej Schonin, der russische Crack – der ist auf der Gegenseite.«

»Keine Sorge«, sagte Andy Moore großspurig, und bohrte ihm den Zeigefinger in die Brust. »*Den* nehm' *ich* mir vor.«

Matt, David, Mark und Megan tauschten vielsagende Blicke.

»Ich bin so froh, daß wir den alten Andy wiederhaben«, kommentierte Megan mit vor Sarkasmus triefender Stimme.

Alles brach in Gelächter aus, selbst Andy. Dann, nachdem sich die Spannung auf diese Weise gelöst hatte, begab sich das Team zu den Simulatoren.

Fünfzehntes Kapitel

Auf Corteguay kauerten die SEALs bei Tagesanbruch im hohen Gras. Sie hatten eine langgezogene Kurve der zerfurchten, unbefestigten Straße im Blickfeld, die zu einer kleinen Holzbrücke über einer tiefen Schlucht führte. Mit ihren zur Tarnung geschwärzten Gesichtern hinter den Visieren ihrer gemusterten Kampfanzüge waren die Soldaten im Dschungel nahezu unsichtbar.

Stegar warf einen prüfenden Blick auf die Digitalanzeige seiner Uhr. Der Lastwagen aus Adello hatte Verspätung. Was nichts zu bedeuten hatte, denn in den letzten Wochen war er ebenso oft zu spät gekommen, wie er pünktlich war. Der Colonel sah keinen Grund zur Besorgnis.

Zumindest noch nicht.

Dann hörte er einen scharfen Pfiff. Es hörte sich fast so an wie der Ruf des heimischen Dschungelvogels, aber Stegar kannte den Unterschied. Der Pfiff kam von Lieutenant Knappert aus den Bäumen über ihnen. Es war ein Warnsignal, daß ein Fahrzeug sich näherte. Allerdings nicht das, auf das sie warteten.

Während sie durch die dichte Vegetation linsten, näherten sich die Scheinwerfer eines Autos. Ein zerbeulter Jeep kam die Straße entlanggeholpert. In dem vorsintflutlichen Militärfahrzeug saß nur der Fahrer. Er kurvte an ihrem Beobachtungsposten vorbei und fuhr über die wacklige Holzbrücke weiter.

Stegar kannte den Jeep von den Geheimdienstfotos. Der Fahrer – wer immer es auch war – besuchte das Lager regelmäßig ein- oder zweimal die Woche. Doch den jüngsten Satellitenbildern zufolge war der Jeep erst gestern dort gewesen. Zwei Besuche innerhalb von zwei Tagen, das war ungewöhnlich.

Verwundert fragte sich der Colonel, was dort vor sich ging.

Fünf Minuten später drang ein zweiter, etwas anderer Pfiff an sein Ohr. Stegar drehte sich um. »Los!« flüsterte er den beiden SEALs zu, die, in schwarze Decken gehüllt, neben ihm kauerten. Hinter ihm konnte er Blätter rascheln hören, als Knappert von ihrem Beobachtungsposten herunterkletterte.

Die Männer schälten sich aus ihren Decken und eilten zur unbefestigten Straße hinauf, einen großen umgeknickten Baum hinter sich herschleifend, den sie im Dschungel aufgestöbert hatten. Sie legten den Stamm auf der Straße ab, so daß er den Weg völlig versperrte. Dann verschwanden sie wieder im Grün des Dschungels.

Der Lastwagen bog um die Kurve. Als der Fahrer das Hindernis sah, trat er mit voller Wucht auf die Bremse. Man konnte die Reifen quietschen hören, als das Fahrzeug schleudernd langsamer wurde. Der junge Fahrer schimpfte wütend. Diejenigen unter den SEALs, die Spanisch sprachen, verstanden seine Schimpftiraden und Flüche. Schließlich befahl er den hinten sitzenden Soldaten, auszusteigen und ›diesen verdammten Stamm von dieser jämmerlichen Straße‹ zu schaffen. Als der Lastwagen mit quietschenden Bremsen anhielt, kam Knappert hinter einem Baum hervor und sprintete zur Fahrerseite des Fahrerhauses. Die übrigen SEALs waren in ihrem Versteck in Alarmbereitschaft, die Gewehre im Anschlag.

Matt flog seine F-15G Wild Weasel an der Spitze der Staffel, Mark Gridley befand sich dicht an seiner Tragfläche. Hinter und über ihnen flogen David, Megan und Andy Moore in F-22-Maschinen.

Mark und Matt hatten die Aufgabe, den Feind auszuspionieren und bosnisches Bodenfeuer auf sich zu ziehen, um feststellen, wo die Abschußrampen der Boden/Luft-Raketen stationiert waren. Diese mußten zerstört werden, damit die anderen Net Force Explorer ihren Flug sicher fortsetzen und taktische Bombenangriffe durchführen könnten. Auf dem Weg gelang es ihnen vielleicht, selbst noch ein paar Ziele zu treffen.

Wild Weasels waren im allgemeinen ältere Düsenjäger, die in einer schnurgeraden Linie flogen, um feindliches Feuer auf sich zu ziehen. Was kein Problem war, weil der Feind sie für leicht abzuschießen hielt. Sobald Matt und Mark die Position einer feindlichen Abschußbasis für Boden/Luft-Raketen bestimmt hatten, waren sie dafür verantwortlich, diese außer Gefecht zu setzen. Matt fragte sich, warum das Militär sich für diese Aufgabe den Namen ›Weasel‹ – ›Wiesel‹ – ausgedacht hatte.

›Lahme Ente‹ hätte er für angebrachter gehalten.

Vor dem Start waren die Net Force Explorer darüber ins Bild gesetzt worden, was sie zu erwarten hatten und wen sie bei dem virtuellen Luftkampf angreifen konnten. Alles, was sich am Boden befand, war zum Abschuß freigegeben. Aber sie mußten aufpassen, daß sie keine verbündeten Jäger in der Luft abschossen. Dieter und die Deutschen befanden sich ebenfalls auf Patrouillenflug in diesem Sektor, ebenso Sergej und die Russen. Aber die waren Freiwild.

»Bodenfeuer! Bodenfeuer!« rief Mark. Auch auf Matts Computerkonsole begann es zu blinken, was bedeutete, daß sein Flugzeug von feindlichem Radar erfaßt worden war. Kurz vor ihnen wurden Boden/Luft-Raketen abgeschossen. Matt holte tief Luft, neigte seinen Jäger und ging auf Zickzackkurs. Er wich den SAMs aus, während er einen HARM-Radarbekämpfungsflugkörper auf die angreifende Bodeneinrichtung abschoß.

Mark hinter ihm tat dasselbe. Die Flugkörper folgten den als Ziel anvisierten Radarsignalen bis zu deren Quellen.

Eine zufriedenstellende Explosion, gefolgt von einigen kleineren Detonationen, wies darauf hin, daß eine bosnische Abschußeinrichtung vernichtet war. Aber natürlich gab es noch einen Haufen andere.

Einige davon eröffneten jetzt das Feuer.

Im Luftraum wimmelte es plötzlich von Boden/Luft-Raketen. Matt riß seine Maschine erneut herum und konnte gerade noch einen Treffer an seiner Tragfläche vermeiden. Mark Gridley mußte Düppel – ein Art Metallfolie – abwerfen, um dem Suchkopf einer Rakete weiszumachen, bei den Metallsplittern handle es sich um ein Flugzeug.

Glücklicherweise klappte der Trick, so daß die Rakete, ohne Schaden anzurichten, mitten in der Wolke von Metallplättchen explodierte. Die ganze Zeit, auch als sie selbst Ausweichmanöver fliegen und um ihr Leben kämpfen mußten, feuerten sie unablässig Raketen auf Boden/Luft-Abschußeinrichtungen ab. Die wachsende Zahl von Explosionen am Boden bewies ihren Erfolg.

So schnell wie der Raketenangriff begonnen hatte, so schnell war er auch vorbei. Erstaunt bemerkte Matt, daß sein Herz raste und seine Hände feucht und zittrig waren. Und das war erst der Anfang.

Ich muß mich beruhigen, dachte er. Mich auf den Einsatz konzentrieren. Fieberhaft versuchte sich Matt an die Worte aus dem Unterricht zu erinnern. Was hatte Dr. Lanier über die Flugkörper gesagt? Wenn der Angriff eingestellt wurde, hieß das noch lange nicht, daß alle SAM-Abschußrampen außer Gefecht gesetzt waren. Manchmal bedeutete es, daß Gefahr aus der Luft drohte.

»Seid auf der Hut!« mahnte Matt die anderen. »Ich glaub', die Russen sind ganz in der Nähe.«

»Ich hab' einen Banditen auf dem Radarschirm!« sagte Mark Gridley hektisch.

»Im Anflug!« brüllte David Gray. Auf ihren Heads-up-Displays blinkten wild Symbole, während sich die russischen Jäger, die noch fünfzig Meilen entfernt waren, auf Zielreichweite näherten ...

Lieutenant Knapperts Hände zitterten noch, als Stegar die SEALs um den Lastwagen versammelte. Der Kampf war kurz und entschieden gewesen. Sämtliche Kubaner, der junge Fahrer, der fette corteguanische Sergeant und die drei Techniker waren in Gewahrsam – bewußtlos, entkleidet, gefesselt und in Kürze im Dschungel versteckt.

Nachdem der Lastwagen gestoppt hatte, war es Knapperts Aufgabe gewesen, den Fahrer außer Gefecht zu setzen, während die übrigen SEALs besonnen ihre Zielpersonen auswählten. Diese befanden sich mit Ausnahme eines Mannes allesamt auf der Straße und versuchten, den Baumstamm fortzuschaffen.

Nachdem Stegar das geräuschlose Signal gegeben hatte, feuerten sie ihre Betäubungsgewehre ab. Mit einem gleichmäßigen, hustenden Laut spuckten die Waffen die nicht tödlichen Laserpatronen aus. Einer der SEALs ging zur offenen Rückseite des Lastwagens, zerrte den völlig erstaunten corteguanischen Sergeant heraus und schlug ihn mit dem Griff seines Kampfmessers nieder.

Ihre Waffen hatten sie sorgfältig ausgesucht. Eine von Kugeln durchsiebte Windschutzscheibe ließe sich den Wachen im Gefangenenlager nur schwerlich erklären. Bedauerlicherweise hatte der junge Fahrer etwas bemerkt und war mißtrauisch geworden. Er hatte sich geduckt, so daß Knappert ihn nicht schnell genug aus dem Fahrerhaus zerren konnte. Zu ihrer Überraschung förderte der erschrockene Soldat eine Pistole zutage und schoß aus kürzester Entfernung auf sie.

Die Kugel prallte gegen die Vorderseite ihres Kampfanzuges, und sie hatte den Eindruck, als hätte man ihr einen Fausthieb in den Bauch verpaßt. Dennoch hielt sie den jungen Fahrer fest und riß ihn im Fallen mit sich zu Boden. Schwer atmend rollte sie sich auf den Körper des Jungen und hielt ihm ein Messer an die Kehle.

Der junge Mann erstarrte, eingeschüchtert von einer Soldatin, die seine Kugel nicht hatte töten können. Schließlich half ihr ein anderer SEAL auf und nahm den Gefangenen in Gewahrsam.

Lieutenant Knappert sah auf den Teenager herab, der nun gefesselt zu ihren Füßen lag. Er konnte nicht älter sein als fünfzehn, sein Hemd und sein Kragen waren mit Motorenöl verschmiert. Er hätte sie töten können, wenn er daran gedacht hätte, mit seiner Waffe etwas höher zu zielen und den schwächsten Punkt des Kampfanzuges zu nutzen: die Verbindung zwischen dem Kopfteil und dem Rumpf des Anzuges.

»Alles in Ordnung, Lieutenant?« fragte einer der Männer.

»Nichts passiert«, versicherte Knappert. Aber nachdem die SEALs mit den Corteguanern fertig waren, zitterten ihre Hände noch.

Trotz ihrer Ausbildung und ihres Wagemutes war Lieutenant Knappert so etwas noch nie passiert. Noch nie war es vorgekommen, daß aus nächster Nähe auf sie geschossen wurde. Es gefiel ihr nicht, und sie würde es nie wieder dazu kommen lassen. Das nächstemal würde ihr Opfer sie nicht sehen. Sie zwang das Zittern aus ihren Händen und steckte ihr Messer wieder an seinen Platz.

Der Luft/Luft-Kampf im Jahre 2007 war eine merkwürdige Sache. Matt und Mark waren zu weit von ihren Feinden entfernt, um Sichtkontakt zu haben – am Himmel war weit und breit nichts zu sehen, mit Ausnahme der Net Force Explorer und ihrer Flugzeuge. Matt hoffte inbrünstig, daß die Russen noch nicht wußten, wo er sich befand. Aber das war unwahrscheinlich. Sein Computer erzählte eine andere Geschichte. Ein Dauersignal ertönte, sobald seine Flugbahn ihn in eine gute Position brachte, um seine Raketen auf die Russen abzuschießen, während ein Warnsignal kreischte, wenn ihn die Russen im Visier hatten. Und dabei sauste seine F-15 mit doppelter Schallgeschwindigkeit durch die Lüfte, flog Kurvenmanöver, die große Gravitationskräfte freisetzten und seinen Körper bis an die Grenze der Belastbarkeit brachten.

Jedesmal, wenn er mit seiner Maschine ein scharfes Wendemanöver vollführte, wurde er durch die Trägheit tief in seinen Sitz gepreßt, manchmal mit achtfacher Gravitationskraft. Obwohl er einen Spezialfliegeranzug trug, der die Wirkung der Gravitationskräfte abmilderte, mußte er die Muskeln im Unterkörper ab und zu anspannen, um zu verhindern, daß es zu einem Blutstau in den Beinen kam. Er würde bewußtlos werden, wenn er keine ausreichende Blutzirkulation aufrechterhalten konnte, um sein Gehirn während des Wendemanövers entsprechend zu versorgen.

Bei seiner Fluggeschwindigkeit würde sich der kleinste Fehler als fatal erweisen. Falls Matt das Bewußtsein verlor oder einen Blackout hatte und seine Maschine außer Kontrolle geriet, war er tot.

Neben seinen HARM-Flugkörpern hatte er ein kleines Arsenal an Luft/Luft-Lenkwaffen: AMRAAM AIM-120, Sparrow AIM-7 und Sidewinder AIM-9. Einige davon konnten die Radar- oder Infrarotzielcharakteristik eines feindlichen Flugzeuges selbständig ansteuern und folgten daher dem sogenannten ›Fire and Forget‹-Prinzip. Als Matt sie gestartet hatte, wurden sie durch ihre Langzeitfeststoffraketen mit vier- oder fünffacher Schallgeschwindigkeit ans Ziel getrieben. Andere Flugkörper an Bord mußte er manuell per Video, Satellit oder Lasersignal auf ein spezielles Ziel aufschalten. Mit seinen Raketen konnte er ein mehr als fünfzig Meilen entferntes Flugzeug zerstören.

Aber um ein Signal zu erhalten und eine Rakete zu starten, mußte er zunächst ein russisches Flugzeug, das außer Sicht war, in Position haben, um es als Ziel anvisieren zu können – und das alles, ohne Gegenfeuer auf sich zu ziehen. In den Luftgefechten des einundzwanzigsten Jahrhunderts hatte der Pilot, der seinen Feind zuerst erspähte, einen enormen Vorteil. Heute war Matt in dieser Beziehung recht erfolgreich, aber man sollte den Tag nicht vor dem Abend loben. Er biß die Zähne zusammen, riß den Steuerknüppel herum und flog mit seinem Düsenjäger eine weitere scharfe Wende.

Andy Moore, der seinen Flügelmann David Gray durch eine Boden/Luft-Rakete verloren hatte, brachte sich in Position, um eine weitere MiG außer Gefecht zu setzen. Als er sich näherte, füllte das Bild des Feindflugzeuges sein HUD, das Heads-up-Display. Andy folgte dem Russen im Display, bis er ein Signal erhielt, einen Dauerton, der anzeigte, daß sich sein rechnergesteuertes Zielerfassungssystem auf den Feind aufgeschaltet hatte.

Dann feuerte er.

Eine Sidewinder-Luft/Luft-Rakete trennte sich von ihrem Startcontainer und sauste auf die MiG zu. Andy verfolgte ihren Flug auf seinem Display. Die Rakete traf das Heck des Russen etwa eine Minute später.

Sofort begann er, nach neuen Zielen Ausschau zu halten.

Megan hatte in der Zwischenzeit alle Hände voll zu tun. Sie visierte eine aus zwei Flugzeugen bestehende Staffel an und feuerte zwei Luft/Luft-Raketen ab. Nachdem sie ihre Maschine hochgerissen und die Richtung geändert hatte, sah sie eine der MiGs explodieren. Die andere drehte, Düppel spuckend, ab. Megan flitzte weiter und verlor das Bild der Maschine auf ihrem Display. Hoffentlich hatte sie das Feindflugzeug zerstört. Ihr blieb keine Zeit, das zu überprüfen.

Es gab noch andere MiGs, die sich unaufhaltsam näherten.

Mateo fiel auf, daß das Tor an diesem Tag von fünf Kubanern bewacht wurde. Als er aufschaute, erspähte er einen weiteren, der in einer getarnten Stellung in den Bäumen hinter dem quadratischen Betongebäude hockte. Er saß hinter einem Maschinengewehr, das auf die zum Gefängniskomplex führende Straße gerichtet war.

Nachdem Mateo durch die Stahltore gefahren war und seinen Hummer-Jeep geparkt hatte, hatte er nur eine einzige Frage an die Wachen. »Was ist los?«

Der Kubaner zuckte seine schmalen Schultern. »Wir sind in Alarmbereitschaft versetzt worden«, antwortete er.

Nachdem Mateo den Netzhautabtaster passiert hatte, fuhr er mit dem Fahrstuhl in das unterirdische Gewölbe. Unten angekommen, stellte er fest, daß die beiden Killer an eine in den Vereinigten Staaten hergestellte Anlage für virtuelle Realität angeschlossen waren, die vermutlich über Scheinfirmen in Guatemala und Nicaragua gekauft worden war. Die Männer saßen bereits in virtueller Trance auf ihren Stühlen. Der Kubaner war an eine Art Tropfinfusion angeschlossen; vermutlich wurde er so mit Drex-Dream versorgt.

Sein Herr trat heran. »Mateo, mein Freund«, sagte er sanft. »Ihr Neffe versucht erneut zu entkommen. Er amüsiert mich zu sehr, als daß ich ihn einfach töten und dem Ganzen ein Ende setzen wollte. Außerdem brauche ich vielleicht seine Kooperation oder die seiner Familie noch, bevor die Wahl gelaufen ist. Es wird von UN-Beobachtern nur so wimmeln, je näher der Abstimmungstermin rückt.

Meine Männer sind jetzt bereit, ihn zu suchen, egal wo er sich im Netz aufhält. Sobald sie ihn gefunden haben, werden wir seine kleinen geistigen Ausflüge ein für allemal beenden. Wir werden seinen Weg hierher zurückverfolgen und das Schlupfloch, durch das er sich seinen Weg nach draußen erzwingt, schließen.«

»Sind deshalb so viele Wachen hier?« fragte Mateo. »Es ist doch kaum notwendig, Männer mit Waffen Posten beziehen zu lassen, wenn Sie meinen Neffen einfach nur von der Anlage nehmen und ihn irgendwo in einen Käfig sperren könnten, bis die Wahl vorbei ist.«

»O nein«, antwortete sein Gegenüber. »Ihr Neffe ist nur eine kleine Ablenkung, mit der ich mir die Zeit vertreibe. Ich verfüge über geheime Informationen, aus denen hervorgeht, daß die *Norteamericanos* das Gefängnis heute oder morgen überfallen werden.«

»Na, fein«, sagte Mateo und drängte sich an seinem Herrn vorbei.

»Wo wollen Sie hin?« fragte der Mann. Seine Stimme klang leicht ärgerlich.

Gegen seinen Willen drehte sich Mateo um. Die jahrelange Konditionierung übernahm die Kontrolle über sein Handeln. »Mit Ihrer Erlaubnis«, sagte er, »würde ich gern nach meiner Nichte sehen.«

Megan erwischte es als nächstes – ihr Kampfjet wurde das Ziel der MiG, die sie fast außer Gefecht gesetzt hatte. Sie riß die Maschine herum und versuchte, einer hitzesuchenden Rakete auszuweichen, die sich auf ihr Flugzeug aufgeschaltet hatte. Aber alle Gegenmaßnahmen blieben erfolglos, es gelang ihr einfach nicht, das Ding abzuschütteln. Ihr F-22-Jäger explodierte, und das

Vorderteil der Maschine trudelte in einem gigantischen Feuerball erdwärts.

Matt suchte den Himmel nach seinem Flügelmann oder einem der anderen Net Force Explorer ab. Noch während er Ausschau hielt, ertönte plötzlich ein aufdringlicher Warnton von seinem Computer.

Fluchend drehte er den Kopf von einer Seite auf die andere und versuchte dann, anhand der Displays herauszufinden, wo das Problem lag. Eine Rakete hatte sich an sein Flugzeug aufgeschaltet, aber er konnte nicht sehen, woher sie kam.

Das ist das Ende, dachte er. Dann setzte sein Verstand wieder ein – keine Zeit für Pessimismus. Er riß den Joystick herum und forderte das Flugzeug bis an die Grenzen, um dem Angriff auszuweichen. Unterdessen spuckte er Düppel in die Luft und pflasterte den Bereich um sich herum mit elektronischen Gegenmaßnahmen – auch ›ECM‹ genannt –, um die Rakete abzulenken.

Irgend etwas davon funktionierte.

Rechts von ihm schien der Himmel zu explodieren und tauchte ihn in heißes, grelles Licht. Schrapnellbrokken folgten, einer schlug in seinem Rumpf ein, aber auf seinem Steuerpanel blinkten keine roten Lichter auf. Er hatte Glück gehabt, verdammt viel Glück. Wären sein Flugzeug oder seine Systeme ernsthaft beschädigt worden, dann wäre es auf der Konsole angezeigt worden.

»Matt, Achtung sechs Uhr!« warnte Mark Gridley. Matts HUD zeigte eine weitere MiG an seinem Heck an. Im selben Augenblick wurde er von seinem Computer alarmiert, daß der Russe auf seinen Jäger aufgeschaltet hatte.

Vor Matts Augen wechselte das Symbol auf seinem HUD von ›RAKETE AUFGESCHALTET‹ zu ›ABGEFEUERT‹.

Matt ging mit seinem Flugzeug in einen steilen Sturzflug über, um seine Fluggeschwindigkeit zu erhöhen. Dabei rollte er die Maschine, um der Waffe auszuweichen, während die russische Rakete an ihm klebte wie Moos an einem Baumstamm …

Dieter Rosengarten und seine Berliner entdeckten den Luftkampf aus einiger Entfernung. Sie zögerten einen kurzen Moment, um an Flughöhe für den Angriff zu gewinnen.

Während sie sich dem Kampfschauplatz näherten, suchte Rosengarten den Himmel nach einem anderen Flugzeug ab, einem orangefarbenen mit dunkelroten Streifen. Er war nicht sicher, ob es überhaupt auftauchen würde, aber wenn ja, dann wäre er bereit …

Von den anderen abgeschnitten, kämpfte Andy Moore den Luftkampf seines Lebens. Drei MiG-33 waren hinter ihm her, und er hatte lediglich noch zwei Raketen an Bord. Es war nur noch eine Frage der Zeit, bis sie ihn erwischten, das wußte er.

Aber er wollte nicht aufgeben. Wenigstens kann ich die Russen von Matt und Mark weglocken, dachte er.

Dann meldete sein Warnsystem, daß zwei Raketen auf ihn abgefeuert worden waren. Er tanzte auf seiner Tragfläche und drehte die Maschine in die Flugbahn der Raketen in der Hoffnung, die weniger manövrierbaren Projektile würden seinen Manövern nicht folgen können.

Es funktionierte. Beide Raketen sausten an seiner Tragfläche vorbei. Eine MiG geriet in seine Schußlinie. Ohne zu zögern, schaltete Andy um und drückte den Abzug.

Die MiG-33 löste sich in ihre Bestandteile auf.

Aber sein Warnsystem heulte erneut auf. Zwei weitere Raketen hatten sich auf seinen Jäger aufgeschaltet. Merkwürdigerweise verstummte der Alarmton sofort wieder. Dann erhellte ein greller Blitz den Himmel hinter ihm. Als er sich umdrehte, sah er drei deutsche EF-2000 Eurofighter auf sich zurasen.

Dieter und seine Kumpel hatten sowohl die MiGs als auch die Raketen außer Gefecht gesetzt.

»Danke schön«, sagte Andy Moore erleichtert auf deutsch, der Sprache seines einstigen Erzfeindes.

»*You're welcome*«, entgegnete Dieter, während er an Andys Tragfläche vorbeidüste und verschwand ...

Matt stieß in Richtung Boden herab. Die Munitionsfabrik, die sie angreifen sollten, mußte sich hier irgendwo befinden. Richtig, direkt vor ihm tauchte sie auf. Er wartete, bis es fast zu spät war und er den Eindruck hatte, in die Fabrik zu stürzen. Erst dann brach er den Sturzflug so abrupt wie möglich ab, ohne daß seine Tragflächen vom Rumpf abgerissen wurden oder er das Bewußtsein verlor. Die hitzesuchende Rakete hinter ihm behielt ihren Kurs bei und orientierte sich an den Schornsteinen der Fabrik. Während Matt rasch höher in den Himmel stieg, wurde das Gebäude von einer gewaltigen Explosion erfaßt. Es folgten weitere Detonationen, als die in der Fabrik gelagerten Waffen und Treibstofftanks explodierten, was die Wirkung der Rakete um ein Vielfaches verstärkte.

Ziel zerstört – und das mit der Rakete des Feindes.

Aber Matt hatte keine Zeit für Schadenfreude. Es war immer noch eine MiG-33 irgendwo dort draußen, die es auf ihn abgesehen hatte – eine, die er entweder überlisten oder durch Flugmanöver abschütteln mußte, um Julio warnen zu können. Seine Cockpitwarnleuchten begannen zu blinken, der Alarm heulte los. Der Russe war direkt hinter ihm!

Als der Feind an seinem Heck keine Rakete auf ihn abfeuerte, war Matt klar, daß er keine mehr hatte. Gut so – Matt standen noch zwei zur Verfügung. Aber wenn er diesen Typen nicht abschütteln konnte, würde er sich nicht in Schußposition bringen können.

Während er im Zickzack flog, suchte er nach einer Lösung. Der Russe eröffnete das Feuer mit der Bordkanone, und Leuchtspurgeschosse sausten an Matts Cockpit vorbei. Er verdoppelte seine Ausweichanstrengungen, um zu überleben.

Dann fiel ihm Julios waghalsiges Flugmanöver vom letzten Jahr ein. Als sich ein Russe an Julio angehängt hatte, hatte dieser die Klappen heruntergefahren und die Nase hochgezogen. Dadurch hatte die Maschine zwar fast überzogen, aber der Russe wurde abgeschüttelt und geriet in Julios Visier …

Also los, sagte Matt, während er seine Klappen senkte.

Die MiG schoß an ihm vorbei und geriet in Raketenreichweite. Matts F-15 sackte fast durch, aber er fing sie rechtzeitig ab, um eine Rakete auf das Heck des Russen abzufeuern.

»Treffer«, sagte er triumphierend.

»Guter Schuß, *mi amigo*!« lobte eine vertraute Stimme.

Eine Welle des Triumphes durchfuhr Matt.

»JULIO!« brüllte er, als ein orangefarbener Jäger – eine F-22 – neben ihm auftauchte. »Hör gut zu, *Jefe*«, sagte er dann. »Ich hab' einiges zu berichten …«

»Es sind sechs kubanische Wachen auf dem Gelände«, berichtete Lieutenant Knappert, nachdem sie nach einem kurzen Erkundungsgang um die Pumpstation wieder zum Lastwagen zurückgekehrt war. »Und eine brandneue Maschinengewehrstellung oben im Baum …«

Bei ihren Worten gefror Stegar das Blut in den Adern. Sind sie etwa gewarnt worden? fragte er sich. Aber es war zu spät, um sich darüber Gedanken zu machen.

»Okay«, sagte Stegar und rief die anderen zu sich heran. »Wir gehen folgendermaßen vor ...«

Fast zwei Minuten lang waren Matt und Julio allein. Matt berichtete seinem Freund von dem Angriff – wie er geplant war, wie viele Soldaten daran beteiligt waren und wann er stattfinden sollte. Beiden war klar, daß die Zeit knapp wurde.

»Ich muß wieder zurück«, sagte Julio.

»Was wirst du tun?« fragte Matt.

»Das Sicherheitssystem lahmlegen. Und die virtuelle Realität abschalten ... Dann können sie meiner Familie nichts anhaben.«

»Und du?« fragte Matt. »Wenn du die Systeme abschaltest, befindest du dich immer noch in einer aktiven Schaltung. Du kannst in einen neuralen Schock fallen, wenn du vor dem Verlassen der virtuellen Realität nicht die vorgeschriebenen Prozeduren durchläufst, das weißt du doch. Wenn du noch an das System angeschlossen bist, während du es zum Absturz bringst ...«

Julio gab keine Antwort. Er grinste seinen Kumpel nur an. »Ein Soldat denkt über so etwas nicht nach«, flüsterte er. Dann seufzte er. »Du warst echt ein toller Kumpel«, sagte er, und in seiner Stimme lag so viel Traurigkeit, daß sie über die Funkverbindung herauszuhören war. »Ich muß jetzt verschwinden, bevor sie mich schnappen ...«

Plötzlich knisterte eine andere Stimme in Matts Ohren. »Ich glaub', der Feind ist schon da«, sagte Dieter Rosengarten. »Achtung, sechs Uhr.«

Matt schaute auf sein Display. Mit Entsetzen stellte er fest, daß zwei MiGs, bei denen es sich nur um 44er handeln konnte, durch den Himmel sausten. Kein anderer Flugzeugtyp erreichte eine solche Geschwindigkeit wie diese Bogeys. Aus ihrer Flugbahn ließ sich schließen, daß sie es auf Julios orangefarbenen Jäger abgesehen hatten.

»Mayday! Mayday!« sagte Matt. »Net Force Explorer! Ihr werdet gebraucht. Julio, mach, daß du wegkommst!«

Dieter und ein anderer Deutscher setzten sich zwischen Julio und die Angreifer. Matt stieß hinzu, so daß sie zwischen Julio und den beiden MiG-44 eine Verteidigungslinie bildeten.

»Wir haben keine Chance«, sagte Dieter ruhig.

»Wetten doch?« entgegnete Matt, schaltete den Nachbrenner ein und jagte auf die feindlichen Flugzeuge zu.

Er feuerte seine beiden Raketen ab, sobald sie sich aufgeschaltet hatten.

Aber sie veranlaßten die Düsenjäger noch nicht einmal zu einem Richtungswechsel.

Die erste MiG, mit schwarzem Anstrich und einem Cuba-Libre-Symbol auf der Tragfläche, zerstörte ohne Schwierigkeiten beide Raketen. Das Verteidigungssystem des hochentwickelten russischen Jägers schickte verstärkt ECMs in den Himmel, so daß die Projektile explodierten, bevor sie überhaupt in Reichweite seines Flugzeuges kamen.

Matt ließ sich nicht beirren und steuerte geradewegs auf sie zu. Er beabsichtigte, falls möglich, eine der Maschinen zu rammen. Ihm war jedes Mittel recht, um Julio zu schützen, so daß er die Simulation sicher verlassen konnte.

Als Matt die Nase seiner F-15 auf die schwarze MiG richtete, zischte der Jet, schneller und manövrierfähiger, als Matts Maschine je sein würde, um ihn herum. Fluchend sauste Matt an seinem Ziel vorbei.

Die zweite MiG, mit einem Symbol der aufgehenden Sonne auf der Tragfläche, feuerte eine Rakete auf die sich nähernden Deutschen ab. Bevor sie ihr Ziel erreichte, barst der Streukopf der Rakete. Einige kleine Sprengladungen wurden weggeschleudert und hüllten einen der Eurofighter ein. In einem atemberaubenden Feuerball explodierte Dieters Flügelmann. Durch die Druckwelle wurde Dieters Maschine hin- und hergeschüttelt, was ihn vermutlich rettete. Denn mehrere Miniraketen schossen an der Stelle durch den Luftraum, an der sich sein Fighter den Bruchteil einer Sekunde zuvor noch befunden hatte.

»Matt, sie benutzen Swarm-Raketen!« brüllte Dieter.

Als der Deutsche seinen Jäger wieder unter Kontrolle hatte, wendete Matt seine Maschine, um den Feind anzugreifen. Unterdessen näherten sich die beiden MiG-44 Julios orangefarbenem Abfangjäger.

»Sie haben mich im Visier«, sagte Julio. »Keine Ahnung, wie ich sie abschütteln kann!«

»Nicht verzagen, Andy fragen«, sagte Andy Moore und rammte mit seinem Jäger die kubanische MiG. Er wiederholte sein selbstmörderisches Manöver aus dem letzten virtuellen Luftkampf.

Im selben Augenblick tauchte Mark Gridley auf der Bildfläche auf. Seine F-22 schob sich zwischen Julios Maschine und die MiG-44. Die Mehrzieleinzelgefechtsköpfe rissen seinen Düsenjäger in Stücke, aber er hatte verhindert, daß sie Julio trafen.

»Deine Kumpels sind ziemlich mutig«, bemerkte Dieter anerkennend. Dann schaltete er seinen Nachbrenner ein und donnerte auf die MiG-44 zu. Mühelos wich der japanische Killer dem Deutschen aus. Während dieser an ihm vorbeidüste, feuerte er eine Rakete nach der anderen auf ihn ab.

Dieters Düsenjäger explodierte – damit war das bis dahin makellose Wettkampfergebnis des deutschen Schülers ruiniert.

Während sich der Pilot der MiG auf den Abschuß des Deutschen konzentrierte, hatte er Matt vergessen. Der Net Force Explorer flog um die MiG herum und jagte auf das Heck zu.

»Viel Glück, Julio!« sagte Matt, bevor sein Kampfjet in die MiG-44 donnerte …

Der zerbeulte Lastwagen kam rumpelnd die Straße entlang auf das Gefangenenlager zu.

Der Kubaner am Tor sah seinen Kameraden an. »Wird aber auch Zeit«, sagte er. Er erhob sich und ging auf das Fahrzeug zu, um die Personenkontrolle durchzuführen. Aber zu seiner größten Überraschung wurde der Lastwagen nicht im geringsten langsamer. Unaufhaltsam kam er auf ihn zu.

Zu spät griff der Kubaner nach seiner Pistole und richtete sie auf den Fahrer. Der Mann hinterm Steuer trat aufs Gaspedal. Mit einem Hechtsprung brachte sich der Kubaner in Sicherheit. Der Lastwagen donnerte durch das Tor.

Der Soldat oben im Baum riß sein Maschinengewehr herum, entsicherte die Waffe und richtete sie auf den Lastwagen. Im selben Augenblick spürte er, daß die Plattform unter seinen Füßen vibrierte. Bevor er reagieren konnte, setzte Lieutenant Knappert ihn außer Gefecht. Sie schnappte sich seine Waffe und erledigte damit die übrigen kubanischen Wachen.

Die SEALs sprangen aus dem Lastwagen und rannten zur Pumpstation hinüber. Colonel Stegar zog eine Ladung Plastiksprengstoff aus der Tasche, um sie an die Stahltür des Bunkers anzubringen. Überraschenderweise entriegelte sich das innenliegende Schloß, und die Tür öffnete sich wie von Geisterhand.

Ein Kubaner, der drinnen Wache schob, schien nicht weniger überrascht. Stegar streckte ihn zu Boden, ehe er reagieren konnte. Mit einer Schulterrolle sprang der Colonel dann in das Gebäude, wo er einen zweiten Mann, einen Techniker, außer Gefecht setzte.

Stegar war zwar schnell, aber nicht schnell genug. Denn im Fallen löste der Weißkittel den Alarm aus.

Im unterirdischen Trakt der Einrichtung stand Mateos Herr über die noch zuckenden Körper seiner beiden virtuellen Killer gebeugt. »Sie kennen den Preis, den sie fürs Versagen zahlen müssen«, erklärte er Mateo und schob seine Waffen in das Holster zurück. Als das Echo der Schüsse, die er gerade abgefeuert hatte, verhallt war, schalteten sich die Bildschirme des Sicherheitssystems plötzlich ab.

Er blinzelte irritiert. »Irgend etwas ist faul!« sagte er. Der Raum war schalldicht, so daß sie von oben nichts hören konnten. Er nahm den Hörer des Sicherheitstelefons ab, um die Wachen oben anzurufen.

Kein Wählton.

»Die *Norteamericanos*!« brüllte er. »Sie sind hier!«

Als wollte es seiner Bemerkung Nachdruck verleihen, begann das Alarmhorn zu kreischen.

»Wir werden angegriffen!« rief der Corteguaner. Mit wildem Blick wandte er sich wieder zu dem Computerbildschirm um. Vor seinen Augen schaltete sich das System komplett ab. Mit der Faust schlug er auf die Kontrolltaste, die Tausende von Volt durch die Körper der Geisel schicken und sie auf der Stelle töten würden.

Aber nichts geschah.

Er fuhr herum, seine Augen bewegten sich schnell hin und her wie bei einem Tier, das in der Falle saß. Im selben Moment hörten er und Mateo, wie die Aufzugskabine nach unten zu fahren begann – das Sicherheitssystem der Netzhautabtastung war offensichtlich auch lahmgelegt worden.

»Die *Yanguis* kommen!« rief Mateos Herr. »Aber sie werden nicht bekommen, was sie wollen!«

Mit diesen Worten stieß er Mateo zur Seite und rannte durch den Raum zu den auf den Tischen festgebundenen Geiseln. Er setzte Ramon Cortez den Lauf seiner Pistole an die Schläfe.

Ramon, der aus der durch die virtuelle Realität ausgelösten Trance zu erwachen begann, stöhnte und zuckte.

»Nein!« brüllte Mateo und stürzte sich auf den Mann, der ihn zu dem gemacht hatte, was er war. Aber er war zu weit entfernt. Kaltblütig hob der Herr seine Pistole und feuerte sie auf seinen rebellischen Untertan ab. Mateo faßte sich an die Brust, sein Herr feuerte noch einmal. Und wieder.

Dann wandte er sich von Mateo ab und richtete den Lauf seiner Waffe erneut auf Ramon Cortez.

Mit seinem verzweifelten Rettungsversuch hatte Mateo für Ramon gerade genug Zeit herausgeschlagen. Bevor der Unmensch schießen konnte, öffneten sich die Türen des Aufzugs, und Colonel Stegar eröffnete das Feuer. Der Corteguaner stürzte zu Boden – er war tot, bevor er selbst abdrücken konnte.

Der letzte Techniker hob die Hände und ergab sich. Lieutenant Knappert packte ihn am Schlafittchen und stieß ihn zu Boden.

»Wer ist das?« fragte sie. Während sie ihren Blick auf ihren Gefangenen gerichtet hatte, deutete sie mit dem Kopf auf den Mann, den Colonel Stegar getötet hatte.

»Ob Sie es glauben oder nicht, er sollte eigentlich auf unserer Seite stehen«, antwortete der Colonel. »Sein Name war Manuel Arias.«

Epilog

Einen Monat später saß Matt auf dem Aussichtsdeck des virtuellen Hauptquartiers der Net Force Explorer. Ganz für sich allein hatte er den Himmel über sich betrachtet. Einen Moment lang stellte er sich vor, er würde zusammen mit Mark Gridley und Julio Cortez dort oben in einer Sopwith Camel, einer P-51 Mustang oder einem F-15 Jäger fliegen.

Aber er wußte, daß das niemals geschehen würde.

Matt hatte erst erfahren, was passiert war, nachdem er an dem Abend nach der Bosnien-Simulation nach Hause gekommen war. Es kam nicht überraschend, angesichts seiner Erfahrungen mit dem Außenministerium in den Tagen zuvor, daß seine Informationsquelle nicht die Regierung war. Er erfuhr es aus den internationalen Nachrichten im HoloVid. Die Geschichte war der Aufmacher.

Dem Sender zufolge war ein Team von Navy-SEALs auf Corteguay gelandet, landeinwärts marschiert und hatte den Präsidentschaftskandidaten Ramon Cortez und seine Familie befreit. Walter Paulson nahm als Pressesprecher des Außenministeriums an der Pressekonferenz teil. Er berichtete der ganzen Welt, wie ein tapferes Team von Amerikanern sichere Bedingungen für die Demokratie auf Corteguay geschaffen habe.

Es sei eine fast perfekte Mission gewesen, sagte er stolz.

Fast.

Denn Julio war tot. Er hatte seine Familie aus dem Inneren des Computerprogramms befreit, aber er selbst war nicht mehr herausgekommen. Als die Soldaten zu ihm gelangten, hatte der neurale Schock bereits eingesetzt. Da der Bunker von jeder medizinischen Einrichtung weit entfernt lag, konnte er nicht gerettet werden. Matt wurde von einer tiefen Trauer ergriffen. Er empfand einen Schmerz in seinem Herzen, wie er ihn zuvor noch nie gespürt hatte.

Jetzt weiß ich, wie Andy sich jeden Tag fühlen muß, dachte er traurig. Wie wird er bloß mit dem Tod seines Vaters fertig?

Matt hörte, wie sich die Tür hinter ihm öffnete, drehte sich aber nicht um. Megan O'Malley trat neben ihn. Einen Moment lang stand sie schweigend da, und beide betrachteten den Himmel.

»Hast du schon mal was vom Fliegenden Holländer gehört?« fragte sie plötzlich.

»Nein«, sagte Mark und schüttelte den Kopf.

»Das ist eine verrückte Legende um ein Geisterschiff mit einem Geisterkapitän, der für immer auf den sieben Meeren herumsegelt«, erklärte sie. »Es gibt ein Hologramm darüber.«

»Aha«, brummte Matt.

»Ich fand immer, daß wenn ein Kapitän das Meer liebt, und das tun die meisten Seekapitäne, dann ist es gar nicht so schlecht, wenn er für immer auf den Weltmeeren herumsegelt«, schloß sie.

Wieder verging ein Moment des Schweigens.

»Das Ergebnis des Wettbewerbs ›Hundert Jahre militärische Luftfahrt‹ ist gerade bekanntgegeben worden«, sagte Megan dann.

Matt sah sie an. Weil die Net Force Explorer so schlecht abgeschnitten hatten, hatten sie die nächste Runde nicht erreicht, geschweige denn eine von den darauffolgenden mit Flugzeugen im Versuchsstadium. Den Wettbewerb hatte Matt total vergessen.

»Dieter Rosengarten hat die Top-As-Trophäe geholt«, fuhr sie fort.

Matt grinste. »Das freut mich für ihn.«

»Nun«, Megan lächelte vielsagend. »Er ist gerade in der Lounge ...«

»Dieter?« fragte Matt erstaunt.

»Ja. Er meinte, er hätte die letzte Runde beinahe verloren, aber einer unserer Freunde sei aufgetaucht und hätte ihm aus der Patsche geholfen ...«

Matt drehte sich um und fing Megans Blick auf. »Du meinst ...«

»Er sagte, ein orangefarbenes Flugzeug mit dunkelroten Streifen sei aus dem Nichts aufgetaucht und habe sich Sergej geschnappt.«

Matt hatte plötzlich einen Kloß im Hals. »Hältst du das für möglich?« fragte er.

»Sicher«, antwortete Megan lächelnd. »Er kam doch aus dem Gefängnis raus, oder? Ich glaube, dadurch daß er sich so oft Zutritt zu dem Simulator verschaffte, um Verbindung mit uns aufzunehmen, hat er dort seine Spur hinterlassen. Die Person, die er für sich in diesem Simulator geschaffen hat, ist unversehrt.«

Matt nickte. Das erstemal seit Tagen fühlte er sich glücklich.

»Irgendwie paßt das«, fuhr Megan fort. »Was eignet sich für Julio mehr, um einen Teil seiner selbst zu hinterlassen, als ein Flugsimulator?«

Matt starrte wieder einen Moment schweigend in den Himmel.

»Ich kann es nicht erwarten«, sagte er unvermittelt. Megan blinzelte verwirrt. Matt drehte sich um und schaute sie an.

»Ich kann es kaum erwarten, bis der Wettbewerb nächstes Jahr steigt«, erklärte er. »Wir haben ein As im Ärmel – eine geheime Waffe namens Julio Cortez.«